Irgendwo und irgendwann findet jeder Mensch sein Glück.
Möge es allen Lesern dieses Buches schon bald begegnen.

Gewidmet

Melitta Schojer und Heribert Schojer
denen ich weit mehr als nur mein Leben verdanke.

Speziellen Dank an

Ying Feng (Name geändert)
ohne die es dieses Buch nicht gäbe.

sowie

Uta Schuffenhauer
für ihre Tätigkeit als Lektorin und Layouterin
Christoph Prantl
für die Covergestaltung

Christian Schojer

Ich bin mein eigener Erbe

Ein Reinkarnationsroman

Bibliografische Information der Deutschen Nationalbibliothek:
Die Deutsche Nationalbibliothek verzeichnet diese Publikation in der Deutschen Nationalbibliografie; detaillierte bibliografische Daten sind im Internet über http://dnb.dnb.de abrufbar.

© 2013 Name des Autors/Rechteinhabers **Christian Schojer**

Illustration: **Christoph Prantl**
weitere Mitwirkende: **Ying Feng**

Herstellung und Verlag: BoD – Books on Demand, Norderstedt

ISBN: 978-3-7322-4425-6

Inhalt

Top Story 7

Das erste Leben 14

Top Story 35

Das zweite Leben 39

Testament 84

Top Story 91

Das zweite Leben 94

Top Story 131

Das dritte Leben 134

Top Story 175

Side Story 185

Das letzte Leben 188

Top Story

„Das ist einfach nicht wahr! Wir sind hier in New York und nicht in Indien!" rief Jeff Webster nachdem ich meine Aussage gemacht hatte. „Müssen wir uns nach diesen absurden Lügen wirklich noch weitere Zeugen anhören? Dieser Peter Becker gehört in eine Anstalt für geistig Verwirrte und diese lächerliche Verhandlung könnte noch heute beendet sein."

Es wurde laut im Gerichtssaal. Es war eine Mischung aus Lachen und allgemeinem Gemurmel. Der Richter klopfte mit seinem Hammer energisch auf den Tisch. Nur mit großer Mühe konnte er den Lärm wieder eindämmen. Ich, Peter Becker wurde aufgefordert den Zeugenstand zu verlassen und setzte mich wieder neben meinen Anwalt.

Dr. Stone, der Rechtsvertreter von Jeff Webster, beruhigte seinen Mandanten. Der setzte sich ebenfalls wieder hin und sah den Richter erwartungsvoll an.

„Wenn sie nichts dagegen haben, Mister Webster, dann möchten wir gerne mit der Vernehmung ihres Majordomus beginnen", sagte der Richter in freundlichem, aber bestimmten Ton.

„Ich werde ihn später beim Kreuzverhör fertigmachen", flüsterte Dr. Stone seinem Klienten, Jeff Webster zu. „Vertrauen sie mir, auch ihr ehemaliger Majordomus wird diesem Peter Becker nicht helfen können."

Mein Anwalt, Dr. Hugles, nickte mir freundlich zu während der Majordomus vereidigt wurde. Mir war gar nicht wohl zumute. Meine Hände fühlten sich feucht an. Ich bebte innerlich vor Aufregung.

Von der Aussage dieses Zeugen hing meine weitere Zukunft ab. Viel zu lange hatte ich auf diesen Augenblick gewartet. Nun war es endlich soweit. Wenn der Richter und die Geschworenen dem Zeugen Glauben schenkten, dann hatte sich der ganze Aufwand gelohnt.

Mein Anwalt Dr. Hugles, der mittlerweile zu einem guten Freund geworden war, bat den Majordomus seine Version der Vorkommnisse wahrheitsgemäß zu erzählen.

Der Majordomus war ein Herr in den besten Jahren, das Haar mit etwas Gel streng nach hinten gekämmt. Seine Gesichtszüge wirkten gütig und ehrlich. Er war in seiner Dienstkleidung erschienen. Mit seinen blank polierten Schuhen und seinem perfekt sitzenden Anzug machte er einen sehr soliden und seriösen Eindruck.

Mein Prozessgegner, Jeff Webster und sein Anwalt Dr. Stone konnten sich allerdings nicht minder gut in Szene setzten. Auch ihr Auftreten wirkte ernsthaft und vertrauenswürdig. Beide sahen nicht unattraktiv aus. Sie trugen Designer Anzüge, teure Uhren und wirkten auf jedermann authentisch und glaubwürdig.

Ich war die Freak Show. Billige Klamotten, dunkle Schatten unter meinen übermüdeten Augen und ein starker ausländischer Akzent der beim Publikum nicht wirklich gut ankam. Meine Anschuldigungen, die ich gegen Jeff Webster vorbrachte, hätte ich als Außenstehender höchstwahrscheinlich auch nicht geglaubt.

Der Majordomus bestätigte meine zuvor gemachte Aussage. Er begann zu erzählen:

„Vor zwei Monaten besuchte der Kläger, Peter Becker meinen damaligen Boss, Herrn Webster. Herr Becker behauptete, dass er vor mehr als einem Vierteljahrhundert bei dessen Vater ein Testament hinterlassen hätte. Ich dachte zuerst, er sei verrückt. Immerhin wirkte er jünger als 25 Jahre. Doch es kam noch toller. Er bezeichnete sich als den rechtmäßigen Erben von Mister Websters Anwesen und erhob Anspruch auf das Millionenerbe eines gewissen Bill Toscanny. Eine Urkunde, die sich angeblich im Haus befand, sollte beweisen, dass der Ausländer Peter Becker der wiedergeborene US-Bürger Bill Toscanny sei. Mister Webster fackelte nicht lange und ließ Herrn Becker aus dem Haus werfen. Zum Haus möchte ich gerne noch einige Anmerkungen machen."

„Einspruch, euer Ehren!" unterbrach Dr. Stone die Aussage des Majordomus. „Wir haben alle Urkunden vorgelegt, welche eindeutig beweisen, dass das Haus in dem mein Mandant lebt, in den 1950iger Jahren, von Bill Toscanny an den Vater von Jeff Webster vererbt wurde. Bill Toscanny war ein alter einsamer Mann, der seinem besten Freund sein ganzes Vermögen geschenkt hat. Dieses Vermögen hat mein Mandant danach von seinem Vater geerbt. Wir können alles lückenlos beweisen. Warum müssen wir uns diesen Schwachsinn von der angeblichen Wiedergeburt anhören?"

„Um mir ein Bild zu machen, möchte ich die ganze Geschichte hören", unterbrach der Richter den Anwalt. "Ich bitte den Zeugen fortzufahren."

Der Majordomus bedankte sich und erzählte weiter: "Kurz und gut, nachdem Peter Becker vom Sicherheitsdienst hinausgeworfen wurde, begann Jeff Webster sein Haus auf den Kopf zu stellen. Im Schreibtisch seines verstorbenen Vaters fand er dann tatsächlich ein versiegeltes Kuvert. Es war jenes, nach dem Herr Becker gefragt hatte. Mister Webster brach das Siegel auf und las die Urkunde, die sich in dem Kuvert befand. Er wurde blass im Gesicht und warf die Blätter in den offenen Kamin. Während das Papier den Flammen zum Opfer fiel, führte Mister Webster mit mir ein vertrauliches Gespräch. Ich sollte niemandem erzählen, was ich gerade gesehen hatte. Die anderen Hausangestellten bekamen von alledem ohnehin nichts mit.

Viele Stunden später kehrte Peter Becker mit einigen Polizeibeamten zurück. Doch die Suche, nach dem inzwischen vernichteten Beweis, blieb natürlich erfolglos. Ich bin mir heute sicher, dass Mister Webster jenes wichtige Beweismaterial vernichtet hat, das bestätigt hätte, dass Herr Becker tatsächlich im Jahre 1951 seinen Besitz dem Vater von Jeff Webster für einige Jahre zur freien Nutzung überlassen hatte, wie er vor Gericht behauptet. Dass wir jetzt das Jahr 1976 schreiben, und Herr Becker erst 24 Jahre alt ist, spielt keine Rolle. Ich glaube ihm, dass er der wiedergeborene Bill Toscanny ist."

Wie schon zuvor bei meiner Aussage wurde es im Gerichtssaal wieder etwas lauter. Aber der Richter musste nicht nochmal mit seinem Hammer für Ruhe sorgen. Diesmal genügte seine autoritäre Stimme.

„Haben sie noch weitere Fragen an den Zeugen?" wollte der Richter von meinem Anwalt wissen. Dieser verneinte und somit konnte Jeff Websters Winkeladvokat, den Majordomus verhören. Er versuchte die Behauptung, dass Mister Webster die Urkunde verschwinden ließ, mit vielen Suggestivfragen zu entkräften. Mein Herz schlug immer schneller. Ich bekam kaum noch Luft. Ich hoffte, dass der Majordomus jetzt keinen Fehler machen würde. Wenn es diesem Dr. Stone gelang unseren Zeugen als Lügner hinzustellen, dann war meine ohnehin geringe Chance, den Prozess zu gewinnen, und mein Recht zu bekommen, dahin.

„Soviel ich weiß, wurden sie von Mister Webster vor einer Woche entlassen", begann Dr. Stone die Befragung. „Könnte es sich bei ihrer heutigen Aussage nicht um einen kleinen Racheakt handeln?"

„Meine Entlassung hat mit meiner Aussage nichts zu tun", verteidigte sich der Majordomus ruhig und souverän.

„Und warum haben sie sich dann in diesem Prozess nicht schon früher zu Wort gemeldet?" fragte Dr. Stone mit ironischem Unterton.

„Einspruch euer Ehren", unterbrach mein Anwalt das Verhör. "Der Zeitpunkt tut doch nichts zur Sache."

„Einspruch abgewiesen", sagte der Richter. „Fahren sie mit ihrer Befragung fort, Dr. Stone."

„Ist es wahr, dass sie in ihrer Eigenschaft als Majordomus einen Teil der Gehälter, für die ihnen unterstellte Dienerschaft unterschlagen haben, und aus diesem Grund entlassen wurden?" fragte Dr. Stone provozierend.

„Das ist nicht wahr", konterte der Majordomus ruhig und betont gelassen. „Ich wurde entlassen, weil ich mich entschlossen habe hier die Wahrheit zu sagen. Ich arbeitete zuvor sehr, sehr lange für Mister Webster und es gab niemals einen anderen Grund mich zu entlassen. Das wissen sie genau!"

„Ich hoffe Sie sind sich bewusst, wie schwer Ihre Anschuldigungen sind und wie hoch die Strafe für falsche Zeugenaussage ist?" sagte Dr. Stone mit einem eiskalten Lächeln. „Wie viel Geld hat man Ihnen geboten, damit Sie hier Lügen verbreiten?"

„Ich habe Ihr unmoralisches Angebot abgelehnt und kein Geld genommen um zu schweigen und ich spreche hier die Wahrheit ohne mir dafür eine Belohnung zu erwarten", antwortete der Majordomus beherrscht und aus meiner Sicht glaubwürdig. Aber es war allen klar, dass ich ihn im Falle eines Erfolges nicht vergessen würde.

„Wenn das hohe Gericht es erlaubt, dann tritt Mister Webster gerne den Gegenbeweis an und ruft einige seiner, von diesem Herren geprellten Dienstboten, in den Zeugenstand."

Während er sprach, steigerte er die Lautstärke bei jedem Wort und zeigte mit der ausgestreckten Hand theatralisch auf den Majordomus. Die Zuseher betrachteten ihn misstrauisch.

„Ich bin ein ehrlicher Mann", verteidigte sich der Majordomus. „Seit über 30 Jahren diene ich im Haus der Familie Webster und ich habe mir in all den Jahren noch nie etwas zu Schulden kommen lassen. Ich bin froh, dass ihr Vater nicht mehr miterleben muss was aus Ihnen geworden ist. Er würde sich im Grabe umdrehen."

„Ich zeige Sie nicht nur wegen falscher Zeugenaussage an, sondern auch noch wegen übler Nachrede", schnaubte Jeff Webster. „Ein Verfahren wegen der Veruntreuung läuft ja ohnehin schon gegen Sie."

Der Anwalt setzte noch eines drauf. Er wendete sich an das Publikum und schwenkte dann beim Sprechen seinen Blick zu den Geschworenen und dem Richter. In künstlicher Aufregung rief er: „Ein Straftäter, ein zukünftiger Gefängnisinsasse, das ist der Kronzeuge von Peter Becker."

Im Gerichtssaal wurde es wieder laut. Hunderte Schaulustige wohnten schon seit Beginn des Prozesses jeder Verhandlung bei. Es verging kein Verhandlungstag, ohne das Zeitungen, Radio und Fernsehen über diesen ungewöhnlichen Prozess berichteten.

Meine Geschichte fiel in die sogenannte allsommerliche "Saure Gurken Zeit." Im ganzen Land wurde darüber berichtet. Auf den Straßen wurden illegale Wetten über den Ausgang des Prozesses abgeschlossen. Die Quoten für mich standen sehr schlecht. Nur wenige Leute glaubten, dass ich auch nur den Hauch einer Chance hätte, diesen Prozess zu gewinnen. Je mehr Details bekannt wurden, desto geringer wurde die Zahl jener, die an meinen Erfolg glaubten.

Die Verhandlung wurde unterbrochen, und sollte am nächsten Tagfortgesetzt werden. Ich ging mit meinem Anwalt Dr. Hugles aus dem Gerichtsgebäude. Zum Glück scharten sich diesmal die Journalisten und Paparazzi um den Majordomus. Ich konnte ausnahmsweise unbehelligt zum Wagen gelangen. Dr. Hugles klopfte mir aufmunternd auf die Schulter.

„Nur Mut Peter, jetzt, wo wir den Majordomus endlich überreden konnten, für uns auszusagen, wird es aufwärts gehen", sagte er.

Ich war mir da nicht so sicher. Trotzdem gelang es Dr. Hugles, mir etwas Mut zu machen. Ohne ihn hätte ich schon lange aufgeben müssen. Er gehörte zu jenen Anwälten, die für Zivilprozesse nicht sofort Geld sehen wollten, sondern erst im Erfolgsfall ein ordentliches Erfolgshonorar kassierten. Ich war finanziell total am Ende und eine normale Kanzlei hätte mich niemals zu diesen Bedingungen vertreten. Meine Erfolgsaussichten waren so gering, dass die meisten Anwälte keinen Tag Arbeit in meinen Fall investiert hätten. Dr. Hugles half mir, weil er davon überzeugt war, dass meine Geschichte stimmte. Ich hoffte, dass es mir bald möglich sein würde, ihn für seine Loyalität zu belohnen.

In seinem Auto war es unerträglich heiß. Das Geld für die Reparatur der Klimaanlage fehlte. Dr. Hugles investierte alle seine Dollars in meine Verteidigung und finanzierte zu dieser Zeit auch mein Leben. Ich schwitzte erbärmlich und freute mich auf eine kalte Dusche.

Das Jahr 1976 hatte es in sich: Mein Lieblingssänger Elvis Presley weilte noch unter den Lebenden. Bei den Olympischen Sommerspielen in Montreal, erreichten die Vereinigten Staaten, hinter der UdSSR und der DDR den dritten Rang. In Seveso, einer kleinen italienischen Stadt in der Nähe von Mailand zerstörte eine Dioxin Katastrophe die Lebensgrundlagen dieses Ortes. Die Bevölkerung musste evakuiert werden.

In vielen Städten der USA und Westeuropas war die Luft ebenfalls immer wieder von Smog beeinträchtigt. Bei den kürzlich fertiggestellten "Twin Towers" in Manhattan drehte eine Filmcrew aus Hollywood die letzten Szenen für das Remake von „King Kong". Das Original hatte ich in den 1930er Jahren in einem Kino bewundert, dass mittlerweile zu einer Burger King Filiale umgebaut worden war.

Etwa zur gleichen Zeit fand der Präsidentschaftswahlkampf statt. Der Erdnussfarmer Jimmy Carter gewann die Wahl gegen den Republikaner Gerald Ford. Ich hätte, wie früher, die „Grand Old Party" gewählt, aber offiziell beide Kandidaten finanziell unterstützt. Leider war ich seit meinem Ableben kein US-Bürger mehr. Meine einzelne Stimme hätte Gerald Ford aber mit Sicherheit auch nicht mehr geholfen.

All diese Ereignisse bekam ich allerdings nur am Rande mit. Der Prozess gegen Jeff Webster beanspruchte 110% meiner Aufmerksamkeit.

Dr. Hugles besprach mit mir während der Fahrt nicht nur die Ereignisse der letzten Stunden, er wollte mich auch auf den nächsten Prozesstag vorbereiten. Ich war erschöpft, und hatte große Mühe, ihm geistig zu folgen.

Mir war voll bewusst, dass der nächste Tag mein Schicksal entscheiden konnte. Bedauerlicherweise hatte ich nicht nur ein Problem mit meiner Glaubwürdigkeit. Meine Herkunft machte mich auch nicht gerade beliebt in der Öffentlichkeit. Diese stand mehrheitlich auf der Seite von Jeff Webster, der den einzigen konkreten Beweis für die Richtigkeit meiner Aussagen vernichtet hatte. Ich konnte den Zweiflern nicht einmal böse sein. Sie besaßen, im Gegensatz zu mir, ja keine 180-jährige Lebenserfahrung. Alles was ich hatte, war die Hoffnung, dass der schon etwas angegraute Richter mit seiner langen Berufserfahrung erkennen konnte, wer log und wer die Wahrheit sprach.

Der Wagen hielt schließlich vor Dr. Hugles Haus in New Jersey. Es war eines dieser netten mittelgroßen Reihenhäuser in einer für New Jersey typischen Wohnstraße. Verglichen mit meinem Anwesen in den Hamptons, in dem sich Jeff Webster breit gemacht hatte, war diese Unterkunft eher bescheiden.

Ich lebte seit Prozessbeginn bei meinem Anwalt. Wenn er mich nicht bei sich aufgenommen hätte, dann wäre ich in New York, wo ich Anfang der 50iger Jahre zu den reichsten Unternehmern zählte, ohne festen Wohnsitz gewesen.

Dr. Hugles war mein einziger Halt in diesen finsteren Tagen. Als ich ihn vor 25 Jahren zum ersten Mal sah, da war er etwa so alt wie ich, und mein damaliges Leben ging dem Ende zu. Nun war er so um die 50. Sein einst so junges Gesicht hatte einige Falten bekommen. Trotzdem sah er noch ganz passabel aus. Nach seiner Entlassung durch Jeff Webster war dieser Prozess die beste Werbung für ihn. Verlor er, dann war das für ihn nicht so tragisch wie für mich. Gewann er aber widererwartend, dann winkten ihm Ruhm und Klienten ohne Ende. Aber das war nicht der einzige Grund, warum er mir half.

Wir betraten das gut klimatisierte Haus. Mir war hundeelend zumute. Trotz meines jugendlichen Alters fühlte ich wieder einmal, dass ich schon seit mehr als 180 Jahren existierte. Ich verzichtete auf die Dusche und warf mich erschöpft und noch völlig bekleidet aufs Bett. Ohne mich zuzudecken, schlief ich auf der Stelle ein.

Obwohl ich unsagbar müde war, hasste ich den Schlaf. Seit ich mich wieder an meine Vorleben erinnern konnte, träumte ich jede Nacht von längst vergangenen Jahrhunderten. Die Geister der Vergangenheit lagen wie ein Fluch über mir. Jede Freude, die ich je empfunden hatte, löste Wehmut aus und jeden Schmerz den ich je erlebt hatte, musste ich immer und immer wieder durchleiden.

Trotzdem hoffte ich, mein unabwendbares Schicksal überlisten zu können. Der Prozess musste gewonnen werden, über das was später kommen würde, dachte ich gar nicht erst lange nach. Ich merkte gar nicht, was ich anrichtete, je mehr ich versuchte diesen Teufelskreis zu durchbrechen.

Dabei fing alles ganz harmlos an:

Das erste Leben

Am 10. Februar 1796 erblickte ich in Frankreich das Licht der Welt. In China schrieb man zu dieser Zeit das Jahr des Drachen. Nach dem europäischen Horoskop war ich Löwe.

Meine Eltern Louis und Brigitte Daudon besaßen eine kleine Bäckerei im idyllischen Städtchen Meaux an der Marne in der Nähe von Paris. Sie führten eine für diese Zeit typisch kleinbürgerliche Ehe. Mein Papa war für das Geldverdienen zuständig, meine Mama für Heim und Herd. Manchmal, aber wirklich nur wenn es gar nicht anders ging, half sie auch in der Bäckerei aus.

Obwohl meine Mama sehr hübsch auszusehen war, ließ mein Vater keine Gelegenheit aus, sie mit anderen Frauen zu hintergehen. Er machte es entweder so geschickt, dass meine Mama nie dahinterkam, oder aber sie wusste Bescheid und steckte den Kopf in den Sand. Was sollte eine Frau zu dieser Zeit auch anderes machen, wenn sie vom Mann abhängig war und zwei Kinder hatte.

Vor mir hatten die beiden schon einen Sohn und eine Tochter in die Welt gesetzt. Mein 7 Jahre älterer Bruder trug den Namen meines Vaters. Mich nannten sie Jean. Drei Jahre vor meiner Geburt verstarb meine Schwester Michelle völlig unerwartet im Kindbett. Meinem Vater waren aber zwei stramme Söhne ohnehin lieber als eine Tochter.

In unserem 10-Tausend Einwohner zählenden Städtchen konnte man noch beschaulich und unbehelligt leben. Von der seit 1789 wütenden Revolution und dem darauffolgenden Bürgerkrieg bekamen die Leute in Meaux nicht so viel mit wie die Menschen in der Hauptstadt. In jener Zeit war es von Vorteil, wenn man in der Provinz lebte.

Im nur 30 Kilometer entfernten Paris war hingegen die Hölle los. Politische Massenmorde waren an der Tagesordnung. Niemand war seines Lebens sicher.

König Ludwig XVI und seine aus Österreich stammende Gemahlin Marie Antoinette mussten ebenso ihr Leben lassen, wie zahlreiche Adelige. Wer noch vor kurzem selbst zu der Gruppe gehörte, die bestimmte, wer sterben sollte, den konnte es wenige Monate später ebenfalls treffen. Die Machtverhältnisse änderten sich in den Jahren kurz vor und nach meiner Geburt, ständig.

Aber es traf nicht nur Leute mit politischen Ambitionen. Es reichte schon, einen missgünstigen Nachbarn zu haben, von dem man bei den rasch wechselnden Machthabenden angeschwärzt wurde. In den Wirren der Revolution wurden auf diese Weise viele Unschuldige hingerichtet.

Diese Menschen konnten sich allerdings damit trösten, dass Enthauptungen seit 1791, aus humanitären Gründen, nur noch mit der Guillotine ausgeführt werden durften. Das Köpfen mit dem Schwert erschien den Parisern doch zu grausam und ineffizient. Mit der Guillotine konnten Menschen fast wie am Fließband hingerichtet werden. Dem gemeinen Volk dienten diese öffentlichen Veranstaltungen als schaurige Unterhaltung.

Viele Opfer hatten sich ihr Schicksal durchaus selbst zuzuschreiben. Der Preuße, Friedrich Freiherr von Trenck, wurde wegen seiner Spionage für Preußen, exakt einen Tag nach meiner Geburt enthauptet.

Drei Tage später wurde die Regierung auf die damals übliche Weise abgewählt: Nach Monaten der Schreckensherrschaft in Paris konnte Robespierre am eigenen Leib erfahren, was er tausenden von politischen Gegnern mit der Guillotine angetan hatte. Mit ihm wurde auch der Ideologe Saint-Just hingerichtet. Er war einer der radikalsten Vertreter der Republik gewesen. Erst kurz zuvor hatte seine Karriere begonnen. Er hatte sich damals dafür eingesetzt, dass König Ludwig XVI ohne Prozess hingerichtet werden sollte. Nun ging auch sein steiler Aufstieg auf dieselbe Weise zu Ende. Das Volk applaudierte minutenlang.

Ich bekam von alledem in meinen ersten vier Lebenstagen natürlich nichts mit. Auch der Aufstieg Napoleons wurde von mir kaum wahrgenommen. Die einzigen Erinnerungen, die ich aus dieser Zeit behielt, haben mit der Bäckerei meines Vaters zu tun. Dank seines Berufes und seiner Tüchtigkeit blieben wir von den damaligen Hungersnöten weitgehend verschont.

Ich liebte den Geruch des frisch gebackenen Brotes. Auch machte es Spaß, wenn ich mit meinem älteren Bruder heimlich in der Kornkammer spielte. Wir gruben uns tief in das dort gelagerte Korn und genossen den einzigartigen Duft. Meinem Vater war es nicht recht, dass wir seine Rohstoffe auf diese Weise verschmutzten. Wenn er uns beim Spielen in der Kornkammer erwischte, dann setzte es Prügel. Mein großer Bruder wurde dabei immer strenger bestraft als ich. Schließlich war er der ältere und hatte vernünftiger zu sein. Die zu erwartenden Strafen hielten uns aber nicht davon ab, immer wieder Schabernack zu treiben.

Meine Kindheit war, trotz der unruhigen Zeiten, glücklich. Ich liebte unser kleines Haus neben der Mühle. Obwohl es beim Wasser, welches die Mühlräder antrieb, nicht ungefährlich war, durften wir dort alleine spielen. Wir beobachteten die Fische und angelten sie manchmal mit Würmern oder selbstgefangenen Grashüpfern.

Mein Bruder war kräftig, gesund und lebensfroh. Ich liebte ihn fast genau so sehr wie meine hübsche Mama. Ich mochte auch meinen etwas grobschlächtigen Papa. Aber ich hatte auch eine ordentliche Portion Respekt vor ihm. Wenn mein Bruder oder ich etwas angestellt hatten, dann war es niemals unsere Mama sondern immer er, der für die Bestrafung zuständig war.

Ich beneidete meine großen Bruder, weil dieser, seit ich denken konnte schon zur Schule gehen durfte. Ich wartete sehnsüchtig auf meinen ersten Schultag. Sobald ich ebenfalls lesen und schreiben konnte, war ich dem Erwachsensein einen Schritt näher. Ich ahnte ja nicht was für ein Glück ich hatte, der Zweitgeborene zu sein. Doch dazu später.

Ich freute mich auf den Tag, an dem ich selbst eines der wenigen Bücher lesen konnte, die mein Vater besaß. Während es mein Bruder kaum erwarten konnte, die Schule zu verlassen, freute ich mich aufs lernen.

Im Jahr vor meiner Einschulung gab es einige wichtige Ereignisse, die ich viel später einmal im Geschichtsunterricht pauken musste. Am 9. 11. 1799 riss Napoleon in Frankreich die Macht an sich. Noch war die erste Republik nicht zu Ende. Es sollte noch etwas dauern bis er sich selbst die Krone aufs Haupt setzte.

Knapp einen Monat später starb im weit entfernten Amerika George Washington, der erste US-Präsident. Er starb im letzten Monat des letzten Jahres des 18. Jahrhunderts. Während in den Vereinigten Staaten die Republik schon etwas länger existierte, ging es mit jener Frankreichs schon wieder bergab. Die "Grande Nation" war neben den vielen Monarchien in Europa ohnehin die einzige Republik, gefolgt von der Schweiz. Doch Undank Napoleon sollte sie es nicht mehr lange bleiben.

Die Jahrhundertwende wurde euphorisch gefeiert. Mein Vater spendierte auch uns Kindern ausnahmsweise einen Schluck Champagner. Obwohl in Frankreich oft Wein zum Essen getrunken wurde, kamen alkoholische Getränke in unserer Familie selten auf den Tisch. Doch die Jahrhundertwende wurde auch bei uns ausgiebigst und typisch französisch gefeiert.

Mein großer Bruder war mittlerweile 12 Jahre alt und musste meinem Vater schon fallweise in der Bäckerei helfen. Meine anfängliche Begeisterung für die Schule war schnell verflogen, und ich beneidete meinen älteren Bruder, der sie bald wieder verlassen durfte. Dafür fand ich neue Freunde. Mein Bruder hatte ohnehin kaum noch Zeit, um mit mir zu spielen.

Nach der Schule liefen wir oft zur Marne und ließen dort unsere selbstgebastelten Schiffchen aus Holz schwimmen. Der Großteil meiner Schulkameraden hatte leider nicht so viel Freizeit wie ich. Die Söhne der Bauern mussten viel zu oft am Hof ihrer Eltern mitarbeiten. Manchmal hatten sie so viel zu tun, dass sie nicht einmal in die Schule kamen.

So half ich manchmal freiwillig im elterlichen Betrieb mit. Da kein Zwang dahinterstand, genoss ich die Arbeit. Alleine Spielen machte keinen Spaß. Mein Vater, der einmal die Bäckerei an meinen Bruder vererben wollte, ärgerte sich manchmal darüber, dass dieser nicht so motiviert war wie ich.

Wenn mein Vater mich wiedermal von der Arbeit wegschickte und ich niemanden zum Spielen fand, verbrachte ich über guten Büchern. Dort las ich über reiche und mächtige Könige, prunkvolle Schlösser und hübsche Prinzessinnen. Schon damals nahm ich mir vor, alles zu unternehmen, um reich und mächtig zu werden. In der Schule lernten wir, dass in einer demokratischen Republik alles möglich war. Jeder Bürger hatte nun die Chance so weit zu kommen und so wohlhabend zu werden wie einst der Adel.

Doch unsere erste Republik gab es leider nicht mehr lange. Als ich gerade mal 10 Jahre alt war, führte Napoleon die Monarchie wieder ein. Mein Vater war Bonapartist und freute sich über die Wiederherstellung der Monarchie. Die von Napoleon errungenen Siege steigerten seinen Nationalstolz. Auch mein Bruder und ich wurden von der allgemeinen Euphorie angesteckt.

Der Krönungstag Napoleons wurde bei uns jedes Jahr groß gefeiert. Unsere Bäckerei hatte an diesem Tag immer geschlossen. Mein Vater ließ die französische Trikolore Fahne, die es genau seit meinem Geburtsjahr gab, aus einem Fenster des ersten Stockes unseres Hauses hängen.

1806 änderte mein Vater dann seine Meinung über die Kriegserfolge Napoleons. Mein Bruder Louis Daudon jun. war gerade 18 geworden und hatte sich freiwillig zur Armee gemeldet. Begeistert zog er für Napoleon in den Krieg. Mein Vater war zuerst unglaublich stolz auf ihn.

Unsere Mama aber weinte bitterlich, als er das Haus verließ. Sie zupfte ewig auf seiner Uniform herum, damit er auch ordentlich aussah. Als er dann endlich loszog drängte sie ihm mehr Reiseproviant auf als er tragen wollte. Nur mit großer Mühe konnte er sich aus ihrer Umarmung lösen und seinen Marsch in die Fremde antreten.

Napoleons Erfolge in der Kriegsführung hielten noch einige Zeit an. Ich konnte es kaum erwarten ebenfalls alt genug zu werden um es meinem Bruder gleichzutun. Seine unregelmäßig eintreffenden Briefe berichteten von Eroberungen, Heldentaten und interessanten, unbekannten Ländern. Ich weiß nicht ob es den Soldaten verboten war über die erlebten Schrecken und Gräueltaten der Schlachten zu berichten, oder ob mein Bruder uns in seinen Briefen damit verschonen wollte.

Irgendwann im Laufe des Krieges kam keine Nachricht mehr von der Front. Mein Vater wollte es lange nicht wahrhaben, dass mein Bruder Louis nie mehr wiederkehren würde und stattdessen auf irgendeinem Schlachtfeld für Napoleon und „Le Grande Nation" sein junges Leben gelassen hatte.

Papa hoffte noch viele Jahre auf die Rückkehr von Louis. Die Ungewissheit machte aus ihm nach und nach einen gebrochenen Mann. Seine Kraft und Lebenslust hat er nie wieder erlangt. Meine Mutter war zu alt, um noch ein Kind zu bekommen, und so wuchs ich ab diesem Zeitpunkt als Einzelkind auf. Der Verlust meines Bruders brachte mir die ungeteilte Liebe und Aufmerksamkeit meiner Eltern ein.

Nach dem mutmaßlichen Tod meines älteren Bruders änderte sich einiges in meinem Leben. Bisher stand ihm als Erstgeborenem die Bäckerei zu. Nun war ich der rechtmäßige Erbe. Mein Vater brachte mir alles bei, was ich wissen musste, um auf die Gesellenzeit vorbereitet zu sein. Gleich nach der Gesellenprüfung sollte ich mich, wie zu jenen Zeiten üblich auf Wanderschaft begeben. Erst nachdem ich bei mehreren Meistern viel dazugelernt hatte, sollte ich zurückkommen, um später als Meister die Bäckerei meines Vaters zu übernehmen.

Wenige Wochen vor meinem 14. Geburtstag verschleppte Napoleon den Papst, Pius VII, aus Rom. Meine Eltern waren nach dem Tod meines Bruders auf beide nicht mehr sehr gut zu sprechen. Sie waren fromme Leute gewesen, die nach der Devise lebten: "Gib dem Kaiser, was des Kaisers ist, und Gott, was Gottes ist." Vater und Mutter waren von beiden hohen Herrschaften maßlos enttäuscht worden. Sie fühlten sich um meinen gefallenen Bruder und meine früh verstorbene Schwester betrogen.

Auch mir war der Papst egal. Ich wollte nicht mehr glauben, dass es einen Gott gibt, der all die grausamen Dinge zulässt die ich in meinen jungen Jahren erfahren hatte.

Kein Pfarrer und kein Religionslehrer konnte mir einreden, dass Gott meine Geschwister schon so früh zu sich gerufen hatte, weil er sie besonders liebte. Dass Gott für jeden Menschen einen Plan und diverse Prüfungen hat, hielt ich gelinde gesagt für einen ausgemachten Schwachsinn.

Als ich einmal vor versammelter Klasse sagte, dass ich der Meinung sei, Gott sei nur eine Erfindung der Reichen und Mächtigen, damit sie einen Grund hätten, die Armen weiterhin zu unterdrücken, wurde es still in der

Klasse. Alle sahen mich entgeistert an. Ich fuhr unbeeindruckt mit meinen Vorwürfen fort: "Die Kirche hat keinen einzigen Beweis für Gott, verspricht aber in seinem Namen das Paradies und droht mit dem Feuer der Hölle, und alles nur damit sich nichts ändert. Einfache Leute sollen wie in den Zeiten vor der Republik keine Chance haben, etwas im Leben zu erreichen."

Der Pfarrer, der uns in Religion unterrichtete, kam schon mit drohenden Gesten auf mich zu, als ich noch schnell sagte: "Den Himmel gibt es ebenso wenig wie die Hölle. Wenn man stirbt, dann ist es aus und vorbei. Ich werde meinen geliebten Bruder nie mehr wiedersehen. Mord und Selbstmord sind schwere Sünden, aber auf dem Schlachtfeld darf man für einen katholischen Gott töten und sterben. Auf der anderen Seite kämpfen die Protestanten die vom evangelischen Gott die Erlaubnis haben uns zu töten. Wer dieses Märchen über Gott und seinen Sohn glaubt, der soll sich ruhig in seinem Namen weiter von der Kirche und dem Adel ausbeuten lassen."

Mehr konnte ich nicht mehr von mir geben. Der Pfarrer hatte mich schon gepackt, sah mich völlig entgeistert an und hielt mir den Mund zu.

Mein sogenanntes revolutionäres Wissen hatte ich aus einem der Bücher, die ich daheim gelesen hatte. Ich glaubte mich im Recht und fühlte mich bestätigt, als der Pfarrer mich für meine Meinung über Gott drakonisch bestrafte. Ich musste vor der Klasse so eine harte Tracht Prügel einstecken, dass ich tagelang nicht mehr richtig sitzen konnte. Nicht auszudenken wenn ich auch noch über Allah hergezogen wäre.

Ich traf eine folgenschwere Entscheidung: Von diesem Tag an wollte ich nie wieder Personen, die stärker waren als ich, meine ehrliche Meinung sagen. Ich wollte alles tun und war bereit jedes Opfer zu bringen, um auch zu den Reichen und einflussreichen Menschen zu gehören. Spätestens wenn ich erwachsen war, sollte mir kein Mensch und kein Gott vorschreiben dürfen, wie ich zu leben hatte. Ich sehnte mich nach der totalen Freiheit. Sämtliche Autoritäten, angefangen bei unserem Religionslehrer, über den Kaiser Napoleon, bis hinauf zu Gott, konnten mir gestohlen bleiben.

Ich hoffte, mit genug Geld und Macht mein Leben und mein Glück selbst bestimmen zu können. Der Sinn meines Lebens sollte fortan darin bestehen, soviel Vermögen wie möglich anzuhäufen. Das Paradies, nach dem Tod war doch nur ein lächerlicher Trost für die Naiven und Besitzlosen. Die, die es predigten lebten doch selber in Saus und Braus. Ich wollte ebenfalls mein Leben hier und jetzt genießen. An Gott und sein Paradies sollten jene Leute glauben, die nicht selbstständig denken konnten. Die Reichen und Mächtigen hatten mit Sicherheit keine Angst vor dem Teufel und der Hölle. Sie nützten die Angst und Hoffnung der kleinen Leute um Aufstände gegen diese Ungerechtigkeit im „Hier und Jetzt" zu verhindern. Das wollte ich in Zukunft auch so machen.

Seit diesem denkwürdigen Erlebnis mit dem Pfarrer benahm ich mich wie man es von mir erwartete und fieberte meinem letzten Schultag entgegen. Kein Lehrer und kein Priester hatten jemals wieder Grund an meiner Loyalität und meinem Glauben zu zweifeln. Als die Schule endlich zu Ende war, begann ich mit meiner Lehre um dann, wie alle Gesellen, die Meister werden wollten, auf die Wanderschaft zu gehen. Ein Studium war für Leute meines Standes so gut wie unmöglich.

Im November 1812 scheiterte Napoleon in Russland. Sein Siegeszug stoppte abrupt und der Abstieg begann. Ich war mittlerweile 17 Jahre alt geworden und sollte wie mein Bruder an die Front. Doch dank meines Vaters wurde ich aus den Kriegswirren herausgehalten. Er wollte nicht auch noch seinen einzigen verbliebenen Sohn opfern, und setzte alle Hebel in Bewegung, um meine Einberufung zu verhindern.

Bis heute weiß ich nicht wie er es geschafft hat meine Einberufung immer wieder hinauszuzögern. Knapp vor Kriegsende konnte er mir auch nicht mehr helfen und ich musste mich wochenlang in einer geheimen Höhle im nahegelegenen Wald verstecken. Nur in der Nacht traute ich mich manchmal nach Hause um Essen zu holen.

Im April 1814 schien der Spuk ein für alle Mal vorbei zu sein. Napoleon musste abdanken und wurde auf die Insel Elba ins Exil geschickt. Dank des Chaos nach den Kriegswirren wurde ich nie als Deserteur erwischt.

Meine Lehr- und Wanderzeit dauerte nicht sehr lange. Mein Vater nahm mich früher als geplant wieder zu Hause auf. Ich hatte ihm versprochen, besonders fleißig zu arbeiten, und daran hielt ich mich auch. Mit aller Kraft wollte ich besser sein, als jeder Konkurrent von Meaux bis Paris, um den bescheidenen Wohlstand, in dem wir lebten, noch weiter ausbauen. Mein Vater war sehr stolz auf mich. Meine Mutter war besorgt um meine Gesundheit, weil ich oft bis zur totalen Erschöpfung arbeitete, obwohl das niemand von mir verlangt hatte. Die beiden verstanden nicht was mich antrieb. Ich wollte auf Biegen und Brechen alles erreichen was menschlich möglich war. Meine Mitbürger mit ihrer fatalistischen Lebenseinstellung verachtete ich. Ohne die Gnade einer adeligen Geburt und ohne die Hilfe eines Gottes wollte ich mir im Schweiße meines Angesichts selbst beweisen, dass ich etwas Besseres war.

Über den Wiener Kongress, der 1815 stattfand, und seinen Folgen für Frankreich informierte ich mich regelmäßig in der Zeitung. Jedenfalls war ich noch keine 20 Jahre alt, als Napoleon von der Insel Elba floh und seine 100-Tage-Herrschaft antrat. Der Wiener Kongress wurde daraufhin unterbrochen und die Fackel des Krieges entflammte erneut. Alle Teilnehmerstaaten des Wiener Kongresses zogen gegen Napoleon in den Krieg. In der Schlacht bei Waterloo scheiterte Napoleons Come-Back endgültig. Er wurde auf die südatlantische Insel St. Helena verbannt. Von dort konnte er nicht mehr entkommen. Erst nach seinem Tod wurde sein Leichnam nach Paris zurückgebracht.

Wir Franzosen bekamen einen neuen Friedensvertrag, der noch schärfer abgefasst war, als jener nach Napoleons erster Niederlage. Wir fanden ihn zu hart. Den Deutschen war er zu milde. Meine Bemühungen mich hochzuarbeiten, wurden durch diese Umstände ziemlich beeinträchtigt.

Im Sommer 1816 lernte ich meine zukünftige Frau kennen. Sie hieß Nicola und war gerade 19 Jahre alt geworden. Wir hatten beide den Ehrgeiz mehr aus unserem Leben zu machen. Regiert wurde unser Land vom konservativen Royalisten Armand-Emanuel du Plessis, dem Herzog von Richelieu.

Das Klima in diesem Sommer war verheerend. Es war ungewöhnlich kalt, es gab Missernten, Hungersnöte und ständig Regen. In diesem eiskalten Sommer, der immer noch als Sommer der keiner war, bezeichnet wird, war mir plötzlich warm ums Herz geworden. Ich sah auf einmal alles durch die rosa Brille.

Nicola gab meinem Leben einen neuen Sinn. Ihr pechschwarzes langes Haar und ihre mandelbraunen Augen faszinierten mich. Ihre Ausstrahlung nahm mich voll und ganz gefangen. Am Anfang unserer Beziehung vernachlässigte ich ihretwegen sogar hin und wieder meine Arbeit. Aber Nicola war nicht so wie andere Frauen, denen das gefallen hätte. Sie nahm auf meine Pläne für die Zukunft Rücksicht. Auch sie wollte aus der bedrückenden Enge der Kleinstadt ausbrechen, und ihr Leben verbessern. Wir waren also ein ideales Gespann. Noch im selben Jahr heirateten wir.

Eine Trauung in der Kirche konnte ich zu dieser Zeit einfach nicht verhindern. Nicola und ihre Eltern hatten darauf bestanden. Ich fügte mich. Es bedeutete mir nichts vor Gott den Bund der Ehe geschlossen zu haben. Ich wollte ohnehin keine andere Frau. Affären, wie die meines Vaters, hätten mich nur daran gehindert beruflich vorwärts zu kommen.

Unsere Ehe war von Beginn an glücklich. Ich liebte Nicola wirklich und hatte nicht vor sie jemals zu betrügen, wie es mein Vater bei meiner Mutter praktiziert hatte.

Meine Frau unterstützte mich wo sie konnte und ihre Liebe ließ mich alle Anstrengungen leichter ertragen. Mein Leben bestand fast nur noch aus Arbeit und Schlaf.

Trotzdem setzten wir zwei Kinder in die Welt. 1820 gebar mir Nicola einen Sohn. Wir nannten ihn nach seinem Großvater Louis. Im Mai 1821, kurz nachdem Napoleon auf der Insel St. Helena seine Hand für immer aus der Seitentasche nahm, kam unsere Tochter auf die Welt. Meine Mutter war gerührt, weil sie ihren Namen, Brigitte, trug.

Langsam aber sicher trugen meine außergewöhnlichen Anstrengungen in der Bäckerei die ersten Früchte. Da ich mir nur wenig gönnte und bis zur Selbstausbeutung schuftete konnte ich meinen Kunden etwas größere Baguettes zu günstigeren Preisen anbieten als meine Konkurrenten. Da mein Preis und meine Ware in Ordnung waren, konnte die Bäckerzunft nichts gegen mich unternehmen. Meine Kunden kamen sogar aus entfernteren Stadtteilen, um bei mir einzukaufen.

Als der erste Bäcker in meiner Nachbarschaft schließen musste, weil der Großteil seiner Kunden zu mir übergelaufen war, wusste ich, dass ich mich auf dem richtigen Weg befand. Großzügig bot ich ihm die Übernahme seiner Bäckerei an. Ich hatte ohnehin schon massive Platz- und Kapazitätsprobleme. Eine zweite Bäckerei kam mir gerade recht. Jene Kunden, die von seiner Bäckerei in meine übergelaufen waren, kauften nun wieder bei ihm ein. Die Produkte waren allerdings von mir und der ehemalige Konkurrent arbeitete jetzt für mich.

Im Februar 1826 feierte ich meinen dreißigsten Geburtstag. Mittlerweile war ich aus meinem Elternhaus in meine eigene Villa umgezogen. Dort war für meine beiden Kinder einfach mehr Platz. Anlässlich meines Geburtstages kamen meine Eltern erstmals in mein neues Haus, um es zu bewundern.

Mein Vater war stolz auf mich. Er dachte ich wäre mit meinem Leben zufrieden. Ich hatte mehr erreicht, als er mir je zugetraut hätte. Aber mir reichte das noch lange nicht. Das Geschaffte konnte bestenfalls der Anfang sein. Mit meinen 30 Jahren war ich noch jung; sozusagen in der Blüte meines Lebens. Ich hatte immer noch genau so viel Energie, wie an jenem Tag als ich beschlossen hatte mehr zu erreichen als jeder mir bekannte Mensch.

Meine Eltern hatten kein Verständnis für meine weiteren Expansionswünsche. Das, was ich geschafft hatte, ging schon lange über den Horizont ihrer Vorstellungskraft. Sie hatten keine Ahnung, wie weit ich noch kommen wollte.

Nach und nach kaufte ich alle Bäckereien auf, die zu haben waren. Ich beutete nicht nur mich selbst aus, sondern natürlich auch meine Angestellten. So kam es oft vor, dass ein ehemaliger Besitzer, zuerst wegen meiner Geschäftspraktiken Bankrott ging. Dann musste er als Arbeiter weit mehr schuften als zu jener Zeit, in der er noch der Inhaber seines Ladens war.

Getreide kaufte ich nur noch in großen Mengen ein. Das brachte mir einen zusätzlichen Preisvorteil. Viele Bauern konnten ohnehin nur noch an mich liefern, weil ich die Konkurrenz in der Gegend weitgehend ausgeschaltet hatte. Ich plante eine zentrale Brotfabrik. Immerhin lebten wir im Zeitalter der Industriellen Revolution. In Amerika hatten andere Menschen meine Ideen schon längst verwirklicht.

Ich träumte von einem riesigen Filialnetz in Paris und von der Möglichkeit, eines Tages ganz Frankreich mit meinen Backwaren zu versorgen. Ich merkte gar nicht, dass Nicola und die Kinder gar nichts von mir hatten. Ich war oft tagelang nicht zu Hause, und wenn ich heimkam, dann meistens nur zum Schlafen. Mehr als ein paar Stunden Ruhe gönnte ich mir ohnehin nicht.

1826 entwickelte der Franzose Niépce das 1. Foto der Welt. Meine Kinder gingen zu dieser Zeit gerade in die Grundschule. Ich wollte, dass mein Sohn später einmal in Paris studieren konnte. Meine Tochter sollte einen reichen Mann heiraten.

Ich dachte zu dieser Zeit an keinen Nachfolger. Ich dachte nicht daran, dass meine Zeit auf der Welt begrenzt war, und schuftete noch mehr als meine ehemaligen Konkurrenten, die ich größtenteils zu meinen Angestellten gemacht hatte. Ständig war ich mit meiner Droschke auf Reisen um mein immer größer werdendes Imperium auszubauen und zu kontrollieren.

Etwa 5 Monate nach meinem 35-igsten Geburtstag brach in Frankreich die Junirevolution aus. Karl X, der seit 1824 an der Macht war, musste abdanken. Das Großbürgertum präsentierte Louis Philippe, den Herzog von Orlèans, als geeigneten Monarchen. Als Kind der ersten Republik war ich darüber nicht glücklich. Aber die von Frankreich ausgegangenen revolutionären Ideen, gaben den Anstoß für Unruhen im restlichen Europa.

1832 zog ich mit meiner Frau und meinen Kindern nach Paris. Schon ein Jahr zuvor hatte ich in der Hauptstadt einige Bäckereien erworben. Jetzt wollte ich von Paris aus meine Filialen über ganz Frankreich ausbreiten. Mein Vater konnte es überhaupt nicht verstehen, warum ich ins heißumkämpfte Paris zog. Die meisten Menschen in der Hauptstadt lebten in alten, kleinen Wohnungen und hatten keinen überwältigenden Komfort. Ich zog natürlich in ein gediegenes Bürgerhaus. Nichts auf der Welt konnte mich mehr stoppen.

Mein Reichtum vermehrte sich und ich wurde allmählich von Bankern und anderen Industriellen akzeptiert.

Erstmals erlebte ich Politik hautnah. Kurz nachdem wir uns in Paris angesiedelt hatten, gab es die ersten Aufstände gegen den Bürgerkönig. Das Großbürgertum war aber stark genug, um die Wiederkehr der absolutistischen Monarchie zu verhindern. Somit stand mir der eingeschlagene Weg zum unaufhaltsamen Aufstieg weiterhin offen.

In Paris verwirklichte ich schließlich meinen Traum von einer zentralen Brotfabrik. Leider gab es nun immer mehr Unruhen im Volk, die sich auch gegen Leute wie mich richteten. In England wurde ein Gesetz gegen die Kinderarbeit erlassen, und in Lyon kam es am 13.4.1834 zu einem Aufstand der Seidenweber. Ich musste früher oder später auch mit Streiks in meinen Betrieben rechnen. Dem beugte ich vor, indem ich meinen Arbeitern Zugeständnisse machte, die sie davon abhalten sollten sich gewerkschaftlich zu organisieren.

1836 feierte ich meinen 40.Geburtstag. Im selben Jahr gründeten deutsche Intellektuelle in Paris gemeinsam mit Handwerkern und Arbeitern den "Bund der Gerechten". Dieser Bund war eine Art Vorläufer der sozialistischen Partei. Das Gedankengut dieser unsäglichen Bewegung war kommunistisch angehaucht.

Vom Kommunismus, sowie jeder Form des Sozialismus hielt ich ebenso wenig wie von der Kirchenlehre. Die Priester aller Konfessionen versprachen den Menschen ein besseres Leben nach dem Tod. Das fand ich zwar lächerlich, weil ich nicht daran glaubte, aber nun war ich auf der Seite jener Menschen, die Nutzen aus der Naivität des einfachen Volkes zogen.

Den Sozialismus nahm ich ebenfalls nicht ernst. Wie viele andere Menschen erkannte ich nicht die Gefahr dieser Ersatzreligion. Wenn man den Armen die Hoffnung auf ein besseres Leben nach dem Tod nahm und ihnen dafür das sogenannte Arbeiterparadies jetzt und sofort versprach, dann waren Unruhen und Chaos logischerweise vorprogrammiert. Mit Parolen wie „Besitz ist Diebstahl", „alle Menschen sind gleich" und jedem stehe das Gleiche zu, sollten diese Volksverhetzer noch viel Unheil anrichten. Doch war es glücklicherweise noch lange nicht so weit, dass sie auch nur den Hauch einer Chance hatten an die Macht zu kommen.

Der Kapitalismus hatte gerade erst begonnen das alte Feudalsystem der Adeligen zu beenden. Diese Ideologie war mir viel sympathischer. Es kam nicht mehr darauf an, wo jemand herkam und aus welcher Familie er stammte. Es ging darum, was jemand schaffte und hatte. Nach dem allmählichen

Zusammenbruch der alten Ordnung konnten Menschen, die wie ich, aus einfachen Verhältnissen stammten, alles erreichen. Im aufkeimenden Kapitalismus war zwar nicht jeder Mensch gleich, aber er hatte zumindest fast die gleiche Chance etwas aus seinem Leben zu machen.

Meine Kinder schickte ich zu dieser Zeit in Internate die von der Kirche geleitet wurden. Das war für mich kein Widerspruch. Ich wusste, dass sie dort die bestmögliche Ausbildung erhielten. Da ich meinen Kindern schon vorher meine Meinung über Religion kundgetan hatte, hoffte ich, dass sie klug genug waren alles selbst zu durchschauen. Ich riet ihnen, sich im Religionsunterricht neutral zu verhalten. Was mir als Kind widerfahren war, als ich meine ehrliche Meinung geäußert hatte, war ihnen bekannt.

Kurz vor meinem 50. Geburtstag wurden einige phantastische Erfindungen gemacht. Ein Franzose Namens Daguerre konstruierte den ersten praktisch verwendbaren Fotoapparat. Die französische Regierung kaufte diese Erfindung an. Noch mussten die Fotos mit unglaublichem Aufwand hergestellt werden. Kaum jemand konnte sich eine Fotografie leisten. Ich leistete mir selbstverständlich zu meinem 50iger ein Familienfoto mit Nicola, meinen Eltern und den Kindern.

In Amerika sandte Samuel Morse das erste Telegramm von Washington nach Baltimore und England begann damit, seine Kolonien weiter auszubauen. Der Neffe des ehemaligen Kaisers Napoleon scheiterte mit einem Putschversuch.

Leider starb mein geliebter Vater bald nach meinem 50. Jubiläum. Damit meine Mutter nicht alleine in Meaux leben musste, holte ich sie in meine Villa nach Paris. Ich beschäftigte genügend Personal, das sich um sie kümmern konnte. Mein Sohn besuchte mittlerweile die Universität. Meine Tochter heiratete einen netten jungen Mann aus dem Großbürgertum.

Um meinen Geburtstag gebührend feiern zu können, ließ ich die Arbeit einmal Arbeit sein und kümmerte mich um meine Familie. Wir kamen selten alle auf einmal zusammen. Die Geburtstagsfeier wurde ein großer Erfolg. Natürlich hatte ich auch einige Geschäftsfreunde eingeladen, mit denen ich während der Feierlichkeiten über den Ausbau meines Filialnetzes sprach. Wie üblich zeigte meine Familie Verständnis dafür, dass ich auch an diesem Tag das Geschäft nicht ganz vergessen konnte. Die Schwierigkeiten, die ich als Newcomer beim Großbürgertum der Stadt Paris hatte, waren noch lange nicht überwunden; aber die Akzeptanz wuchs mit jedem Jahr und jedem Franc den ich verdiente.

Ich hatte mich vom kleinen Bäcker aus der Provinz zu einem angesehenen Großbürger von Paris hochgearbeitet. Stolz blickte ich auf ein halbes Jahrhundert meines Lebens zurück.

Ein bestellter Fotograf, der extra zu meinem Geburtstag geladen war, hatte seinen neumodischen Wunderkasten im Garten aufgestellt. Wir mussten einige Zeit völlig regungslos auf Sesseln sitzen, damit bei der elend langen Belichtungsphase niemand verschwommen oder verwackelt aufs Bild kam. Noch hatte ich keine Ahnung, wie viel mir dieses Foto einmal bedeuten würde. Ich schämte mich stattdessen ein bisschen über meinen Wohlstandsbauch, der mir in den letzten Jahren gewachsen war. Auch meine Haarpracht war nicht mehr so dicht wie einst im Mai. Doch die Qualität der damaligen Fotos zeigte das nicht so erbarmungslos wie mein Spiegel.

Eine tiefe Melancholie ergriff mich in der Zeit nach meinem Geburtstag. Heutzutage würde man Midlife-Crisis dazu sagen. Je länger und intensiver ich über mein Leben nachdachte, desto unzufriedener wurde ich. Meiner Meinung nach hatte ich viel zu früh geheiratet. Spätestens als meine Kinder mich mit Enkelkindern zum Großvater machten, realisierte ich, dass ich nicht mehr der Jüngste war. Am meisten quälte mich aber der Gedanke, nun mit einer Großmutter verheiratet zu sein.

Wie der Großteil meiner Geschäftspartner, stellte auch ich einer jungen und hübschen Mademoiselle nach. Mit Geld und Geschenken war der Altersunterschied kein Problem. Dass mich dieses Verhalten vor vielen Jahren bei meinem Vater empört hatte, verdrängte ich so gut es ging. In Paris konnte ich so eine Affäre auch leichter vertuschen, als mein Vater seinerzeit im kleinen Meaux. Meine geliebte Nicola war noch genau so attraktiv wie seinerzeit meine Mutter, die von meinem Vater ähnlich hintergangen wurde. Der Drang in mir, die verlorene Jugendzeit noch einmal aufleben zu lassen, war stärker als mein schlechtes Gewissen.

Ich tat alles, damit alles geheim blieb. So richtete ich meiner viel zu jungen Freundin eine kleine aber feine Wohnung in der Innenstadt von Paris ein, wo ich sie jederzeit diskret besuchen konnte. Objektiv gesehen war diese 20jährige Blondine nicht einmal halb so hübsch, wie meine Ehefrau als diese noch im selben Alter war.

Die Tatsache, dass ich nicht aufhören konnte wie ein Besessener mein Vermögen zu vermehren, stresste mich gewaltig. Mein zweiter Frühling kostete mich Kraft und Lebensenergie. Ständig riss es mich zwischen Arbeit, Familie und Freundin hin und her. Außerdem schmerzte mich der Gedanke, dass meine Geliebte nur wegen des Geldes mit mir zusammen war. Wie gern wäre ich noch einmal jung und attraktiv gewesen. Doch diese Zeit war ein für alle Mal vorbei. Schmerzlich wurde mir bewusst, dass ich meine vergangene Jungend mit keinem Geld der Welt wieder zurückkaufen konnte.

Noch bevor meine Frau Nicola etwas von meiner Affäre erfuhr, kehrte ich reumütig in ihre weit geöffneten Arme zurück. Sie hatte nichts bemerkt und das ersparte ihr Kummer und Leid. Das junge Mädchen bekam eine großzügige Abfindung und ich habe sie nie wieder getroffen.

Aber so gut ich auch alles vertuscht und repariert hatte, es blieb mir ein seelischer Knacks, den ich nie wieder loswurde.

Erstmals in meinem Leben machte ich mir richtige Sorgen um die Zukunft. In den Jahren die danach kamen, schien die Zeit immer schneller zu rasen. Die Arbeit fiel mir immer schwerer und ich sah immer weniger Sinn darin noch mehr zu erreichen. Noch nie zuvor hatte ich an den Tod gedacht. Doch nun bekam ich langsam Angst davor. Ich glaubte ja weder an Gott noch an ein glücklicheres Leben nach dem Tod. Somit erschien mir auf einmal alles so sinnlos und ohne jede Bedeutung.

Ich wusste, dass ich mit meinem Vermögen nichts mehr anfangen konnte, wenn ich tot war. Ich kannte nur eine Möglichkeit unsterblich zu werden. Mein Reichtum sollte mir dabei helfen, dass man nach meinem Ableben Straßen und Plätze nach mir benannte. Auch schwebten mir Stiftungen für Universitäten oder Ähnliches vor, die dann meinen Namen tragen sollten.

Diese verzweifelte Hoffnung, dass nicht alles was ich getan hatte, umsonst sein musste, trieb mich in den letzten Jahren meines Lebens an. Ich arbeitete sogar mehr als je zuvor. Viele meiner Konkurrenten in Paris und in der Provinz mussten daran glauben. Ich schaffte es trotzdem nicht einmal annähernd unser großes Frankreich komplett mit meinen Filialen zu überziehen.

33 Jahre nach der Verbannung des Kaisers Napoleon übernahm sein Neffe Louis Napoleon III die Regierungsgeschäfte in Frankreich. Nach zwei vergeblichen Putschversuchen wählten ihn 75 % der Franzosen für vier Jahre zum Präsidenten der zweiten Republik.

Ich gehörte nicht zu seinen Anhängern. Immerhin hatte Napoleon meinen Bruder auf dem Gewissen, der auf irgendeinem unbekannten Schlachtfeld sinnlos verrottete. Auch traute ich niemandem aus der Familie Bonapartes. Schon Napoleon I hatte die Macht während der Zeit der Republik an sich gerissen. Kurz darauf wandelte er diese einfach in eine Monarchie um. Seinem Neffen traute ich Ähnliches zu.

Mein Verdacht erwies sich schon drei Jahre später als teilweise bestätigt, als Napoleon III die Nationalversammlung auflöste. Er ließ sich alle Befugnisse übertragen, die er brauchte, um als Diktator 10 Jahre lang regieren zu können. Die Presse wurde mit strenger Zensur mundtot gemacht. Arbeiter, Polizei und die Armee brachte Napoleon III ebenfalls auf seine Seite.

Im Dezember 1852 wurde die Monarchie schließlich wieder eingeführt und von der Kirche unterstützt. Schon bei der Wahl zum Präsidenten hatte Napoleon III, von der Napoleon-Legende profitiert. Die Armee stand ebenfalls loyal hinter ihm.

Ich begann in dieser Zeit schon etwas zu kränkeln. Ich war mit fast 57 Jahren verfrüht zum Greis geworden. Ich hatte meinem Körper zeitlebens zu viel zugemutet. Schmackhaftes, aber ungesundes Essen sowie übermäßiger Alkoholgenuss hatten böse Folgen.

Ich wurde immer dicker und unbeweglicher. Mein Gesicht war rot gefärbt und aufgedunsen. Mein Kopfhaar war nur noch in kläglichen Resten vorhanden. Jeder Blick in den Spiegel kostete mich Überwindung. Es ekelte mich vor mir selber.

Dass meine Frau mich immer noch so liebevoll behandelte wie früher, verstand ich nicht. Die sogenannten inneren Werte, die Frauen, im Gegensatz zu uns Männern, besser erkennen können, waren bei einem Egoisten wie mir ja auch nicht gerade sehr ausgeprägt. Immer noch war mir die Arbeit wichtiger, als alles andere. Mit fortschreitendem Alter wurde das nur noch schlimmer. Ich hatte leider keinen anderen Sinn in meinem Leben gefunden. Je mehr ich schaffte, desto besser konnte ich mich von dem trüben Gedanken ablenken, dass am Ende des Lebens nur eine große Leere auf mich wartete.

Neben meinem Übergewicht plagten mich auch schon die Gicht und immer mehr Wehwehchen. Manchmal wachte ich mitten in der Nacht schweißgebadet auf, weil ich glaubte, ersticken zu müssen. Ein anderes Mal waren es Alpträume die mir den Schlaf raubten. Meinem Unterbewusstsein konnte ich nur im wachen Zustand entfliehen, indem ich mich Dingen widmete, die mir schon lange nicht mehr gut taten.

Mein Hausarzt konnte einem Sturkopf wie mir nicht helfen. Alles, was er sagte, wusste ich auch ohne ihn. Ich arbeitete, aß, trank und rauchte zu viel. Gerade dieses "zu viel" von allem, war es, was meinem Körper irreparabel schadete. Alles was meiner Gesundheit genützt hätte, war mir zu mühsam.

Ich wollte und konnte mich nicht mehr ändern. Mit meinen 57 Jahren war ohnehin schon alles vorbei, glaubte ich. Ich sah nicht ein, warum ich mich einschränken sollte. Für die paar Jahre, die ich noch zu leben hatte, wollte ich mir nichts versagen.

Überraschender Weise wurde ich älter, als ich dachte. Mein exzessiver Lebensstil rächte sich allerdings, indem ich die letzten Jahre meines Lebens unter immer stärkeren Schmerzen litt. Ich war nun einer der reichsten Männer Frankreichs, konnte es aber nicht wirklich genießen. Während einfache Arbeiter und Bauern sich in meinem Alter noch bester Gesundheit erfreuten, lag ich die meiste Zeit krank und deprimiert im Bett.

Diese rüstigen, einfachen Leute hatten sich ihre Gesundheit eben nicht mit meiner unvernünftigen Lebensweise ruiniert. Wesentlich ältere Angestellte von mir hätten noch Bäume ausreißen können, während ich mich manchmal so fühlte, als läge ich unter einem solchen.

Wäre ich noch wohlauf gewesen, dann hätte ich meine Zeit für die schönen Dinge des Lebens nützen können. Ich besaß genügend Geld um mir alles zu leisten, aber es freute mich weder eine rauschende Ballnacht, noch ein Picknick mit meinen Angehörigen am Meer.

"Gesundheit ist zwar nicht alles, aber ohne Gesundheit ist alles nichts!" Diese und andere Binsenweisheiten musste ich mir ständig von meinem Arzt anhören.

Wenn es mir auch nur ein bisschen besser ging, dann dachte ich sofort wieder an Geschäfte. Ich saß dann meistens im großzügig angelegten Garten meines prächtigen Hauses und gab meinen Lakaien diverse Anweisungen. Nur selten konnte ich mich noch aufraffen, um persönlich die Filialen und die Brotfabrik zu inspizieren. Das erledigte mittlerweile schon alles mein Sohn Louis. Ich war stolz auf ihn. Er hatte das Gefühl für gute Geschäfte von mir geerbt.

1853 brach der Krimkrieg aus. Großbritannien und Frankreich erklärten Russland den Krieg. Russland war nach dieser Kriegserklärung endgültig vom übrigen Europa isoliert.

Drei Jahre dauerte dieser blutigste Krieg des 19. Jahrhunderts; den Russland verlor. Frankreich, Großbritannien, Österreich, Preußen, Sardinien und das Osmanische Reich schlossen mit Russland den Frieden von Paris. Russland verlor damit auf längere Zeit seine Vormachtstellung in Osteuropa. Frankreich hingegen gewann wieder mehr an außenpolitischer Bedeutung.

Die Zeit war günstig, um auch in anderen Ländern wirtschaftlich aktiv zu werden. Mein Sohn Louis war mittlerweile 36 Jahre alt und erledigte alle meine Geschäfte. Er besaß mein uneingeschränktes Vertrauen, und enttäuschte mich nie. Unsere gemeinsamen Unternehmungen führten ihn durch halb Europa und sogar für einige Monate nach Amerika.

Die brave Ehefrau meines Sohnes fand es allerdings nicht in Ordnung, dass er sich ständig im Ausland aufhielt. Sie hätte ihn lieber öfter in Paris gesehen. Aber Louis trat auch in dieser Hinsicht in meine Fußstapfen und kümmerte sich nur wenig um seine Frau und seine Kinder.

Meinen 60-igesten Geburtstag konnte ich nicht groß feiern, weil ich wieder einmal für längere Zeit ans Bett gefesselt war. Mein Hausarzt hatte dem Personal strikte Anweisungen gegeben, mir kein fetthaltiges Essen mehr zu geben. Süßigkeiten waren schon lange von meinem Speiseplan gestrichen. So weit war es schon mit mir gekommen! Ich durfte nicht einmal mehr in meinem eigenen Haus tun und lassen, was ich wollte. Ich wusste natürlich, das alles nur zu meinem Besten geschah, aber das änderte nichts.

Die erste Weltwirtschaftskrise erlebte ich 1857. Wie alle darauffolgenden, ging sie von den Vereinigten Staaten aus. Doch weder mich noch meine Familie konnte das erschüttern.

Mein Vermögen war schon viel zu groß und zu weit verzweigt, um sich im Nichts aufzulösen. Im Gegenteil! Ich machte mir die Krise zunutze, um in Not geratene Konkurrenten billig aufzukaufen. Mein Sohn investierte unser Geld in jedes Unternehmen, welches das Potential hatte, nach der Krise, wieder Gewinn abzuwerfen. Die Jahresbilanzen der vielen Firmen, die wir besaßen, waren die Freude meines Alters.

Wenn mir bewusst wurde, dass ich eines Tages sterben müsste und somit alles verlieren würde, dann ertränkte ich meine Depressionen in Rotwein, den mir der Arzt eigentlich auch schon längst verboten hatte.

1859 wurde in Pennsylvania (USA) die erste Ölquelle wirtschaftlich genutzt. Noch wusste niemand, welche Auswirkungen diese Tatsache auf die Zukunft der Menschheit haben würde.

Im selben Jahr veröffentlichte der britische Naturforscher Charles Darwin sein Buch über die Evolutionstheorie. Er hatte nicht nur herausgefunden, dass der Mensch vom Affen abstammt sondern auch, dass auf unserem Planeten immer die stärkere Pflanzen- bzw Tierart eine schwächere, oder weniger angepasste verdrängt. Wirtschaftstheoretiker vertraten beim Menschen eine ähnliche Meinung. Sie rechtfertigten damit den Kapitalismus und Kolonialherrschaft. In weiterer Folge wurde behauptet, dass es das natürlichste der Welt wäre, dass der wirtschaftlich Stärkere sich gegen den Schwächeren durchsetzen soll. Ich konnte aufgrund meiner Lebenserfahrung diesen Theorien uneingeschränkt beipflichten. Mein ganzes Denken und Handeln war zeitlebens von diesen Ideen bestimmt gewesen. Ich hatte all meine Kraft dafür eingesetzt, um zu den Stärkeren zu gehören. Finanziell hatte ich die gewünschte Stärke längst erlangt. Aber körperlich war ich nur noch ein Wrack, das auf die Hilfe anderer angewiesen war. Von der natürlichen Auslese im Tierreich - also, dass kranke Tiere einfach ihrem Schicksal überlassen werden sollen – war ich in meinem speziellen Fall weniger überzeugt.

Die Jahre bis zu meinem 70-igsten Geburtstag siechte ich dahin. Manchmal ging es mir so schlecht, dass ich glaubte, ich würde den nächsten Tag nicht mehr erleben. Dann kamen wieder Tage und Wochen, in denen ich mich, zumindest vom Bett aus, wieder ums Geschäft kümmern konnte.

Mein 70-igster Geburtstag wurde groß gefeiert. Ich war mittlerweile Urgroßvater geworden. Auch an meiner Nicola war die Zeit nicht spurlos vorbei gegangen. Ihr pechschwarzes Haar war ergraut und ihr frisches Gesicht hatte tiefe Falten bekommen. Aber ihre mandelbraunen Augen blitzten noch immer so fröhlich, wie damals, als ich sie ehelichte.

Mein Zustand war an diesem Festtag erbärmlich. Ich lag im Bett und bekam etwas Hühnersuppe, während unten im Haus mein Geburtstag gefeiert wurde. Meine Geschäftspartner und die meines Sohnes waren natürlich auch eingeladen. Es waren sicher mehr als 100 Gäste zugegen. Zum ersten Mal fiel mir auf, dass ich eigentlich keine Freunde hatte, die nicht irgendwie mit dem Geschäft zu tun hatten. Je länger die Party dauerte, an der ich nicht teilnehmen konnte, desto trauriger wurde ich.

Im Garten spielten meine Enkelkinder mit meinen Urenkeln. Der Schnee hatte sich schon verzogen und die ersten Frühlingsblumen sprießten aus der Erde. Wie gerne hätte ich noch einmal das Rad der Zeit zurückgedreht und mit meinen eigenen Kindern gespielt. Aber das war jetzt leider nicht mehr möglich. Ich konnte aus gesundheitlichen Gründen, nicht einmal etwas von den Köstlichkeiten der Festtafel essen.

In diesem hohen Alter, an meinem 70sten Geburtstag wurde mir endgültig klar, dass in meinem Leben einiges schiefgelaufen war. Aber nun konnte ich gar nichts mehr tun, um etwas zu ändern. Ich war alt, schwach und unheilbar krank. Mein Arzt konnte weder mein Leid lindern, noch mich davon ganz erlösen. Ich sollte noch etwa 2 Jahre auf diese Weise dahinvegetieren.

Ich musste mich stark zurückhalten, um nicht zu weinen. Ich konnte die Gedanken an meine Eltern, an meinen so früh verstorbenen Bruder und an die kleine Bäckerei in Meaux, wo wir als Kinder so viel Spaß gehabt hatten, nicht mehr aus meinen Gedanken verbannen. Anstatt mich an dem Fest zu erfreuen, trauerte ich einsam in meinem Bett, der glücklichen Kindheit und meiner verlorenen Jugend nach.

Von draußen hörte ich, wie sich alle anderen auf meine Kosten auf meiner Party vergnügten. Da konnte ich mich nicht mehr beherrschen. Ich schluchzte wie ein kleines Kind.

In den Tagen nach meinem Geburtstag ging es mir wieder etwas besser. Die einzige Freude, die ich in diesen Tagen noch hatte, war das Lesen von Büchern. Meine Augen konnten immer noch ohne Brillen auskommen. Der Rest meines Körpers war dem Verfall geweiht. Ich las fast alles, was ich in die Finger bekam. Dieses Vergnügen hatte mir der Arzt noch nicht verboten.

Ich verfolgte alle Berichte über den amerikanischen Bürgerkrieg und die Ermordung von Präsident Lincoln. Die Wiederherstellung der Einheit der Vereinigten Staaten ließ mich hoffen, dass eines Tages auch im zerstrittenen, kriegerischen Europa eine friedliche Einheit der Völker verwirklicht werden könnte.

1865 erschien zum Beispiel der Roman "Von der Erde zum Mond" von Jules Verne. Beim Lesen dieses ersten Science Fiction Romans glaubte ich, das Werk eines Märchenerzählers in meinen Händen zu halten. Ich konnte mir außer der Eisenbahn, Kutschen, Booten und unzuverlässigen Luftschiffen keine anderen Fortbewegungsmittel vorstellen.

Andere Bücher schienen mir wesentlich realistischer. Dennoch waren mir einige Autoren nicht gerade sympathisch. Drei Jahre nach der Gründung der Sozialistischen Internationale erschien 1867 ein Machwerk mit dem Titel: "Das Kapital" von Karl Marx. Er hatte dieses Buch schon 1850 geschrieben. Die Verzögerung zwischen der Produktion und dem Erscheinungstermin des Buches stand jedoch in keinem Verhältnis zur Veröffentlichung und der niemals eingetretenen Verwirklichung der beschriebenen kommunistischen Wunderwelt.

Der Winter des Jahres 1867 war kalt und frostig. Ich freute mich, als der Schnee schmolz und der Frühling begann. Es sollte mein letzter sein.

Eines Morgens wachte ich auf und wurde von einem nicht enden wollenden Hustenreiz befallen. Ich spuckte Blut und rang nach Luft. Meine Frau Nicola schickte sofort nach dem Arzt. Doch alles, was er für mich noch tun konnte, war meine Schmerzen zu lindern. Natürlich wurde sofort die ganze Verwandtschaft zusammengetrommelt, um mich ein letztes Mal lebend zu sehen.

Priester wollte ich keinen im Haus haben. Die letzte Ölung konnte er für sich behalten. Ich war zwar nie aus der Kirche ausgetreten, aber das änderte nichts an meiner atheistischen Einstellung. An ein Weiterleben nach dem Tod glaubte ich nicht und so empfand ich keinen Trost, wie andere Sterbende.

Ich hatte genug mit meinen Schmerzen zu kämpfen. Jeder gelungene Atemzug war schon eine kleine Sensation für mich. Es war schrecklich, langsam aber sicher die Kontrolle über mein Leben zu verlieren. Auf diese Art zu sterben fand ich würdelos.

Mir fiel ein, dass ich vor vielen Jahren, als ich noch jung und agil war, über einen Spruch gelacht hatte:

"Wer nicht altern will, der muss sich in der Jugend selbst töten", hatte ein Bekannter zum Besten gegeben. Ich fand diese Idee grotesk. Allerdings wäre mir, wenn ich diesen "Tipp" befolgt hätte, dieser jämmerliche Tod erspart geblieben.

Ein langsames Dahinscheiden war das schlimmste, was ich mir vorstellen konnte. Ich lag hilflos da und wusste, dass es nur noch schlechter werden würde. Verzweiflung machte sich breit.

Draußen war das schönste Wetter. Alles blühte und gedeihte. Die Natur erwachte nach einem langen Winter wie jedes Jahr aufs Neue. Die Vögel zwitscherten fröhlich in den Bäumen welche in voller Blüte standen. Warme Sonnenstrahlen drangen bis in mein trostloses Sterbezimmer hinein.

Plötzlich wurde es finster. Mir waren die Augen zugefallen. Ich versuchte, sie wieder aufzubekommen, aber sie ließen sich nicht mehr aus eigener Kraft öffnen.

"Oh mein Gott! Er ist tot", hörte ich meine Frau schluchzen.

"Blödsinn!" dachte ich. "Ich höre dich ja noch." Ich ärgerte mich über den Ausspruch meiner Frau und versuchte weiter die Augen wieder zu öffnen. Mir fiel gar nicht auf, dass ich plötzlich keine Schmerzen mehr empfand. Ich hatte ein eigenartig, leichtes Gefühl. Dann konnte ich auch ohne das Öffnen der Augen wieder sehen.

Es kam mir so vor, als schwebte ich am Plafond. Von dort konnte ich mich selbst im Bett liegen sehen. Meine Frau war über mich gebeugt und weinte. Der Arzt zog die Decke über mein Gesicht.

Jetzt war ich sicher, dass ich das alles nur träumte. Die Situation war völlig ungewöhnlich und seltsam. Ich fühlte mich nackt und mir wurde kalt. Ich wollte wieder zurück in meinen Körper, der regungslos vor mir lag. Doch ich spürte, wie ich mich gegen meinen Willen, von einer unheimlichen Kraft, immer weiter von meinem Körper entfernte. Es wurde wieder dunkel um mich herum. Ich versuchte mit aller Gewalt aus diesem Alptraum aufzuwachen. Doch ich träumte ja gar nicht.

Dann konnte ich erstmals "Das Licht" erkennen. Es war eigentlich ein kleiner, heller Punkt, auf den ich mich hin zu bewegen schien. Der Raum, in dem ich mich gerade noch befunden hatte, schien sich aufgelöst zu haben. Ich befand mich in einem langen Tunnel.

Das Licht wurde immer größer und intensiver. Ich tauchte langsam in die Helligkeit ein. Mir wurde mit einem Mal wieder angenehm warm. Ich fühlte mich wohl und geborgen. Jetzt hatte ich kein Interesse mehr, in meinen alten, kranken Körper zurückzukehren.

In wenigen Sekundenbruchteilen lief mein gesamtes, vergangenes Leben noch einmal wie im Zeitraffertempo ab. Alles was ich je gesehen, gehört oder empfunden hatte durchlebte ich nun ein 2. Mal. Nichts wurde ausgelassen. Ich sah meine eigene Geburt und wie ich als kleines Kind in der Kornkammer mit meinen Bruder spielte. Schulzeit, Heirat, Karriere, Freude und Schmerz erlebte ich in atemberaubender Abfolge. Die Vision endete mit meinem Austritt aus dem alten kranken Körper, der jetzt leblos in dem Raum lag, von dem ich mich schon meilenweit entfernt hatte.

Was danach geschah ist aus meinem Gedächtnis gelöscht. Meine Erinnerung an den Übergang von einem in das andere Leben konnte ich nicht festhalten. Mir fehlen etwa 9 Monate und die erste Zeit nach meiner Wiedergeburt.

Top Story

„Peter, Peter wach auf", rief Dr. Hugles. Er rüttelte an meiner Schulter. Ich lag verkehrt herum im Bett. Ich war noch völlig bekleidet. Nicht einmal meine Schuhe hatte ich ausgezogen.

„Qu'est-ce qui se passe?" fragte ich verträumt. Ich drehte mich um, rieb mir die Augen und sah verschwommen meinen Freund und Anwalt vor mir stehen. Er hatte sich zwischenzeitlich etwas Bequemeres angezogen.

„Ich verstehe kein Wort Peter. Du musst schon englisch mit mir sprechen", sagte Dr. Hugles.

„Tut mir leid", entschuldigte ich mich gähnend. „Ich habe schon wieder von meinem Leben in Frankreich geträumt."

Dr. Hugles kannte das schon. Immer wenn ich aufwachte, dann glaubte ich für kurze Zeit jemand anderer zu sein. Es dauerte aber nie lange, bis ich wieder wusste, wer und wo ich war.

Mir war sofort wieder bewusst, dass wir gerade das Jahr 1976 schrieben und uns in New York City befanden. Mein Name war nicht mehr Jean Daudon, sondern Peter Becker. Französisch war schon lange nicht mehr meine Muttersprache. Ich sprach vielmehr eine Mischung aus amerikanischem Englisch mit den unterschiedlichsten ausländischen Akzenten. So sehr ich mich bemühte, ernst genommen zu werden, und so gut Englisch zu sprechen, wie in meinem letzten Leben, so oft scheiterte ich auch daran. Immer wieder mischten sich Sprachmelodien aus längst vergangenen Leben in meine Aussprache.

Ich wusste warum ich diesen Preis zu zahlen hatte. Dieses und viele andere Probleme, die ich in diesem Leben erdulden musste hatten einen guten Grund. Ein alter Chinese hatte mich vor langer Zeit gewarnt die Büchse der Pandora zu öffnen. Doch davon später.

„Okay Hugles, ich bin schon wieder voll da", sagte ich. Mein Kopf brummte. Am liebsten hätte ich mich sofort wieder umgedreht und weitergeschlafen.

„Wie viel Zeit bleibt mir noch, um mich frisch zu machen?" wollte ich wissen.

„Nein, Peter, es ist noch nicht soweit. Du hast kaum eine halbe Stunde geschlafen. Der Prozess beginnt erst in 11 Stunden. Du hast also noch genügend Zeit dich auszuruhen", beruhigte mich Dr. Hugles.

Jetzt wunderte ich mich auch nicht mehr über meinen schlaftrunkenen Zustand.

„Warum hast du mich dann aufgeweckt?" fragte ich etwas mürrisch.

„Ich hab gedacht, du möchtest in etwas Bequemeres schlüpfen, um weiterzuschlafen", sagte er. „Zumindest die Schuhe solltest du dir ausziehen und dich ordentlich hinlegen. So wie du daliegst, bekommst du noch einen Alptraum."

Ich richtete mich auf. Mir war die Sache mit den Schuhen peinlich. Mit einem davon hatte ich das Bettlaken beschmutzt. Auch mein Anzug gehörte in den Kleiderschrank und nicht als Pyjamaersatz ins Bett.

„Mein momentanes Leben ist ein einziger Alptraum", sagte ich immer noch gähnend und begann, die Schnürsenkel meiner Schuhe zu öffnen.

„Denk doch endlich mal positiv, Peter", versuchte Dr. Hugles mich aufzumuntern. „Vielleicht ist schon morgen die ganze Sache ausgestanden und du bist wieder ein reicher Mann."

„Ich habe keine Ahnung, was ich machen soll, wenn der Prozess verloren geht", sagte ich. „Du weißt ja, dass ich nicht mehr in mein altes Leben zurückkehren kann."

„Mach dir darüber mal keine Sorgen", sagte Dr. Hugles. „Ich weiß, dass du die Wahrheit sagst, und ich glaube an unseren Rechtsstaat. Wenn wir diesen Prozess verlieren, dann gehen wir in die zweite Instanz. Wenn nötig, dann pilgern wir bis zum obersten Gerichtshof der Vereinigten Staaten. Wir werden alle davon überzeugen, dass Jeff Webster ein Betrüger ist."

„Leider hat er im Moment alle Trümpfe auf seiner Seite", bemerkte ich verbittert. „Wenn ich denke, was für ein nobler Kerl sein Vater Larry war. Aber das brauche ich dir ja nicht zu erzählen. Du hast ja bis zu seinem tragischen Tod vor drei Jahren für ihn gearbeitet."

„Leider hat mich Jeff unmittelbar nach dem Tod seines Vaters Larry entlassen und sich den Winkeladvokaten Stone ins Haus geholt. Wobei ich Dr. Stone zu Gute halten muss, dass er seinem Mandanten möglicherweise glaubt und uns beide für Lügner hält."

„Ich habe Larry Webster und dir vertraut, als wir seinerzeit im Sommer 1951 mein Testament aufsetzten. Ich weiß noch, dass ihr beide anfangs nicht geglaubt habt, dass ich mich tatsächlich selbst beerben will", sagte ich.

„Nun ja, es kommt ja nicht tagtäglich vor, dass ein über 80-jähriger Milliardär mit derartigen Wünschen an einen Notar herantritt", schmunzelte Dr. Hugles. „Ich war damals noch ein blutjunger Anwalt, so etwa in deinem jetzigen Alter. Nicht eine Sekunde hatte ich damals in Betracht gezogen, dass wir uns einmal wiedersehen und du der Jüngere von uns beiden sein würdest."

„Alles ist so ganz anders gelaufen, als ich es mir erhofft habe", stöhnte ich. „ Niemals hätte ich mir träumen lassen, dass bei einem simplen Plan so viel schiefgehen kann. Jeff Webster hat diese Gelegenheit nur ergreifen können, weil für mich zuvor so viele Dinge schief gelaufen waren, mit denen ich nicht gerechnet hatte."

„Du hast wirklich alles richtig gemacht und viel auf dich genommen", stimmte mir Dr. Hugles zu. „Und dann so kurz vorm Ziel steht dir dieser Webster im Weg. Wir werden diesen Mistkerl damit nicht davonkommen lassen. Das verspreche ich dir."

„Mein größtes Problem ist, dass wir nichts Konkretes gegen Jeff Webster in der Hand haben, und meine Geschichte klingt ja wirklich nicht sehr glaubwürdig", stellte ich fest.

„Dazu kommt noch dein ständig wechselnder ausländischer Akzent, den du nicht ausmerzen kannst. Wie sollen die Leute einem Mann glauben, der behauptet, über 80 Jahre in Amerika gelebt zu haben, wenn er nicht einmal akzentfrei Englisch sprechen kann!"

Tatsächlich war meine Art zu sprechen ein großes Thema in den Medien. Einige glaubten meine Story gerade weil ich ständig von einer Sprachmelodie in eine andere wechselte um dann im nächsten Moment wieder für kurze Zeit einwandfrei Englisch zu sprechen. Meine Gegner hielten aber gerade dieses Problem, dass ich nicht unter Kontrolle hatte, für ein lächerliches Schauspiel. Dr. Stone erklärte, jedem der es hören wollte, ich sei entweder verrückt, oder ein besonders gewiefter Betrüger der einfache Gemüter damit zum Narren hielt. Somit unterstellte er allen die meine Version für bare Münze nahmen, nicht besonders schlau zu sein.

„Sind eigentlich die Erinnerungen aus deinen vergangenen Leben gleich stark präsent, oder weißt du noch mehr über dein letztes Leben in New York?" wollte Dr. Hugles wissen.

Diese Frage konnte ich gar nicht so leicht beantworten. Manchmal war ein gelebtes Leben ganz klar und chronologisch aus meinem Gedächtnis abrufbar. Ein anderes Mal mischten sich Erinnerungen aus diversen Erfahrungen und ich kam ganz durcheinander. Beim Versuch sie zu ordnen bekam ich oft Kopfschmerzen die kaum auszuhalten waren.

Meistens passierte es, dass ich mich an Begebenheiten eines Lebens direkt erinnerte, aber es kam auch oft vor, dass ich mich auch nur an eine Erinnerung erinnerte, die ich in einem vergangenen Leben an ein anderes vergangenes Leben hatte. Beim Versuch, das auf die Reihe zu bekommen, scheiterte ich regelmäßig.

Vieles wusste ich nur noch, weil ich es noch aus dem Bewusstsein meines Lebens als Amerikaner behalten hatte. Das heißt: ich erinnerte mich, dass ich mich als Bill Toscanny daran erinnert hatte, wie ich als Jean Daudon lebte. Meine Erinnerungen an mein Leben als Franzose waren also teilweise aus zweiter Hand. Diese beiden Leben konnte ich bei vollem Bewusstsein jederzeit aus meinem Gedächtnis abrufen.

Aber wenn ich einschlief und träumte, dann waren da noch die viel älteren Erinnerungen an Leben, die noch viel weiter zurückreichten. Leider waren die in meinem Unterbewusstsein so tief vergraben, dass ich im Wachzustand keinen Zugriff darauf hatte. Darüber schwieg ich allerdings aus guten Gründen: Erstens trugen diese noch weiter in der Vergangenheit befindlichen Leben nichts zu dem Prozess bei. Und zweitens war mir klar, dass ich spätestens bei der Erwähnung von Leben, an die ich mich nur in Fragmenten erinnern konnte, von niemandem mehr ernst genommen werden würde.

„Zumindest haben wir den Verdacht, dass du nicht ganz richtig im Kopf bist, schon zu Beginn des Prozesses erfolgreich entkräften können", sagte Dr. Hugles. „Dummerweise bist du ein Präzedenzfall, und es gibt keine klaren Richtlinien, wie sich das Gericht in so einer Situation entscheiden soll. Wenn du gewinnst, dann werden mit Sicherheit viele Scharlatane versuchen, auf ähnliche Art und Weise, bei wohlhabenden Familien abzukassieren."

Tatsächlich hatten sich viele Experten und Gutachter vor Gericht über meinen Fall gestritten. Die Religionsfreiheit in den USA machte es auch möglich, dass wir Inder und Chinesen als Zeugen aufrufen durften. Die glaubten an die Widergeburt und es fand sogar eine spektakuläre Rückführung im Gerichtssaal statt, die allerdings nur jene überzeugte, die ohnehin schon daran glaubten.

Ich hatte mich während der Unterhaltung umgezogen und legte mich wieder ins Bett. Dr. Hugles ging aus dem Zimmer und drehte das Licht ab. Nun war ich wieder alleine mit meinen Gedanken und Sorgen.

Unweigerlich musste ich an mein früheres Leben in New York denken, als ich noch Bill Toscanny hieß und stolzer Besitzer des wunderschönen Anwesens in den Hamptons war, in dem nun dieser Jeff Webster wohnte. Allerdings waren mir auch die Schattenseiten New Yorks nicht unbekannt.

Das zweite Leben

Am 28.12.1868 kam ich in einer der billig errichteten Mietskasernen im New Yorker Stadtteil Queens auf die Welt. Spätere von mir vorgenommene Berechnungen bestätigten, dass meine Geburt etwa 9 Monate nach meinem Tod in Frankreich stattfand. Doch davon hatte ich in den ersten Jahren meines neuen Lebens natürlich keine Ahnung.

Wie bei allen Menschen, die wiedergeboren werden, war meine Erinnerung an mein Vorleben gelöscht. Und doch gab es einen Unterschied zwischen mir und den meisten anderen Menschen: Ich war nach dem Chinesischen Horoskop zum zweiten Mal hintereinander im Jahr des Drachen geboren. Mein Sternzeichen war diesmal nicht mehr Wassermann sondern Steinbock. Doch das tat nichts zur Sache. Viel später sollte ich erfahren, dass nur ganz wenige Menschen, etwa einer unter vielen Millionen, zwei Mal hintereinander im Jahr des Drachen wiedergeboren werden. Der Drache ist das einzige Tier im Chinesischen Horoskop, das es in der Realität nicht gibt. Es ist im Gegensatz zum Hasen oder zur Ratte, ein nicht wirklich lebendes Geschöpf, sondern ein Fabelwesen.

In China sind die Geburtenraten im Jahr des Drachen besonders hoch, da viele Ehepaare, die ein Wunschkind planen, ein sogenanntes Drachenbaby haben wollen. Daraus entstehen in diesem Land regelmäßig Probleme. Immerhin gibt es alle 12 Jahre einen Überschuss an Schülern, und später Arbeitsuchenden. Dafür besteht im Jahr davor und im Jahr danach ein dementsprechender Mangel.

Menschen, die in diesem Zeichen geboren sind, haben die Fähigkeit, die Welt zu verändern und besitzen besonderen Ehrgeiz. Wenn nun ein Mensch wie ich zwei Mal hintereinander im Jahr des Drachen auf die Welt kommt, dann kann es vorkommen, dass dieser sich an Geschehnisse aus früheren Leben erinnert. Im Gegensatz zu Leuten die sich hypnotisieren lassen um etwas über ihre früheren Leben zu erfahren, konnte ich es mir nicht aussuchen. Stück für Stück tauchten Bilder aus längst vergangenen Zeiten wieder auf.

Als Kind unterschied mich aber nichts von meinen Altersgenossen. Ich wuchs genauso auf, wie viele andere amerikanische Kinder zu dieser Zeit. Die langsam beginnenden Erinnerungsschübe an mein vorheriges Leben hielt ich für Phantasie und Tagträume.

Mein Vater hieß Guido Toscanny und stammte aus einer armen italienischen Einwandererfamilie. Er hatte pechschwarzes Haar, dunkle Augen und er war kräftig gebaut. Im Bürgerkrieg kämpfte er auf Seiten der Union. Mitten in den Kriegswirren verliebte er sich in eine hübsche Krankenschwester. Sie hieß Maria und war die Mischung aus einem Irischen Vater und einer ukrainischen Schönheit.

Meine Mutter Maria hatte blitzblaue Augen, liebreizende, slawische Gesichtszüge und viele irische Sommersprossen auf ihrer hellen Haut. Ihr rötlich schimmerndes, langes, gelocktes Haar war meinem Vater als erstes aufgefallen. Die beiden heirateten und zogen nach ihrem Kriegsdienst nach New York in den Stadtteil Queens.

Der Reichtum, den sich viele Einwanderer in der neuen Welt erhofften, stellte sich in unserer Familie leider nie ein. Meine Eltern mussten nach dem Krieg hart arbeiten, um uns Kinder zu ernähren. Als ich das Licht der Welt erblickte, da hatten sie schon Jane und Randy. Nach mir kam noch Rebecca zur Welt. Mich nannten sie Bill. Bei diesem Kinderreichtum hatten meine Eltern keine Chance, aus dem Elend herauszukommen.

Die Mafia, vor der die Familie meines Vaters seinerzeit geflüchtet war, gab es natürlich auch in New York. In Europa litten die Menschen unter hohen Steuern, in Amerika beutete die Mafia kleine Unternehmer aus. Mein Vater hatte mit seinem Sold ein kleines Obstgeschäft gekauft. Wegen der hohen Schutzgeldzahlungen blieb aber im Monat nur wenig Geld für die Familie übrig.

Meine Geschwister und ich litten im Winter Hunger und Kälte. Ich musste die Kleidung tragen, aus der meine Brüder herausgewachsen waren. Manchmal hatten wir so wenig Geld, dass wir uns nicht einmal an den Festtagen, wie Weihnachten oder Ostern, satt essen konnten.

Mein Vater war ein ehrlicher, einfacher Mann. Er litt sehr darunter, dass er uns nicht mehr bieten konnte. Seinen Kummer ertränkte er gerne mit Whisky. Danach war es besser ihm aus dem Weg zu gehen. Wenn er von der Arbeit kam, dann saß er meist im Unterhemd und unrasiert bei Tisch. Beim kargen Mahl erzählte er uns Kindern von seinen Plänen. Er war überzeugt vom Kapitalismus und wartete auf seine Chance auf Reichtum, die niemals kam.

Meine Mutter war viel zu früh gealtert. Ihre zarten Hände waren von der harten Arbeit in der Fabrik zerschunden. Trotzdem versprühte sie mit irischer Sturheit jene Zuversicht, die es uns Kindern erlaubte von den unbegrenzten Möglichkeiten unserer jungen Nation zu träumen.

Meine Geschwister und ich waren ihr ein und alles. Oft verzichtete sie auf ihr eigenes Essen, damit wir nicht hungern mussten. Mein Vater liebte sie dafür. Obwohl er uns Kinder genauso gern hatte, konnte er es nicht so zeigen, wie sie es tat. Bedauerlicherweise gab es wegen der ständigen Geldprobleme, immer wieder Streit. In meinem neuen Leben in der neuen Welt hatte ich es also anfangs um einiges schlechter getroffen als zuvor in Frankreich.

Wenige Monate nach meiner Geburt wurde der Republikaner Ulysses Simpson Grant als 18. amerikanischer Präsident in sein Amt eingeführt. Er löste seinen Parteikollegen Andrew Johnson ab, der seit der Ermordung von Präsident Abraham Lincoln die Regierung anführte. Lincoln war wenige Tage, nachdem die Nordstaaten im Sezessionskrieg gegen die Südstaaten gewonnen hatten, von einem Fanatiker erschossen worden.

Als ich (alias Jean Daudon) noch in Frankreich lebte und von dem Krieg und dem Attentat las, hätte ich mir nicht träumen lassen, dass mich die Auswirkungen des amerikanischen Nord-Süd-Konflikts einmal persönlich betreffen würden. Glücklicherweise befand ich mich in meinem neuen Leben wenigstens in dieser Hinsicht auf der Gewinnerseite der Nordstaaten.

Die Zeit der Sklaverei war vorbei. Dafür wurden die Arbeiter, nach Strich und Faden ausgebeutet. Im Wilden Westen verdrängte man die Indianer aus allen fruchtbaren Gebieten. Unsere Regierung brach immer wieder die geschlossenen Verträge und deportierte die Ureinwohner Amerikas zwangsweise in Reservate. Dort konnten sie aber nicht überleben. In den ihnen zugewiesenen Schutzzonen war das Land unfruchtbar. Es gab nicht genug zu essen. Wenn Indianer unerlaubt ihre Reservate verließen, dann wurden sie brutal niedergemetzelt. In New York bekam ich aber vom Wilden Westen genauso wenig mit wie seinerzeit in Frankreich.

1870 wurde in meiner alten Heimat Frankreich die dritte Republik ausgerufen. Napoleon III hatte wie sein berühmter Vorfahre eine entscheidende Schlacht verloren. Frankreich war endgültig eine Demokratie geworden.

Ich war noch keine vier Jahre alt und hatte zu dieser Zeit ganz andere Sorgen. Mich interessierte ausschließlich, wie ich zu meinem nächsten Essen kam. Mein Vater verlor sein schlecht gehendes Obstgeschäft in Queens und fand eine schlecht bezahlte Arbeit auf der anderen Seite des East Rivers in Manhattan.

Zu einer Zeit, wo der Trend von der Großfamilie weg in Richtung Kleinfamilie ging, musste ich mich mit 3 Geschwistern herumschlagen. Für eine Arbeiterfamilie, wie wir es waren, standen jedem Familienmitglied durchschnittlich 3 bis 4 Quadratmeter Wohnfläche zur Verfügung.

Meine Geschwister und ich waren also gezwungen, die meiste Zeit auf der Straße zu verbringen. In der Wohnung hielten wir uns nur zum Schlafen und zum Essen auf, sofern wir Nahrungsmittel im Haus hatten.

Die reichen Bürger New Yorks wohnten in schönen Häusern am Stadtrand oder in geräumigen Stadtwohnungen in Manhattan. Wir konnten von solchem Luxus nur träumen.

In der Schule lernten wir, dass wir in dem großartigsten Land der Welt lebten. Die Protestanten aus England und Deutschland, die den Großteil der Einwanderer ausmachten, waren aus ihren Heimatländern geflohen um frei zu sein. Ihre Interpretation des christlichen Glaubens, kam zu ganz andern Schlüssen wie jene der Katholiken und Orthodoxen in Europa.

In Frankreich hatte ich von katholischen Priestern gelernt, dass sich der Mensch dem Willen Gottes fügen sollte und sein Schicksal annehmen muss. Da konnte sich in der Gesellschaft nicht viel ändern.

In Amerika wurde in der Kirche gepredigt, dass jeder Mensch der hart für seinen Wohlstand arbeitet, von Gott mehr geliebt würde als der Faule, egal ob er arm oder reich geboren worden war. Diese Einstellung konnte man überall im Land spüren.

1876 fanden die 100-Jahr-Feiern der Republikgründung statt. Zum ersten Mal in meinem Leben nahm uns mein Vater auf einem Ausflug nach Manhattan mit. Meine Eltern hatten aus diesem Anlass beide einen unbezahlten Urlaubstag bekommen. Wir sahen zum ersten Mal den Central Park und freuten uns auf die Parade.

Manhattan kam mir vor wie eine andere Welt. Alles war viel schöner und größer als in Queens. Vornehme Gentlemen spazierten mir ihren aufgeputzten Ladys über die Prunkstraßen. Hier konnte ich sehen, was in meiner neuen Heimat alles möglich war. Ich nahm mir vor, sobald ich erwachsen war, Queens zu verlassen und in Manhattan gut bezahlte Arbeit zu finden. Nun, da ich gesehen hatte, wie ein besseres Leben aussehen konnte, hatte mich wieder einmal der Ehrgeiz gepackt.

Noch wusste ich nicht, dass ich es schon einmal geschafft hatte, nach oben zu kommen. Ich träumte schon manchmal von meinem Leben als Jean Daudon, aber ich hatte immer noch keine konkreten Erinnerungen an mein vorheriges Leben, sobald ich wieder wach war.

Im selben Jahr wurde von Alexander Graham Bell das erste von ihm konstruierte Telefon vorgestellt. Die Zeit besonderer Entdeckungen war angebrochen. In atemberaubender Geschwindigkeit wurden weltweit Erfindungen gemacht, ohne die wir heute kaum noch leben könnten. Thomas Edison erfand hintereinander den Phonographen, ohne den es heute keine Schallplatten-Branche gäbe, die Glühbirne, die die gefährliche Gasbeleuchtung ersetzte und vieles mehr.

Familien, wie jene, aus der ich stammte, mussten aber auch weiterhin ohne diese großartigen Errungenschaften auskommen. Das Telefon ersetzten die meisten Leute in unserer Gegend, indem sie mit ihren lauten Stimmorganen von Fenster zu Fenster riefen, wenn sie ihren Nachbarn etwas zu sagen hatten.

Zur 100-Jahr Feier bekamen die Vereinigten Staaten von Frankreich die Freiheitsstatue geschenkt. Man stellte sie im Hafen von New York auf. Alle Einwanderer sollten sie schon vom Schiff aus sehen. Und Einwanderer kamen zu dieser Zeit mehr als der Regierung der Vereinigten Staaten lieb war. Viele von ihnen waren politisch unerwünscht.

Während meine Eltern, so wie die meisten guten Amerikaner, nur noch Englisch sprachen, jemanden aus einer anderen Nation heirateten und Promenadenmischungen wie mich und meine Geschwister auf die Welt brachten, blieben viele der neuen Ankömmlinge lieber unter sich.

Sie gründeten eigene Viertel wie China Town und Little Italy. Dort wurde kaum Englisch gesprochen. Mit Kindern aus solchen Gegenden konnten wir uns kaum verständigen. Nach der Schule gab es oft Schlägereien zwischen verschiedensten Ethnien.

Bei den Chinesen und Italienern konnte man sich zumindest noch in die Viertel wagen. Viel später wurde es dann in Gegenden wie Harlem oder der Bronx für Weiße Amerikaner nicht mehr möglich dort unbehelligt zu leben.

1882 erreichte die Einwanderungsquote in den USA mit 789 000 Zuzüglern aus aller Herren Länder ihren Höhepunkt. Erstmals in der Geschichte der Vereinigten Staaten beschloss die Regierung Einwanderungsbeschränkungen.

Diese richteten sich gegen alle Andersfarbigen. Nur Afro-Amerikaner waren nicht davon betroffen. Ihnen gegenüber hatten die Vereinigten Staaten ein schlechtes Gewissen. Für ihre Befreiung hatte der Norden schließlich den Sezessionskrieg gegen den Süden geführt und gewonnen. Chinesen hingegen wurde ab sofort die Einreise verweigert.

In der Schule war ich den verschiedensten Einflüssen ausgesetzt. Von einigen Lehrkräften wurde ich manchmal besser behandelt weil ich weiße Haut hatte. Dann wider behandelte mich ein Lehrer ungerecht, weil ich nicht die Hautfarbe hatte, die er bevorzugte.

Neben diesen Widersprüchen verwirrte mich noch etwas. Schon während der ersten Französischstunde hatte ich das Gefühl, als wäre mir diese Sprache nicht unbekannt. Ich dachte natürlich, dass alles nur Einbildung wäre. Auf den Straßen New Yorks hörte man neben Englisch jede Menge fremder Sprachen. Viele Kinder, die nicht so wie ich in Amerika geboren waren, brauchten einige Zeit, bis sie in der Lage waren, richtig Englisch zu sprechen. Geschwister unterhielten sich daher untereinander oft in ihrer Muttersprache.

Meine Eltern sprachen mit uns und auch untereinander nur Englisch. Meine Mutter verstand kein Italienisch und in ihrem Elternhaus wurde ihr weder ukrainisch noch einer der nicht sehr verbreiteten irischen Dialekte beigebracht, die mein Vater wiederum ohnehin nicht verstanden hätte.

Trotzdem war mir bei der französischen Sprache einiges nicht geheuer. Viele Wörter kamen mir bekannt vor, obwohl ich sie mit Sicherheit noch nie zuvor gehört hatte. Ohne mich anzustrengen, war ich in diesem Gegenstand bald Klassenbester. Jedes neue französische Wort, das ich einmal lernte, vergas ich nie wieder.

Meine Französischlehrerin hielt mich für ein Sprachgenie. Doch als ich später versuchte, auch andere Sprachen im Eiltempo zu erlernen, scheiterte ich kläglich. Die waren für mich genauso schwer erlernbar, wie für alle anderen Schüler. Warum ich gerade in Französisch so begabt war, blieb für mich noch für einige Zeit ein Rätsel.

Manchmal musste ich die Schule schwänzen, weil es irgendwo kurzfristig, schlecht bezahlte Arbeit gab. Da mussten meine Geschwister und ich mitanpacken und unsere Eltern unterstützen. Nur so war es möglich unser Leben zu finanzieren. Ich konnte es kaum erwarten, bis ich endgültig aus der Schule kam und mein eigenes Geld verdiente.

Eine Familie mit Kindern plante ich vorerst noch nicht in mein Leben mit ein. Keinesfalls wollte ich so enden, wie meine Eltern.

Beide hatten zu früh geheiratet und Kinder bekommen. Danach gelang es ihnen nicht mehr, der Armut zu entfliehen. Sie befanden sich in einem Teufelskreis. Die Kosten für die Wohnung und die Kinder zehrten an ihnen. Einen besseren Job konnten sie sich nicht suchen, weil ihnen die Zeit dazu fehlte. Und auf die schlecht bezahlte Arbeit konnten sie nicht verzichten, weil man uns sonst aus der Wohnung delogiert hätte.

Ich wollte in dieser Hinsicht keine Fehler machen. Immerhin lebte ich in einem Land, wo man sich mit Fleiß und Glück vom Tellerwäscher bis zum Millionär hocharbeiten konnte. Eine Frau und eine Kinderschar wären mir da nur ein Klotz am Bein gewesen.

Mit 14 Jahren konnte ich endlich die Schule verlassen und mir einen Arbeitsplatz suchen. Eigentlich wollte ich eine Lehre anfangen, aber ich fand keine freie Stelle. Mein Vater nahm mich mit nach Manhattan und verschaffte mir eine freie Stelle in der Fabrik, in der er selbst arbeitete.

Nach meinem ersten Arbeitstag verstand ich was es bedeutete, wenn man im kapitalistischen System nicht auf der richtigen Seite stand. Der Job war die Hölle. Jetzt erst wusste ich, was meine Eltern schon die längste Zeit durchmachten. Ich wunderte mich nicht mehr, wenn sie abends schlecht gelaunt und müde waren. Die Arbeit am Fließband war eintönig, anstrengend und obendrein noch miserabel bezahlt.

Ich musste irgendwelche Schrauben in irgendeine Platte hineindrehen, die mein Nachfolger am Fließband dann festzog. Bis heute weiß ich nicht, was wir dort eigentlich hergestellt haben. Es war mir auch gleichgültig. Die eintönige Arbeit wurde verschlimmert, wenn die Fabrik einen größeren Auftrag zu bewältigen hatte. Man ließ dann einfach das Fließband schneller laufen, und wir mussten uns sehr anstrengen, um mithalten zu können.

Wenn jemand schlampig oder zu langsam arbeitete, dann wurde er fristlos entlassen. Die Firmenleitung nahm keine Rücksicht darauf, ob man krank oder gesund war. Bezahlten Urlaub oder Krankengeld gab es selbstverständlich auch nicht.

Ebenso wenig existierte ein Zusammengehörigkeitsgefühl unter den Arbeitern. Jeder war sich selbst der Nächste. Keiner half dem anderen. Nur Familienmitglieder deckten sich gegenseitig, wenn es Schwierigkeiten gab. Oft musste ich die Fehler meines Vaters wieder geradebiegen. Nach der Arbeit lag ich meist völlig erledigt in meinem Bett. Ich sehnte die schöne Schulzeit zurück. Ich wollte mir nicht vorstellen, dass mein ganzes Leben so weitergehen sollte.

Ich beneidete Leute wie Rockefeller, die reich und mächtig waren. Rockefeller gründete zu dieser Zeit gerade die Standard Oil Trust, indem er 40 Ölgesellschaften zusammenschloss. Er konnte die angenehmen Dinge des Lebens genießen. Während ich mir die Hände bei der Arbeit schmutzig machte, konnten die Gewinner des Systems über die 5 th Avenue stolzieren und sich ihres Reichtums erfreuen.

Nach etwas mehr als einem Jahr hielt ich es in der Fabrik nicht mehr aus. Meinem Vater war mein Abgang zwar nicht recht, aber er konnte es nicht verhindern. In den folgenden Monaten schlug ich mich, mehr schlecht als recht mit den verschiedensten Jobs durch.

Da New York nicht ständig in die Breite wachsen konnte, und immer mehr Menschen in die Stadt zogen, begann man, in die Höhe zu bauen. 1885 entstanden in den beiden größten Städten Amerikas, New York und Chicago die ersten sogenannten Wolkenkratzer. Noch nie zuvor wurden Gebäude mit mehr als 10 Stockwerken konstruiert. Mit Beton und Stahlkonstruktionen entstanden die ersten Gebäuderiesen. Auch diese Arbeit nahm ich kurzfristig an. Leider war ich nicht schwindelfrei. Ich bewunderte die Indianer, die diesen Job dominierten, weil die meisten von ihnen keine Höhenangst kannten.

Meine Arbeitskollegen saßen in den Pausen cool in schwindelerregender Höhe auf den Stahlträgern und genossen ihre Lunchpakete. Ich brachte kaum einen Bissen hinunter. Meine Todesangst hatte aber eine interessante Nebenwirkung: Massive Erinnerungsschübe aus meinem vorangegangenen Leben.

Zum ersten Mal, seit ich mich in der Schule über meine guten Fortschritte beim Erlernen der französischen Sprache gewundert hatte, war mir wieder ein Gedanken durchs Gehirn gehuscht, der mich an Frankreich erinnerte. Ich konnte mich aber schon wenige Augenblicke danach nicht mehr erinnern, was es war. Noch war ich nicht in der Lage solche Gedanken festzuhalten oder gar zu kontrollieren.

Fest stand, dass ich mich erstmals bewusst an etwas erinnert hatte, was ich mit Sicherheit noch nie gesehen haben konnte. Noch nie war ich aus der Großstadt hinausgekommen und trotzdem tauchten Bilder aus dem ländlichen Frankreich vor mir auf. Ich verlor kurzzeitig die Konzentration. Das war bei dieser Arbeit nicht ungefährlich. Leicht verwirrt entglitt mir mein Werkzeug. Es krachte knapp neben meinem Vorarbeiter auf den Boden.

Dieses Missgeschick kostete mich meinen Job am Bau. Aber seither hatte ich immer öfter das Gefühl ein Deja-vu zu erleben. Diese immer häufiger auftretenden Tagträume wurden mir langsam unheimlich. Anfangs versuchte ich meine Erinnerungen an mein vergangenes Leben zu unterdrücken. Aber das half nichts. Es passierte nicht nur immer häufiger, diese Doppelwahrnehmungen wurden auch von Mal zu Mal konkreter.

Zuerst waren es unbedeutende Dinge, die mir in den Sinn kamen: Der Geruch nach frischen Baguettes, die man in New York zumindest in meiner Wohngegend nicht bekam. Der Geschmack von erlesenen Speisen der französischen Küche, die ich mir noch nie leisten konnte und vieles mehr marterte mein Gehirn. Ich bildete mir lange Zeit ein, dass diese Gedanken meiner Phantasie entsprangen. Immerhin war es möglich, dass ich mir unbewusst eine Art Traumwelt aufbaute, damit ich die finanziell ausweglose Situation in der ich steckte, leichter ertragen konnte.

Jahrelang nahm ich diese immer häufiger werdenden Erinnerungen nicht ernst. In der Nacht träume ich oft von Frankreich, meiner Frau Nicola, meinen

Kindern und dem schönen Haus, in dem wir gewohnt hatten. Wenn ich am Morgen aufwachte und die Realität sah, dann hielt ich mich wieder an den Spruch: "Träume sind Schäume."

Dass Träume immer die Reproduktionen von Erlebnissen sind, die man tagsüber nicht verarbeiten kann oder will, war mir nicht klar. Als sich diese Erinnerungen auch im Wachzustand einstellten, begann ich mir ernsthaft um meinen geistigen Zustand Sorgen zu machen. Ich konnte mit niemanden darüber reden und fühlte mich hilflos und alleine.

So phantastisch meine Erinnerungen und Träume mit der Zeit wurden, so eintönig spielte sich mein Leben ab. Immer noch wohnte ich bei meinen Eltern und der Traum von einem eigenen Haus im Grünen lag in unerreichbarer Ferne. Nachdem ich und meine Geschwister alle Geld verdienten, wurde unsere finanzielle Situation zwar langsam besser, aber an Luxus war noch lange nicht zu denken. Jemand, der wie ich keine großartige Schulausbildung vorweisen konnte, und auch handwerklich nicht gerade sehr geschickt war, hatte nur geringe Chancen, auch einmal auf der Gewinnerseite des Systems zu stehen.

Meine Startposition sah denkbar schlecht aus. Ich wuchs in einer miesen Gegend auf, meine Familie war nicht in der Lage, mir zu erklären, wie man sich hocharbeiten konnte. Sie schafften es ja selbst nicht, aus der Gosse zu kommen. Die Leute in meinem Viertel waren nicht besser dran. Weit und breit wimmelte es in meiner näheren Umgebung von Looser-Typen, die es im Leben nie zu etwas bringen konnten.

Niemand legte sich Geld auf die Seite. Alles was diese Individuen interessierte, war ein bisschen Spaß nach der Arbeit. Die hart verdienten Dollar verschwendeten sie für Alkohol und leichte Mädchen. Am Monatsende, konnten sie dann oft gerade noch ihre Rechnungen bezahlen. Ich benötigte andere Vorbilder.

Mit der Zeit isolierte ich mich also immer mehr von meinen alten Freunden und von meiner Familie. Wann immer ich Gelegenheit hatte, ging ich in die staatliche Bibliothek, um mich weiterzubilden. Dabei schämte ich mich wegen meiner ärmlichen Kleidung. Viele der Bibliotheksbesucher waren Studenten aus guten Familien. Ich konnte ihre verächtlichen, arroganten Blicke spüren.

Ich ließ mir allerdings nichts anmerken. Niemand sollte mitbekommen, wie weh mir diese hochnäsige Art tat, mit der ich auch vom Personal der Bibliothek behandelt wurde. Zum Teil lag es ja auch an mir. Ich wusste anfangs nicht, wie man sich außerhalb der Unterschicht zu benehmen hatte.

Doch wenn ich mich in eines der vielen Bücher vertiefte, dann tat sich vor meinen Augen eine neue Welt auf. Ich erfuhr von Dingen, die den meisten Leuten in Queens unbekannt waren. Am stärksten fühlte ich mich dabei von französischer Literatur angezogen. Ich las sie teils in englischer Übersetzung, dann wieder im Original.

Eines Tages fiel mir das Buch "Von der Erde zum Mond" von Jules Verne in die Hände. Ich wunderte mich, warum mir das Thema so vertraut war. Gegen Ende des 19. Jahrhunderts war die Vorstellung von Reisen außerhalb unseres Planeten, immer noch unvorstellbar.

Ich setzte mich zu einem der Lesetische und schlug die erste Seite auf. Schon nach wenigen Minuten war ich mir absolut sicher, dass ich die Geschichte schon kannte. Je mehr ich in dem Buch las, desto größer wurde meine Gewissheit. Mir kamen sogar dieselben Gedanken, wie vor über 20 Jahren, als ich das Buch zum ersten Mal genoss. Ich ahnte, wie die Geschichte ausging, und überprüfte die letzte Seite. Das Buch endete tatsächlich, so wie ich vermutete.

Euphorisch suchte ich nach weiteren Buchtiteln, die mir bekannt vorkamen und las nur noch die erste und die letzte Seite. Ich hatte jedes Mal Recht. Die Romane endeten alle exakt so wie ich es beim Lesen der ersten Seite vorhergedacht hatte.

Nun war ich mir absolut sicher, dass viele meiner Ahnungen und Erinnerungen an mein Vorleben real waren. Ich beschloss, ab sofort alle Gedanken, die mir bisher unsinnig erschienen waren, nicht mehr länger zu verdrängen. Ich wollte meinen Tagträumen auf den Grund gehen.

An diesem denkwürdigen Tag verließ ich die Bibliothek schon etwas früher. Nach Hause wollte ich noch nicht. Also schlenderte ich zum East River. Ich wollte mir einfach nur etwas die Beine vertreten. So fiel mir das Nachdenken leichter. Dann bekam ich Lust, nach Manhattan zu gehen und nahm eine Fähre. Die vielen Brücken, die jetzt Manhattan mit dem Rest der Stadt verbinden, wurden damals gerade erst gebaut.

Mein Ziel war der vor einigen Jahren neu errichtete Central Park. Wenn man weit genug hineinging, dann konnte man sich ein einigen Plätzen der Illusion hingeben, dass die Stadt rundherum gar nicht existierte. Ich setzte mich ins Gras am Ufer eines kleinen Teiches.

Ich glaubte immer noch, dass meine Tagträume vom französischen Landleben hier im Central Park ihren Ursprung haben mussten. Die Welt außerhalb von New York City kannte ich nur aus Erzählungen und Büchern. In meinem ganzen Leben war ich noch nie aus dieser riesigen Stadt rausgekommen.

Schon mein Ausflug von Queens nach Manhattan erschien mir wie eine Weltreise. Meine Lebenserfahrung und meine Tagträume hatten so gar nichts miteinander zu tun.

Ich wusste, wie man sich auf der Straße gegen die Bösewichte aus der Nachbarschaft durchsetzen konnte. Auch die raue Wirklichkeit der Arbeitswelt war mir nicht unbekannt. Ganz zu schweigen von den Halbstarken der Street Gangs, die alle Familien in meiner Gegend terrorisierten.

Außer arbeiten, essen, schlafen, und hin und wieder mit Arbeitskollegen einen drauf zu machen, hatte ich noch nicht viel erlebt. Das reichte mir schon lange nicht mehr. Ich wollte wissen, wie man sich fühlte, wenn man Geld und Macht besaß. In meinen Träumen kannte ich dieses Gefühl, aber in der Realität war ich weiter davon entfernt als die Erde vom Mond.

Ich schloss meine Augen und legte mich der Länge nach ins Gras. Meiner schäbigen Kleidung machte das ohnehin nicht viel aus. Ich genoss die Ruhe. Zuhause wurde ich ständig von jemandem gestört. Im Central Park konnte ich mich in Ruhe konzentrieren und meinen Gedanken freien Lauf lassen. In dieser beschaulichen Umgebung wollte ich meinen Visionen auf den Grund gehen.

Doch an diesem Nachmittag funktionierte nichts. Sowenig, wie ich in der Lage war, meine Erinnerungen ein für alle Mal zu verdrängen, so schlecht gelang es mir nun, diese auf Befehl abzurufen. Je intensiver ich es versuchte, desto weniger kam dabei heraus. Enttäuscht trat ich den Heimweg an.

Nachdem ich also aufgegeben hatte etwas zu verdrängen und auch etwas zu erzwingen ging es so richtig los. In den folgenden Tagen spielte sich in meinem Gehirn schier Unglaubliches ab. Zuerst fielen mir nur tröpfchenweise einige Kleinigkeiten ein. Doch mit der Zeit strömten unglaubliche Visionen durch meine Gehirnzellen. Es ging Schlag auf Schlag.

Dummerweise kamen alle Eindrücke, die ich auf diese Weise über mein früheres Leben sammelte, sehr ungeordnet in mein Gedächtnis zurück. Ich wusste zuerst nicht, was ich davon halten und wie ich damit umgehen sollte. Dass diese Visionen nicht aus meinem momentanen Leben stammen konnten, war mir mittlerweile klar. Gespräche mit meinen Geschwistern und Freunden bestätigten jedes Mal, dass außer mir niemandem derartiges durch den Kopf ging. Natürlich nahm mich keiner, mit dem ich darüber sprach, ernst.

Ich konnte das den Leuten nicht einmal verdenken. Wahrscheinlich hätte ich im umgekehrten Fall ähnlich reagiert. Ich war mir ja selbst nicht ganz im Klaren bezüglich meines Geisteszustandes.

Mit der Zeit gelang es mir, meine Gedanken, Erinnerungen und Träume zu ordnen. Bald stand für mich folgendes fest: Ich hatte schon einmal gelebt. Ich war in einer idyllischen Kleinstadt aufgewachsen, lebte aber später in einer großen Stadt, die ganz anders als New York aussah. Wegen meiner Affinität zur französischen Sprache kamen also drei Länder in Frage aus denen ich stammen konnte. Frankreich, Belgien oder die Provinz Quebec in Kanada. Ich recherchierte in der Bibliothek nach Bildern der Hauptstädte und nach Durchsicht vieler Zeichnungen und Fotos, war ich mir sicher, dass ich Paris aus meinem früheren Leben kannte.

In meinem Kopf setzte sich der Gedanke fest, dass ich es in meinem alten Leben viel besser gehabt hatte, als in meinem aktuellen. Ganz genau konnte ich mein französischen Leben noch immer nicht rekonstruieren, aber die Hoffnung, vielleicht etwas an meinem jetzigen Leben verbessern zu können, trieb mich an.

Je länger ich mich mit meiner Vergangenheit beschäftigte, desto größer wurde mein Wunsch Paris zu besuchen. Ich hoffte, an Ort und Stelle meine Gedächtnislücken füllen zu können. Ich hatte zwar etwas Geld auf die Seite gelegt, aber für eine Schiffsreise nach Europa reichten die paar Dollar leider nicht. Mit meinem mickrigen Verdienst, hätte ich noch Jahre sparen müssen.

Bisher hatte ich mich von Gewerkschaften immer ferngehalten. Doch nun änderte sich die Situation entscheidend und ich musste umdenken. In Columbus in Ohio schlossen sich gerade zahlreiche Einzelgewerkschaften zusammen. Im Gegensatz zu den europäischen Gegenstücken hatten diese keine gesellschaftsverändernden Ziele. Die amerikanischen Gewerkschaften sahen ihre Aufgabe damals schon eher pragmatisch. Zuerst kümmerten sie sich um mehr Lohn und kürzere Arbeitszeiten. Doch schon bald bildete sich eine Funktionärselite, die sich hauptsächlich um die Höhe der eigenen Entlohnung sorgte.

Bald waren einige Gewerkschaften so stark, dass man Schwierigkeiten bei der Jobsuche hatte, wenn man nicht Mitglied in irgendeiner Union war. Mir blieb nichts anderes übrig, als ebenfalls in einen solchen Verein einzutreten, um nicht auf der Strecke zu bleiben.

Mit etwas Glück und Beziehungen bekam ich so den ersten halbwegs gut bezahlten Job meines Lebens. Ich durfte in einem Top Restaurant in Manhattan als Küchengehilfe anfangen. Ich weiß nicht mehr, ob ich zu dieser Zeit schon wusste, dass ich einst ein Bäcker in Frankreich gewesen war.

Schon bald fiel ich dem Chefkoch auf. Ich hatte Freude an der Arbeit und vergaß zeitweise sogar, meinem vergangenen, vermeintlich besseren Leben in

Frankreich nachzutrauern. Wann immer ich die Gelegenheit dazu bekam, half ich dem Chefkoch und lernte so sehr schnell, worauf es in der Gastronomie ankam. Ich träumte schon von einem eigenen Restaurant in Manhattan. Doch bis dahin musste ich noch viele Kartoffeln schälen und Pfannen putzen.

Das Beste an dieser Arbeit war, dass ich mich erstmals in meinem Leben so richtig satt essen konnte. Es blieben jeden Abend genügend köstliche Reste für das Personal übrig. Da unser Koch auch die Feinheiten der französischen Küche beherrschte, genoss ich Speisen, deren Geschmack ich zuvor nur aus meiner Erinnerung kannte.

Als 1889 in meiner ehemaligen Heimatstadt Paris der Eiffelturm fertig gestellt wurde, erfuhr ich davon aus der Zeitung. Immer wenn ich etwas über Paris hörte oder las, brannte in mir die Sehnsucht. Für mich gar es schon lange keinen Zweifel mehr, dass ich zumindest einen Teil meines vergangenen Lebens in Paris zugebracht hatte. Und die angenehmen Erinnerungen sowie ein unbestimmtes Gefühl eines besseren Lebens nahmen zu. Erst später sollte ich erkennen, dass die angenehmen Erinnerungen weniger an den Ort als an den Wohlstand gebunden waren, den ich seinerzeit genossen hatte.

Im Restaurant hatte ich mich inzwischen zur "rechten Hand" des Chefkochs entwickelt. Wir hatten uns schon bald nach meinem Dienstantritt angefreundet. Seine Meinung war mir wichtig. Zwar hatte ich mir geschworen, mit niemandem mehr über die Visionen aus meinem früheren Leben zu sprechen, aber ihm vertraute ich. Er riet mir einen Reinkarnations-Hypnotiseur aufsuchen, der gezielt Ordnung in meine Erinnerungen bringen könne.

„Du bist nicht der einzige, der dieses Problem hat. Ich halte dich nicht für einen Spinner", beruhigte mich der Koch. Dann begann er zu erzählen. Gespannt hörte ich ihm zu.

Der Chefkoch stammte ursprünglich aus Griechenland. Als er 10 Lenze zählte, war er mit seinen mittlerweile verstorbenen Eltern in Ellis Island angekommen. Er lebte nun schon über 40 Jahre in New York und wie alle Griechen war er stolz auf die ruhmreiche Geschichte seines Heimatlandes. Wehe dem, der ihn mit einem Türken verwechselte. Da kannte er keinen Spaß. Trotzdem verstand er sich mit dem türkischstämmigen Kellner ganz gut. Beide stammten aus Ländern, die immer wieder Probleme miteinander hatten, aber in den USA verstanden sich beide als Amerikaner und kamen gut miteinander aus.

Der Chefkoch begann zu erzählen: „Als ich noch ein kleiner Junge war und in Griechenland lebte, da behauptete eine junge Frau in unserem Dorf, dass sie schon einmal gelebt hat und sich daran erinnern kann. Kein Mensch glaubte ihr. Doch sie nervte ihren Ehemann so lange, bis er mit ihr auf jene kleine Insel reiste, auf der sie in ihrem letzten Leben gewohnt haben wollte. Ihr Mann tat es weil er sie liebte. Er glaubte natürlich genau so wenig an den Wahrheitsgehalt ihrer Erzählungen wie die anderen Dorfbewohner.

Als die beiden ankamen, war der Mann verblüfft. Die Insel sah genau so aus, wie sie seine Frau vorher beschrieben hatte. Auch die Leute, von denen sie erzählt hatte, und die in der Zwischenzeit nicht gestorben oder weggezogen waren, existierten tatsächlich. Es gilt als erwiesen, dass diese junge Frau zuvor keine Gelegenheit hatte, aus ihrem Dorf zu verreisen.

Die Leute auf der Insel, kannten die Frau in ihrem neuen Körper nicht, aber sie wusste alles über jeden der dort hauste. Als die Frau den Inselbewohnern ihren ehemaligen Namen sagte, führten diese das Ehepaar zum Friedhof. Vor ihrem eigenen Grabstein wurde sie dann ohnmächtig. Journalisten verglichen, ihr altes Sterbedatum mit dem neuen Geburtsdatum und berichteten, dass diese Frau exakt 9 Monate nach ihrem Tod wiedergeboren worden war. „

„Was wurde aus dieser Frau?" frage ich.

„Sie war schon vorher sehr gläubig gewesen und hat ihr Leben nach dieser Zeit ausschließlich in den Dienst Gottes gestellt.", bekam ich zur Antwort.

„Mir kann die Kirche, egal welcher Konfession gestohlen bleiben!" platzte es unwillkürlich aus mir heraus. Der Chefkoch sah mich verdutzt an.

„Du bist doch selbst einer der wenigen Menschen, die am eigenen Leib erfahren haben, dass es tatsächlich ein Leben nach dem Tod gibt. Wie ist es möglich, dass du nicht an Gott glaubst?" fragte er überrascht.

„Ich akzeptiere die Ideologie nicht, die dahinter steckt", antwortete ich. „Dass es jemanden da oben im Himmel gibt, der die Menschen zuerst tun lässt, was sie wollen, sie aber dann nach ihrem Tod bestraft wenn sie böse waren, ist doch Quatsch. Gute Menschen müssen oft leiden und böse Leute genießen ein angenehmes Leben. Wo ist Gott wenn in seinem Namen Kriege geführt und Menschen geschädigt werden? Gott ist eine Erfindung und gefährliche Propaganda. Es gibt keine Beweise, nur den Befehl alles zu glauben und nichts zu hinterfragen. Die naiven, armen Gläubigen stecken jeden Sonntag ihre letzten paar Cent in die Klingelbeutel dieser geldgierigen Seelenfischer, die sich damit ein schönes Leben machen."

Dem Chefkoch fehlten im ersten Moment die Worte. Er war ein frommer Orthodoxer Christ, wie die meisten Griechen. Die Tatsache, dass gerade ich so eine Einstellung zur Religion hatte, verstand er nicht. Zufällig war während ich gesprochen hatte, der türkischstämmige Kellner in die Küche gekommen. Er mischte sich gleich in das Gespräch ein.

„Eines Tages wirst auch du erkennen, dass es einen Gott gibt, der größer und gütiger ist, als du dir vorstellen kannst", sagte er. „ Seine Wege sind unergründlich und wir Menschen müssen für alles danken, was er uns gibt und für uns tut."

„Ja so ist es", meldete sich der Chefkoch wieder zu Wort. „Nur weil wir Menschen nicht in der Lage sind Gott zu verstehen, können wir doch nicht seine Existenz abstreiten. Du solltest dir überlegen, warum er gerade dir die Gabe zu teil werden ließ dich an dein vorheriges Leben zu erinnern. Ich rate dir zu einer Reinkarnationshypnose. Vielleicht ändert das deine Einstellung."

Ich lehnte dankend ab. Ein Moslem und ein Christ wollten mir gemeinsam erzählen was ich glauben sollte. Die waren sich ja nicht einmal über den Namen Gottes einig. Ich glaubte nur was ich sehen oder beweisen konnte. Ich war wiedergeboren worden. Das war eine Tatsache. Gott hatte ich noch nicht zu Gesicht bekommen. Wenn ich noch einmal auf die Welt gekommen war, dann gab es offensichtlich nur die Welt und keinen Himmel und keine Hölle, dachte ich.

In den nächsten Wochen und Monaten ging ich dem Chefkoch und dem Kellner so gut ich konnte aus dem Weg. Ich versprach ihnen über das gesagte nachzudenken, damit sie mich mit weiteren Bekehrungsversuchen in Ruhe ließen. Doch die beiden hatten es geschafft einen Zweifel in mir zu hinterlassen.

Wenn meine Erinnerungen nämlich wirklich aus einem anderen Leben stammten und keine Einbildung waren, dann hatten die Buddhisten mit ihrer Theorie vom Leben nach dem Tode recht. Aber für das Paradies hielt ich mein momentanes Leben kaum. Der Vergleich mit der Hölle oder dem Fegefeuer wäre wohl angebrachter gewesen.

Wollte ich Gewissheit darüber haben, ob ich schon einmal in Frankreich gelebt hatte oder nicht, dann musste ich es wie die Frau aus Griechenland machen und den Ort meines vorherigen Lebens aufsuchen. Doch dazu fehlte mir immer noch das Geld.

Meine spärliche Freizeit verbrachte ich fast ausschließlich in der öffentlichen Bibliothek. Ich hatte außerhalb meiner Arbeit kaum noch Kontakt zu anderen Menschen. Auch meine Eltern und Geschwister fanden kaum noch Zugang zu mir. Alles, was mich interessierte, waren Beweise für die Richtigkeit meiner Visionen. Es gab aber so gut wie keine ernsthafte Literatur darüber. Eine Reinkarnationshypnose wollte ich auf keinen Fall machen. Ich hoffte aus eigener Kraft die Wahrheit finden zu können.

Ich blätterte in alten Zeitungen und Geschichtsbüchern, um Anhaltspunkte zu finden. Mittlerweile wusste ich schon ungefähr, wie alt ich gewesen sein musste, als es mit mir zu Ende ging. Wenn ich die Zeit von meinem Geburtstag zurückrechnete, und zirka 60 bis 80 Jahre abzog, dann musste meine Geburt so um die Jahrhundertwende stattgefunden haben. Schemenhaft konnte ich mich noch daran erinnern, dass ich als Kind in einer besonders feierlichen Silvesternacht zum ersten Mal in meinem Leben Champagner trinken durfte. Auch dass ich in irgendeinem sinnlosen Krieg meinen älteren Bruder verloren hatte, war mir wieder eingefallen.

Sein Name und der Name meiner Frau wollte mir nicht mehr einfallen. War es nun Nina oder Natascha? Aber das konnte ja unmöglich stimmen. Es musste ein französischer Name sein. Der Versuch eine Erinnerung zu erzwingen gelang mir nach wie vor nicht und bereitete mir jedes Mal starke Kopfschmerzen.

Einmal konnte ich mich an bestimmte Erlebnisse bis ins kleinste Detail erinnern, und dann wusste ich so wesentliche Informationen wie den Namen meiner Frau oder meiner Kinder nicht mehr. An die Gesichter der Menschen und an die Orte, an denen ich gewesen war, erinnerte ich mich hingegen, als wäre ich erst vor kurzem dort gewesen. Überhaupt schien mein Gedächtnis alles, was ich mit meinen Augen gesehen hatte, besser gespeichert zu haben als zum Beispiel Gespräche, die ich geführt hatte. Deshalb wusste ich noch genau, wie der erste Bäcker aussah, dem ich seinen Betrieb abkaufte, sein Name aber war aus meinem Gedächtnis beim besten Willen nicht abrufbar.

Dass der Krieg, der während meiner Kindheit wütete, von Napoleon geführt wurde, konnte ich recherchieren. Wenn ich von meiner Geburt 9 Monate abzog und dann mein ungefähres Alter hinzurechnete, dann könnte ich zu Napoleons Glanzzeit gelebt haben. Sicher war ich mir aber nicht. Erst Jahre später sollte sich herausstellen, dass ich mich nicht geirrt hatte.

Die Jahre vergingen und ich wurde älter. Immer noch arbeitete ich in dem Restaurant in Manhattan. Der griechische Chefkoch wurde entlassen. Seinen Platz nahm der Sohn des Besitzers ein. Nun führte ein unfähiger Besserwisser das Regiment in der Küche. Ich konnte mit diesem Idioten nicht zusammenarbeiten. Keine Woche nachdem man ihn mir vor die Nase gesetzt hatte, kündigte ich.

Die Zeit war nicht ideal für einen Jobwechsel. Man schrieb gerade das Jahr 1894. Mein Land schlitterte in seine erste wirklich schlimme Krise. Die Hauptbetroffenen waren natürlich die Arbeiter. Alleine in diesem Jahr gab es 3 Millionen Arbeitslose und 15000 Firmenpleiten. Überall in den USA wurde gestreikt. In den Großstätten war es besonders übel. In Chicago herrschten sogar bürgerkriegsähnliche Zustände. Streikende wurden bei Demonstrationen einfach erschossen.

Ich glaubte, dass ich mit meinen 26 Jahren keine großen Probleme haben würde, eine neue Anstellung zu bekommen. Das war ein schwerer Irrtum. Es gab überhaupt keine Arbeit mehr. Sogar um die miesesten und schlechtbezahltesten Jobs rissen sich ganze Menschenmassen. Die Lage war aussichtslos. Meine Eltern machten mir schwere Vorwürfe.

Ich überlegte, wie es mit mir weitergehen sollte. Da kam mir eine folgenschwere Idee, die mein bisheriges Leben verändern sollte. Ich beschloss, auf einem Schiff nach Europa anzuheuern. Mittlerweile war aus mir ein ganz passabler Koch geworden. Einen Job auf einem Ozeandampfer, der mich kostenlos nach Frankreich brachte und wo ich auch noch etwas Geld verdienen konnte, war die Lösung meiner Probleme und Ziel meiner Wünsche.

Trotz allem fiel mir der Abschied nicht leicht. Ich hatte keine Ahnung, wann ich meine Eltern und Geschwister wiedersehen würde. Schweren Herzens verließ ich also mein Elternhaus mit einer kleinen Tasche, in der sich meine paar Habseligkeiten befanden. Meine Mutter umarmte mich ein letztes Mal. Sie hatte Tränen in den Augen. Auch mein Vater und meine Geschwister blickten traurig aus der Wäsche. Erst bei diesem Abschied wurde mir bewusst, dass ich meinen Leuten viel mehr bedeutet hatte, als sie mir.

Wie erwartet, hatte ich keinerlei Schwierigkeiten, einen Job auf einem großen Frachtschiff zu bekommen. Ich ging zum Kapitän und bot ihm 50% von meiner Heuer, wenn er den alten Koch durch mich ersetzen würde. So kam ich auf einen Kahn, der nach Le Havre in Frankreich fuhr. Von dort musste ich mich dann eben irgendwie bis nach Paris durchschlagen.

Das Schiff legte an einen wunderschönen Tag ab. Bei strahlendem Sonnenschein fuhren wir an der noch relativ neuen Freiheitsstatue und Ellis Island vorbei. Langsam wurden Miss Liberty und die ersten Hochhäuser der New Yorker Skyline immer kleiner, bis ich nichts mehr sah außer Himmel und Meer.

Jetzt erst wurde mir bewusst, dass ich erstmals in meinem Leben alleine auf mich gestellt war. Bisher lebte ich immer in der Geborgenheit meines Elternhauses. Nun fuhr ich in die Fremde. Dabei tröstete mich nur der Gedanke, dass diese Fahrt nach Frankreich eigentlich eine Art Heimkehr war. Immerhin stammten fast alle Amerikaner aus Europa. Außerdem waren Frankreich und Italien aus meiner amerikanischen Sichtweise ohnehin fast das Gleiche.

Schon bald nach dem Auslaufen des Schiffes bereute ich, dass ich mich nicht für ein Passagierschiff entschieden hatte. Ich hatte mir eingebildet, dass ich bei einem Frachtschiff weniger in der Küche arbeiten musste. Doch dem war nicht so. Die Crew auf dem Schiff war rüde und vielleicht noch anspruchsvoller als diverse Schnösel auf den Luxuslinern. Wenn jemand mein Essen nicht schmeckte, dann konnte es schon mal vorkommen, dass er mir seinen Teller an den Kopf warf. Ich konnte mich mit diesen Leuten nicht anfreunden. Sie waren derselbe Menschenschlag wie jene Typen, denen ich zuhause so weit wie möglich aus dem Weg ging. Auf dem Schiff war das nicht so leicht.

Die Seeleute hatten schon bald gecheckt, dass ich eine Landratte war, die zum ersten Mal auf einem Schiff arbeitete. Also machten sie sich einen Spaß daraus, mir schauerliche Geschichten von Seeungeheuern und Ähnlichem zu erzählen. Der Gedanke, dass auch nur ein Körnchen Wahrheit in ihren Geschichten stecken könnte, beeinträchtigte in den langen Nächten die Qualität meines Schlafes.

Das Rohmaterial, das ich für das Zubereiten der Speisen zur Verfügung hatte, war nicht unbedingt von bester Qualität. Der Kapitän hatte also nicht nur bei meinem Gehalt gespart. Ich konnte gar nichts dafür, wenn es den Männern nicht schmeckte. Das hinderte sie aber nicht daran, mich zu beschimpfen. Solange sie mich noch mit Worten angriffen, brauchte ich mir keine Sorgen zu machen. Kritisch wurde es, wenn jemand auf die Idee käme, einen Teil des Bestecks zweckentfremdet zu benutzen.

Der Koch vor mir hatte angeblich am eigenen Leib erfahren müssen, dass man ein Messer nicht nur zum Brotschneiden verwenden kann. Aber entweder waren meine Kochkünste um einiges besser als seine, oder die regelmäßigen Drohungen und Geschichten über Köche, die getötet und über Bord geworfen wurden, waren ebenfalls nur Seemannsgaren die mir den Schlaf raubten.

Mit der Zeit kam ich mit der Crew einigermaßen zurecht. Dennoch konnte ich die Ankunft in Le Havre kaum noch erwarten. Die wenigen Wochen der Überfahrt erschienen mir wie Monate. Ich hatte natürlich keine Ahnung, wie ich mich in Frankreich mit meinen paar Dollars finanziell über Wasser halten wollte. Wenn ich in Paris nicht bald nach meiner Ankunft fand, was ich suchte, dann blieb mir nur die Hoffnung bald wieder ein Schiff zu finden, dass mich zurück nach New York brachte.

Endlich war der Tag gekommen, auf den ich schon so lange gewartet hatte. Ich hatte gerade nichts in der Küche zu tun und stand an der Reling. Vor mir tauchte die französische Küste auf. Ich konnte es kaum glauben. Ein unbeschreibliches Glücksgefühl durchströmte mich. Am liebsten hätte ich jedes Crewmitglied an Bord umarmt. Aber ich wollte mich in dieser homophoben Gemeinschaft keinen falschen Verdächtigungen aussetzen und ließ es bleiben.

Als das Schiff im Hafen von Le Havre anlegte, hatte ich meine sieben Sachen schon längst gepackt. Die Seemänner, für die ich die ganze Zeit über gekocht hatte, stürmten in die diversen Hafenkneipen. Etwas Zerstreuung hätte mir sicher auch gut getan. Aber das wenige Geld, das ich verdient hatte, wollte ich sinnvoller verwenden. Wenn ich es für Alkohol und Frauen ausgegeben hätte, dann wäre ich wohl kaum bis nach Paris gekommen. Um meine in Francs gewechselten Dollar so lange wie möglich zu sparen, beschloss ich, zu Fuß nach Paris zu pilgern. Nach der langen Zeit, die ich gewartet hatte, um nach Frankreich zu kommen, fiel diese Verzögerung nicht mehr ins Gewicht.

Außerdem hoffte ich bei meiner Wanderung durch die französische Landschaft etwas zu sehen, was meiner Erinnerung entsprach. In dieser Hinsicht wurde ich aber enttäuscht. Vieles sah zwar ähnlich aus, aber durch die kleine Stadt Meaux an der Marne kam ich nicht.

Gegen Ende des Sommers erreichte ich Paris. Ich war überwältigt von dieser wunderschönen Stadt und ihrem Flair. Mit New York war sie nicht zu vergleichen. Statt der gewohnten Hektik auf den Straßen, saßen die Menschen hier gemütlich in einem der zahlreichen Cafés und Bistros. Viele dieser Lokale und Restaurants hatten auch Tische und Sitzgelegenheiten direkt auf dem Bürgersteig davor. Diese waren durch eine Pergola vor Sonne und Regen geschützt.

Beim Bummeln durch die Straßen und Gassen der Stadt hatte ich das Gefühl, das eine oder andere Haus wieder zu erkennen. An den Eifelturm konnte ich mich natürlich nicht erinnern, weil dieser erst vor kurzem fertig gestellt wurde. Dafür gab es genügend ältere Sehenswürdigkeiten, die ich sofort aus meiner Erinnerung wiedererkannte. Die Stadt war in der Zwischenzeit viel größer geworden, und ich hatte Schwierigkeiten mich wieder zurechtzufinden.

Trotz allem war ich mir nun hundertprozentig sicher, dass meine Erinnerungen an ein früheres Leben keine Einbildung waren. Alles, was ich aus meinen Träumen kannte, existierte tatsächlich. Ich war zuversichtlich, dass ich bald auch jenes Haus finden würde, in dem ich einmal gelebt hatte.

Zuerst aber mietete ich ein kleines, billiges Zimmer im Künstlerviertel Montmartre. Hier oben gab es zu den günstigen Mieten einen Blick über die ganze Stadt gratis dazu. Mein Geld reichte, um einige Wochen die Miete zu bezahlen. Bis dahin musste ich Arbeit gefunden haben. Sonst blieb mir nichts anderes übrig, als die Rückkehr nach Amerika.

Meine Französischkenntnisse waren gut genug, um mich überall verständlich zu machen. Ich konnte sogar schnell gesprochene Dialekte verstehen. Anfangs hörten die Leute noch meinen amerikanischen Akzent, aber in kürzester Zeit beherrschte ich meine alte Muttersprache beinahe wieder so gut, wie in meinem früheren Leben.

Wenn ich mit Leuten sprach, die nicht wussten, woher ich stammte, dann hielten sie mich zwar nicht unbedingt für einen Pariser, aber einigen hätte ich ohne weiteres erzählen können, dass ich aus einer anderen Gegend Frankreichs kam. Diese Tatsache erfüllte mich mit Stolz.

Jeder Spaziergang durch die Straßen von Paris erweiterte mein Erinnerungsvermögen. In wenigen Tagen wusste ich fast doppelt so viel über mein Leben als Jean Daudon als all die Jahre zuvor. Jede Kleinigkeit, die ich in der Stadt erblickte, erinnerte mich an irgendetwas, das vor vielen Jahren für mich Bedeutung hatte.

So fand ich auch in kürzester Zeit heraus, wo ich einmal gewohnt hatte. Ich wäre am liebsten sofort in das Haus gegangen, und hätte allen erzählt, wer ich war. Doch mir war klar, dass man mich, so wie ich aussah, nicht einmal durch das Haupttor gelassen hätte. Ich nahm mir also vor, erst einmal genug Geld zu verdienen, um mich anständig zu kleiden. In der Zwischenzeit überlegte ich, wie ich meinen Erben klar machen konnte, dass ich ihr Vater beziehungsweise Großvater war.

Wenn die Familie Daudon wirklich noch in diesem Haus lebte, dann waren ja meine eigenen Kinder schon fast so alt wie ich, als es mit mir zu Ende ging. Sogar meine ‚Enkel und Urenkel hatten ein paar Jahre mehr auf dem Buckel als ihr Opa. An diesen Gedanken musste selbst ich mich erst mal gewöhnen. Mir war klar, dass ich überzeugend und glaubwürdig sein musste und dort nicht unvorbereitet auftauchen konnte.

Natürlich ging es mir nicht nur darum, meine Familie wieder zu sehen. Immerhin gehörte mir einmal das Haus und das ganze Vermögen, das sich nun im Besitz meiner Erben befand. Ich war jetzt ein armer Schlucker aus Queens, den die Hoffnung antrieb, dass man mir zumindest einen Teil meines Reichtums wiedergeben würde. Ohne meine Leistung im vorangegangenen Leben hätten sie ja niemals ein so feudales Leben führen können. Da war es nur recht und billig, wenn sie mir zumindest etwas von meinem Vermögen zurückgaben, fand ich.

Um die allerletzten Zweifel aus der Welt zu räumen, beschloss ich, den Friedhof zu besuchen, wo ich meine sterblichen Überreste vermutete. Ich selbst hatte das Familiengrab der Daudons ja zu jener Zeit gekauft, als meine Eltern starben. Wenn mein letzter Wille erfüllt worden war, dann musste auf dem Grabstein auch mein Name stehen.

In der Erwartung etwas beim Anblick meines Grabes zu empfinden betrat ich den Friedhof. Wie erwartet kannte ich mich aus, als ob ich erst kürzlich dort gewesen wäre. Viel zu selten hatte ich meine toten Eltern besucht. Doch als ich dann selbst älter geworden war, zog es mich immer öfter zu ihnen um einseitige Dialoge zu führen. Ich konnte aber nie wirklich Trost finden und mich meinem eigenen unabwendbaren Schicksal stellen.

Obwohl ich den exakten Weg zum Familiengrab kannte, wagte ich mich nicht so ohne weiteres hin. Ich hatte eine düstere Vorahnung. Irgendetwas würde mich schockieren. Das wusste ich. Meine Neugierde war aber stärker als meine Befürchtungen und nach kurzem Zögern steuerte ich schnurstracks auf das Familiengrab der Daudons zu.

Von weitem erkannte ich den Grabstein. Nun war auch der geringste Zweifel ausgeräumt. Was immer ich bis zu diesem Zeitpunkt geglaubt, gehofft oder befürchtet hatte. Nun hatte ich endgültig 100%ige Gewissheit. Meine Erinnerungen und Träume waren keine Einbildung sondern Realität.

Ich begann die Inschrift des Grabsteines zu lesen. Mir stockte der Atem. Mein Herz raste. Ich brauchte einen Augenblick bis die Informationen, die meine Augen erblickten, auch in meinem Gehirn ankamen.

Unter den Namen meiner Eltern stand der meine: Jean Daudon 10.2. 1796 bis 16.4.1868. In meiner Erinnerung war der Grabstein bisher nur mit den Namen meiner Eltern beschriftet. Überraschend schnell begann ich wieder logisch zu denken. Ich rechnete nach. Wenn ich 9 Monate und ein paar Tage zu meinem Todestag dazuzählte, dann bekam ich meinen eigenen Geburtstag den 28.12.1868 heraus. Meine Seele und mein Bewusstsein waren aus meinem alten Körper herausgefahren und als Bill Toscanny neu entstanden.

Während ich überlegte zu welchem Zeitpunkt mein neuer Körper mit meinem alten Bewusstsein zusammengetroffen war, fiel mein Blick auf eine Zeile tiefer. Da stand: Nicola Daudon 31.7.1798. bis. 4.11.1873.

Meine Augen wurden feucht. Ich fühlte, wie die erste Träne über meine Wange rann. Meine Frau war mir nur wenige Jahre nach meinem Tod ins Grab gefolgt. Sie hatte mich mehr geliebt, als ich es verdiente. Ich erinnerte mich an so vieles, aber an sie hatte ich kaum einen Gedanken verschwendet.

Weinend kniete ich mich vor das Grab und bat meine geliebte Frau Nicola um Verzeihung. Ich war nur auf diesen Friedhof gekommen, um ganz sicher zu gehen, ob ich wirklich Jean Daudon war, und meine finanziellen Ansprüche an die Familie Daudon gerechtfertigt seien. Jetzt fühlte ich mich schuldig.

Neugierig und wissbegierig war ich auf den Friedhof gepilgert. Nun ging ich gebrochen und traurig zurück in mein kleines Zimmer. Ich dachte daran, dass auch meine Frau irgendwo auf dieser Welt in etwa meinem Alter lebte. Nur im Gegensatz zu mir konnte sie sich nicht an ihr früheres Leben erinnern. Der Gedanke, dass wir beide am Leben waren, aber uns niemals wiedersehen würden, zerriss mir fast das Herz.

Ich hoffte, dass es Nicola, dort wo sie jetzt lebte, gut ging. Sie sollte einen besseren Mann als mich kennenlernen. Nicola war die beste Frau, die mir je begegnet war. Ich konnte mir nicht vorstellen, dass ich in diesem Leben einer vergleichbaren Frau begegnen würde.

Nach diesem Tag ging ich so oft es mir möglich war auf den Friedhof. Mindestens einmal pro Woche brachte ich Nicola frische Blumen mit. Wenn sich zufällig jemand bei dem Grab aufhielt, dann ging ich nicht hin. Ich wartete, bis niemand dort stand, damit ich mit Nicola alleine sein konnte.

Außerdem ging ich meinen lebenden Nachfahren aus dem Weg. Ich wusste noch immer nicht, wie ich mich ihnen vorstellen sollte. Solange ich noch darüber grübelte, wollte ich jeden Kontakt mit ihnen vermeiden.

In der Zwischenzeit arbeitete ich, wie in meinem früheren Leben, in einer Bäckerei. Die gehörte natürlich zum Daudon Imperium. Auf diese Weise konnte ich mich umhören, was über meine Familie gesprochen wurde. So erfuhr ich, dass seit einem Jahr mein Enkel Jean-Francois Daudon der Leiter meines Imperiums war. Mein Sohn Louis war klüger als ich und genoss seltdem das süße Leben. Unter seiner Führung war meine ehemalige Familie noch wohlhabender geworden. Seinen Söhnen, meiner Tochter Brigitte und ihren Kindern ging es auf jeden Fall viel besser als mir.

Den ganzen Winter über tat ich nichts anderes, als zu schuften und zu überlegen, wie ich meinen Verwandten gegenübertreten sollte. Viel verdiente ich nicht. Meine Nachkommen behandelten das Personal auch nicht besser als ich es ihnen beigebracht hatte. Trotzdem gelang es mir genügend Geld zu sparen, um mir einen halbwegs passablen Anzug und gutes Schuhwerk leisten zu können.

Im Frühling war es dann soweit. Ich investierte mein Erspartes in gute Kleidung und beschloss, mein Vorhaben zu verwirklichen. An einem sonnigen Tag Anfang Mai mietete ich eine Droschke und fuhr damit standesgemäß zu meinem ehemaligen Anwesen in Paris. Die Bäume standen in voller Blüte. In den kleinen Parks erfreuten farbenfrohe Blumen das Auge des Betrachters. Und ich sah in meinen neuen Sachen aus wie ein richtiger Gentleman.

Je näher wir meinem ehemaligen Haus kamen, desto stärker wurde das mulmige Gefühl in der Magengegend. Schließlich blieb die Droschke vor dem massiven Einfahrtstor stehen. Nun gab es kein Zurück mehr.

An den Torwächtern kam ich mit einer Notlüge vorbei. Ich stellte mich einfach als amerikanischen Businessmann vor, der mit dem Daudons ins Geschäft kommen wollte. Mein amerikanischer Akzent und die teuer wirkende Droschke beeindruckte die Wächter so, dass sie mich passieren ließen und ins Haus begleiteten.

Mein Enkel Jean-Francois war tatsächlich spontan bereit mich zu empfangen. Sicher nur aus Neugierde. Ich wartete unter der Aufsicht eines Wächters im Salon und ließ meinen Blick durch den Raum schweifen. Kaum etwas war verändert worden. Fast alles sah noch so aus wie vor 28 Jahren als ich in diesem Haus verstarb.

Dann sah ich eine alte, eingerahmte Fotografie. Darauf war ich im Kreise meiner Familie abgebildet. Darunter stand das Datum: 10.2.1846. Dieses Foto war anlässlich meines damaligen 50. Geburtstages aufgenommen worden.

„So hast du also tatsächlich ausgesehen", dachte ich mir. Auch die anderen Gesichter auf dem Foto hatte ich schon öfter in meiner Erinnerung gesehen. Ich musste meinen Blick von dieser alten Fotografie abwenden, sonst hätte ich beim Anblick von Nicola feuchte Augen bekommen. Vor meinem Enkel wollte ich mir aber keine derartige Blöße geben. Das Bild hatte mich so aus dem Konzept gebracht, dass ich vergessen hatte, wie ich das Gespräch beginnen wollte. Da kam schon mein Enkel in den Raum und ich musste improvisieren.

„Ah, da sind sie ja, Monsieur......", begrüßte mich Jean-Francois.

„Bill Toscanny aus New York", vervollständigte ich seine Begrüßung. „Aber eigentlich bin ich ebenfalls ein geborener Daudon."

Jean-Francois sah mich ungläubig an. Er hielt mich offensichtlich für einen Scherzbold oder einen Schwindler.

„Das müssen sie mir genauer erklären", sagte er skeptisch. „Ich bin wirklich neugierig warum Sie uns unangemeldet einen Besuch abstatten".

„Wo sind eigentlich die anderen Kinder von Louis und seiner Schwester Brigitte?" fragte ich. "Ich habe der ganzen Familie etwas Bedeutendes mitzuteilen. Wäre es möglich, dass sich alle nebenan im blauen Salon versammeln könnten?" Mit meinem Insiderwissen über das Haus hoffte ich ihn zu beeindrucken. Es funktionierte leider nicht.

„Verraten Sie mir doch bitte hier und jetzt, was sie von uns wollen, Monsieur Toscanny", sagte Jean-Francois trocken.

Ich überlegte, ob es sinnvoll war, meinem Enkel alles zu erzählen. Er war am Tage meines Todes noch ein kleiner Junge gewesen, und ich hatte kaum eine Beziehung zu ihm. Es war also schwer, ihn davon zu überzeugen, dass er mein Enkelkind war. Immerhin war ich ein paar Jährchen jünger als er. Meine Tochter oder mein Sohn wären bessere Ansprechpartner für mich gewesen. Doch so wie die Dinge lagen, hatte ich keine andere Chance.

„Das, was ich ihnen jetzt sage, wird vielleicht etwas unglaublich klingen, aber es entspricht der Wahrheit", begann ich zaghaft. Ich hatte mir meine Erklärung ganz anders vorgestellt. Vor versammelter Familie wollte ich alle mit meinem Wissen über die intimsten Familiengeheimnisse verblüffen. Wenn ich ihnen von Ereignissen erzählte, die nur ein echtes Familienmitglied wissen konnte, dann hatte ich die Chance, dass mir zumindest einer von ihnen Glauben schenken würde. So aber war ich gezwungen, jemanden zu überzeugen, von dem ich kaum etwas wusste.

Ich war völlig aus dem Konzept. Vieles, was ich sagen wollte, kam mir nun unter diesen unerwarteten Bedingungen nicht über die Lippen. Alles was ich mir in den vergangenen Monaten überlegt hatte war jetzt nicht hilfreich. Ich beschloss also, einfach irgendwo zu beginnen.

„Sehen Sie den Mann auf dem Foto?" fragte ich und zeigte auf das Bild von meinem 50. Geburtstag. Das ist Ihr Großvater Jean Daudon. Er starb am 16.4.1868 in diesem Haus."

„Ja, das weiß ich. Aber was hat das mit Ihnen zu tun?" wollte Jean-Francois wissen.

„Ich bin dieser Jean Daudon, also ihr wiedergeborener Großvater", sagte ich ruhig. „Neun Monate nach meinem Tod kam ich in Amerika wieder auf die Welt. Deshalb heiße ich jetzt Bill Toscanny. Ich habe Jahre gebraucht, bis ich wusste, wer ich einmal war und meine ehemalige Familie, also euch alle, wiederfand."

Bevor ich noch weitersprechen konnte unterbrach mich Jean-Francois barsch: „Wenn Sie glauben, dass Sie mit dieser dummen Geschichte auch nur einem Mitglied unserer Familie Geld abluchsen können, dann haben Sie sich aber schwer getäuscht. Für wie dumm halten sie uns eigentlich?"

„Mir geht es in erster Linie gar nicht ums Geld", sagte ich. „Ihr stammt alle von mir ab. Du musst deinen Vater und deine Geschwister herholen, lieber Enkel. Ich werde die Wahrheit beweisen. Ihr könnt mich alles fragen."

„Jetzt reicht es mir aber! Diesen Schwachsinn muss ich mir keine Sekunde länger anhören" schrie mich Jean-Francois an. Er gab den Wächtern ein Zeichen mich zu ergreifen. Die packten mich hart an und warteten auf weitere Anweisungen.

„Schmeißt diesen verrückten Erbschleicher aus meinem Haus, und sorgt dafür, dass er nie wieder jemanden aus unserer Familie belästigt", befahl er.

„Verdammt, ich hab es vermasselt. Wenn ich jetzt hinausgeworfen werde, dann bekomme ich vielleicht nie wieder die Gelegenheit, jemanden aus meiner Familie zu beweisen, dass ich einmal Jean Daudon war", schoss es mir in den Kopf.

Ich beschloss aufs Ganze zu gehen. Mit einem kräftigen Ruck riss ich mich von den beiden Wächtern los und rannte zu der großen Prunktreppe, die in die oberen Stockwerke führte. Dort hoffte ich auf weitere Familienmitglieder zu stoßen, die ich vielleicht überzeugen konnte wer ich war. Natürlich stürmten die Wächter hinter mir her.

Ich geriet in Panik. In meinen schlimmsten Alpträumen hatte ich mir nicht vorgestellt, dass mein Besuch bei meiner ehemaligen Familie so ablaufen würde. Auf Misstrauen und langwierige Überzeugungsversuche war ich vorbereitet gewesen. Mit einem sofortigen Rausschmiss hatte ich nicht gerechnet. Im Nachhinein war mir natürlich klar, dass ich an Stelle meines Enkels nicht viel anders reagiert hätte.

Alle Namen von meinen Kindern und Enkelkindern, die mir gerade in den Sinn kamen, schrie ich laut durch das Haus. Ich hoffte, dass sich irgendjemand angesprochen fühlen würde und ich dann noch einmal die Chance bekam, meine Geschichte zu beweisen.

Aber noch bevor jemand aus meiner Familie auf mein Rufen reagierte, hatten mich die Wächter erwischt. Sie fixieren mich am Boden. Ich wehre mich mit all meiner Kraft. Vergebens! Es half nichts. Sie waren stärker und schleiften mich unsanft zum Haustor. Im Hintergrund hörte ich noch die Stimme meiner mittlerweile 66-jährigen Tochter Brigitte. Sie fragte meinen Enkel Jean-Francois nach dem Grund des Lärmes.

„Kümmere dich nicht darum, Mama", sagte Jean-Francois. „Ein gewalttätiger Betrüger hat sich unter falschem Vorwand in unser Haus geschlichen. Ich habe die Situation unter Kontrolle und ich werde dafür sorgen, dass er in Zukunft niemanden von euch belästigt."

Alles ging so schnell, dass ich nicht einmal mehr die Gelegenheit hatte, mich kurz umzudrehen und meine eigene Tochter zu sehen. Der Kutscher wurde mitsamt seiner Droschke vor das Eingangstor getrieben. Er wartete erst gar nicht auf mich, sondern suchte das Weite.

„Verschwinde, und lass dich in dieser Gegend ja nicht mehr blicken!" drohte mir einer der Wächter. Er gab mir zu verstehen, dass jeder Kontaktversuch mit einem Mitglied der Familie Daudon für mich äußerst schmerzhaft, wenn nicht gar tödlich enden würde. Dann zerrten mich die beiden Grobiane über das Grundstück bis zum Eingangstor. Dort bekam ich noch einen kräftigen Stoß, sodass ich rückwärts auf die gepflasterte Straße flog. Mein Anzug riss durch diese Behandlung an einigen Stellen. Einen Schuh hatte ich beim Rausschmiss ebenfalls verloren. Der wurde mir nun an den Kopf geworfen.

Ohne diesen aufzuheben lief ich panisch ein paar Straßen weiter. Erst als ich mich außerhalb der Sichtweite der Wächter befand, blieb ich stehen. Jetzt erst merkte ich, dass auch mein Ellbogen blutete, der Stoff war an dieser Stelle ebenfalls durchgescheuert.

Mein nagelneuer Anzug, für den ich monatelang sparen musste, und den ich extra für diesen Besuch gekauft hatte, war nicht mehr zu gebrauchen. Misserfolg auf allen Linien.

In den folgenden Tagen zermarterte ich mein Gehirn, um eine weitere Möglichkeit zu finden, wie ich meine Familie von der Wahrheit meiner Behauptungen überzeugen konnte.

Ein Brief hätte mit Sicherheit nicht zu den richtigen Adressanten gefunden. Ins Haus kam ich garantiert nie wieder hinein. Alle Wächter hatten die Anweisung, mich mit Gewalt am Betreten meines ehemaligen Anwesens zu hindern. Ich hatte also keine Chance, mit den anderen Mitgliedern meiner Familie ein paar Worte zu wechseln.

Bei meinem nächsten Friedhofbesuch glaubte ich die Lösung meiner Probleme gefunden zu haben. Meine Tochter und meine Enkel kamen ja ab und zu dorthin, um das Familiengrab zu besuchen. Ich hoffte also nichts anderes zu tun müssen, als den ganzen Tag am Friedhof darauf zu warten, bis meine Tochter, mein Sohn, oder jemand anders aus meiner Familie vorbeikam. Dann hatte ich eine Chance, alle über meine wahre Identität aufzuklären.

Wenn ich es mir genau überlegte, dann verstand ich die Reaktion meines Enkels Jean-Francois sogar. Er wollte seine, also eigentlich unsere Familie schützen. Immerhin gab es in Paris, so wie in jeder anderen großen Stadt, eine Menge Betrüger, die sich auf Kosten von reichen Familien ein angenehmes Leben gönnen wollten.

Besonders glaubwürdig war meine Geschichte nun wirklich nicht. Die meisten Menschen glauben nur, was sie selbst gesehen oder erlebt haben. Hätte ich nicht selbst die Erfahrung mit der Wiedergeburt gemacht, dann hätte ich auch jeden, der mir davon erzählt hätte, für einen Schwindler oder Verrückten gehalten.

Um ständig am Friedhof auf mögliche Besuche von Verwandten warten zu können, musste ich meinen Job in der Bäckerei gar nicht aufgeben. Mir wurde gekündigt und das Geld welches mir noch zustand bekam ich selbstverständlich auch nicht ausbezahlt. Mit den wenigen Franc die ich gespart hatte, konnte ich nur kurze Zeit über die Runden kommen.

Leider tauchte kaum jemand aus meiner Familie beim Familiengrab auf. Ich fand es von meinen Kindern und Enkeln nicht in Ordnung, dass sie zwar den Reichtum genossen, den sie mir zu verdanken hatten, aber kaum die Zeit fanden, mein Grab zu besuchen.

Eines Tages hatte ich Glück. Meine Tochter Brigitte kam mit einem Blumenstrauß. Sie wurde von meiner Enkelin Bernadette begleitet. Beide gingen zu meinem Grab und beteten. Ich schritt auf die beiden zu und fragte, aus welchem Grund sie an diesem Tag mit Blumen gekommen waren. Die beiden zeigten auf mein Geburtsdatum am Grabstein.

Ich schlug mir mit der flachen Hand gegen die Stirn. Ich hatte meinen ehemaligen Geburtstag vergessen. Natürlich erzählte ich den beiden sofort, dass ich der wiedergeborene Jean Daudon war und jetzt Bill Toscanny hieß. Sie sahen mich nur ungläubig und abweisend an. Noch bevor ich Argumente für die Richtigkeit meiner Behauptung vorbringen konnte, liefen meine Tochter und meine Enkelin kreischend vor mir davon.

Mein Enkel Jean-Francois schien ganze Arbeit geleistet zu haben. Ich hätte mir ja denken können, dass er alle Familienangehörigen vor mir gewarnt hatte. Dennoch wollte ich nicht gleich klein beigeben.

"Wenn meine Familie weiterhin mein Grab besuchen will, dann werden sie damit leben müssen, dass ich immer da bin und ihnen die Wahrheit so lange sage, bis sie mir glauben", dachte ich zuversichtlich.

Aber schon am nächsten Tag merkte ich, dass ich meine Nachfahren gewaltig unterschätzt hatte. Mein Enkel Jean-Francois hatte vier üble Schlägertypen organisiert, die mich am Friedhofseingang erwarteten. Diese finsteren Gestalten kamen bedrohlich gestikulierend auf mich zu und zwangen mich zur Umkehr. Ich wollte wissen, mit welchem Recht sie mir Befehle erteilten.

Da wurden sie rabiat und stießen mich vom Tor weg. Das ließ ich mir nicht gefallen. Immerhin hatte ich wie jeder andere Bürger das Recht, einen Friedhof zu besuchen.

Ohne mit der Wimper zu zucken, ging ich noch einmal auf das Friedhofstor zu. Die vier Männer machten eine Mauer und ließen mich nicht vorbei.

"Das können die doch nicht machen", ärgerte ich mich. Immerhin lagen meine Eltern, meine Frau Nicola und irgendwie auch ich auf diesem Friedhof. Ich hatte in den New Yorker Straßen gelernt, dass man sich sein Recht notfalls auch mit Gewalt erkämpfen musste und schlug einem der Männer mit der Faust ins Gesicht. Dieser fiel wie ein Sack zu Boden. Normalerweise liefen dann die Kumpanen des Geschlagenen davon. Bei diesen bezahlten Schlägern funktionierte das leider gar nicht.

Sofort schlugen die drei verbliebenen Männer gleichzeitig auf mich ein. Ich war nicht stark genug, um es mit allen aufzunehmen. Es dauerte keine 5 Sekunden und ich brach unter ihren brutalen Schlägen zusammen. Mit einem Mal wurde es finster um mich.

Als ich wieder aufwachte, befand ich mich auf irgendeiner mir unbekannten Pariser Straße. Man hatte mich vom Friedhof weggeschliffen, und einfach liegengelassen. Mein Kopf brummte. Mein Gesicht war geschwollen und blutverschmiert. Meine Kleidung war ebenfalls von Blut und Erde verschmutzt. Ich sah furchtbar aus.

Ein Griff in meine Taschen genügte, um festzustellen, dass man mich ausgeraubt hatte. Es machte keinen Unterschied, ob es die Schlägertypen waren, oder ob ein zufälliger Passant die Gelegenheit genützt hatte während ich ohnmächtig gewesen war. Da ich meiner Zimmerwirtin nicht traute, hatte ich immer meine gesamten Ersparnisse bei mir. Nun waren sie weg. Ich war verzweifelt und hatte keine Ahnung wie es weitergehen sollte.

So wie es aussah, konnte ich den Friedhof nicht mehr besuchen. Das Haus der Daudons war ebenfalls Sperrgebiet für mich. Somit war jede Chance, jemals etwas von meinem ehemaligen Reichtum wieder zu bekommen dahin. Ich erkannte, dass es Zeit war, wieder nach Hause zu fahren. In Frankreich hatte ich nichts mehr verloren.

Alles, was ich in meinem früheren Leben einmal besessen hatte, war für immer verloren. Nur die Erinnerung an diese Zeit und meine Erfahrungen konnte mir niemand nehmen.

Mittellos wie ich nun war, schlug ich mich zu Fuß von Paris bis nach Le Havre durch. Dort hoffte ich auf ein Schiff, das mich in meine neue, alte Heimat bringen sollte. Diesmal benötigte ich für die Strecke viel länger als bei meiner Ankunft. Meine körperliche Verfassung war nicht die beste. Meine Motivation auf null. Ich hatte ja keinen Grund mehr, mich zu beeilen. Nichts von dem, was ich mir in Frankreich erhofft hatte, war in Erfüllung gegangen. Nur sentimentale und frustrierende Erlebnisse hatte mir diese Reise eingebracht.

In Le Havre angekommen, arbeitete ich wochenlang in den miesesten Hafenkneipen nur für Kost und Logis. Es war nicht so leicht einen Job als Schiffskoch zu bekommen. Wenn ich daran dachte, was mich in Amerika erwartete, dann war ich der Verzweiflung nahe.

Als ich vor über einem Jahr von New York weggefahren war, da hoffte ich, dass sich mein Leben verbessern würde. Mit dem Geld meiner ehemaligen Familie wollte ich mir eine schöne Zukunft aufbauen. Nun wusste ich, dass alles beim Alten blieb. Mein Wissen, um mein früheres Leben als Jean Daudon brachte mir keinen Vorteil. Als Bill Toscanny musste ich wieder zurück nach Queens, wo eine eher düstere Zukunft auf mich wartete.

Außerdem war die Wirtschaftskrise immer noch nicht ausgestanden. Ich konnte also schon glücklich und zufrieden sein, wenn ich wenigstens wieder einen dieser schlecht bezahlten Jobs bekam, die mir schon vor meiner Frankreichreise auf die Nerven gegangen waren.

Endlich fand ich Arbeit auf einem Schiff, das nach New York fuhr. Leider schaffte ich es nicht, als Koch unterzukommen. Der einzige Job, der auf dem Kahn noch nicht besetzt war, hatte es in sich. Ich musste als Schiffsjunge all die Dreckarbeiten machen, für die sich die anderen zu gut waren. Toiletten putzen gehörte noch zu den angenehmen Tätigkeiten dieser Arbeit. Ich nahm diesen Job nur an, weil ich es keinen Tag länger in Le Havre ausgehalten hätte.

Ich biss also in den sauren Apfel und machte diesen schmutzigen Job. Aber einen Vorteil hatte meine neue Arbeit am Schiff: In New York konnte mich nach diesem Job nichts mehr erschüttern.

Der totalen Frustration, die mit Selbstmordabsichten gekoppelt war, folgte langsam ein Gefühl der Zuversicht. Mit jedem Tag, den ich meiner Heimat näher kam, stieg meine Lebensfreude. Mein Leben als Jean Daudon wollte ich ein für alle Mal vergessen. Es war vorbei und ich hatte keine Chance, auch nur einen einzigen Franc davon in mein Leben als Bill Toscanny hinüberzuretten.

Frankreich, ja ganz Europa, konnte mir in Zukunft gestohlen bleiben. Das Gebiet glich ohnehin einem Pulverfass, in dem es ständig die Gefahr neuer Kriege gab. In Amerika ging es mir trotz Krise und Arbeitslosigkeit nie so schlecht, wie in der Zeit, die ich in Paris verbracht hatte. Le Havre als absoluten Tiefpunkt brauche ich nicht extra zu erwähnen.

Meinem immer positiver werdenden Gefühl folgten schon bald konkrete Pläne, wie es weiter gehen sollte. Immerhin wusste ich noch aus meinem früheren Leben, wie ich es geschafft hatte, reich zu werden. Nichts hielt mich davon ab, wieder so weit zu kommen. In Amerika, dem Land der unbegrenzten Möglichkeiten, konnte ich trotz der schlechteren Startposition sogar mehr erreichen als seinerzeit in Europa.

Ich hatte mich in den letzten Jahren zu sehr darauf verlassen, dass ich zumindest ein kleines Vermögen aus meinem früheren Leben erhalten könnte. Damit vertrödelte ich meine ganze Zeit. Nun wollte ich alles anders machen. Mit meinen früheren Geschäftserfahrungen und genügend Fleiß hatte ich in New York jede Chance, wieder ganz nach oben zu kommen.

In meiner Phantasie sah ich mich schon als Besitzer eines Imperiums, das noch größer und mächtiger war als jenes der Daudons. Diese nicht unrealistischen Wunschträume machten es mir leicht, mein damaliges Schicksal zu verkraften.

In New York war schon der Herbst angebrochen, als unser Schiff einlief. Wir fuhren an der Freiheitsstatue vorbei. Die ganze Besatzung jubelte. Mein Herz klopfte freudig erregt. Ich konnte es kaum noch erwarten, von Bord zu kommen. Dieser Tag sollte der erste vom Rest eines wesentlich besseren Lebens werden.

Doch zuerst besuchte ich meine Eltern und Geschwister in Queens. Nachdem was ich in den letzten Monaten erlebt hatte, kam ich mir in meiner alten Wohngegend vor wie im Paradies. Meine Mutter freute sich besonders über meine Rückkehr, aber auch mein Vater und meine Geschwister nahmen mich freudig wieder zu Hause auf.

Ich hatte eine Menge zu erzählen. Die ganze Familie hörte gespannt zu. Keiner von ihnen war bisher in Europa oder gar in Frankreich gewesen. Meine Erlebnisse mit meiner ehemaligen Familie behielt ich aber für mich. Mein früheres Leben wollte ich vergessen, und niemand sollte erfahren, dass ich einmal Jean Daudon war. Wer hätte mir schon geglaubt, wenn es mir nicht einmal gelungen war, meine eigenen Nachkommen zu überzeugen.

Am Abend konnte ich endlich wieder einmal in einem halbwegs gemütlichen Bett schlafen. Vorbei war die Zeit der wackeligen Schiffskojen. Von der langen Reise und dem vielen Erzählen war ich so müde, dass ich sofort einschlief. In meinen Träumen erlebte ich schon alles, was ich mir für die Zukunft wünschte. Die Erinnerungen an mein Leben als Jean Daudon wurden immer unwichtiger. Bald hatte ich sie ganz verdrängt.

In der Zeit, die ich weggewesen war, hatte sich vieles verändert. Die ersten Automobile eroberten die Straßen New Yorks. In Paris hatte ich hin und wieder eines dieser stinkenden, dröhnenden Vehikel ohne Pferdeantrieb gesehen. Doch ich ahnte nicht annähernd, in welchem Ausmaß diese Fahrzeuge bald New York überrollen würden.

Mein Optimismus mit dem ich auf eine steile Karriere hoffte, bekam schon bald den ersten Dämpfer. Das bisschen Geld, das ich auf dem Schiff verdient hatte, reichte bei weitem nicht als Startkapital für ein eigenes, kleines Unternehmen. Arbeit war nach wie vor kaum zu bekommen.

Sogar mein Vater hatte seinen Job in der Fabrik verloren und jobbte nur noch als Gelegenheitsarbeiter. Meiner Mutter ging es nicht viel besser. Nur mein Bruder Randy hatte mit viel Glück einen Job in einem koscheren Feinkostladen ergattert. Meine Schwestern Jane und Rebecca jobbten ebenfalls nur gelegentlich, um etwas zum Familieneinkommen beizutragen. Ihr Ehrgeiz hielt sich aber in Grenzen. Sie warteten auf „Mister Right", eine schöne Hochzeit und ein sorgloses Leben als Ehefrau.

Weder ich noch sonst jemand in meiner Familie war kreditwürdig. Also war eisernes Sparen der einzige Weg zu einer eigenen Firma. Monat für Monat wollte ich mir ein paar Dollar für die Zukunft auf die Seite legen, sobald ich Arbeit hatte.

Dummerweise gelang es mir nicht, einen Job zu bekommen. So konnte ich auch nichts auf die Seite legen. Im Gegenteil! Um meiner Familie nicht auf der Tasche zu liegen, musste ich ständig auf mein Erspartes zurückgreifen. Schließlich hatte sich mein Guthaben in Nichts aufgelöst. Das Kapital für ein eigenes Unternehmen war dahin.

Monatelang lebte ich wieder so wie zu der Zeit vor meinem Frankreichbesuch. Keinen meiner optimistischen Pläne hatte ich realisieren können. Alles war wieder so trist und aussichtslos wie zuvor.

Der "Amerikanische Traum" hatte mit meiner realen Situation herzlich wenig zu tun. Mein Nationalstolz konnte nicht einmal mit unseren Erfolgen bei der ersten Olympiade der Neuzeit gehoben werden. 1896 gelang es ehrgeizigen amerikanischen Sportlern aus allen Bundesstaaten, ohne wirkliche Unterstützung durch den Staat, nach Athen zu reisen. Wir hatten zu diesem Zeitpunkt noch nicht einmal eine eigene Nationalhymne, die beim Einzug unserer Sportler gespielt werden konnte. Kaum jemand glaubte, dass wir reelle Chancen haben würden, auch nur einen der Wettkämpfe siegreich zu bestreiten.

Das Olympische Komitee suchte dann unter einigen amerikanischen Musikstücken jenes aus, dass sich am ehesten für eine Nationalhymne eignete. Niemand rechnete ernsthaft damit, dass sie je erklingen würde. Doch da hatten sich alle gründlich getäuscht. Unsere Sportler waren besser trainiert als die Europäer. Sie hatten irrtümlich mit viel zu großen und zu schweren Sportgeräten geübt. Mit den genormten "Olympischen Geräten", die wesentlich leichter zu handeln waren, gewannen sie viele der Wettbewerbe und brachen mühelos mehrere Rekorde. Wir holten uns also, wider Erwarten jede Menge Medaillen. Die vom Olympischen Komitee ausgesuchte amerikanische Nationalhymne erklang öfter als alle anderen. Sie wurde nach der Olympiade auch offiziell zur amerikanischen Nationalhymne erklärt. Sogar Amerikaner, die sich kaum für Sport interessierten, waren nach diesen Spielen stolz auf unser Land und unsere Athleten.

Doch was nützte der sportliche Ruhm den unterbezahlten Arbeitern und den Arbeitslosen, wie mir? 1898 wurde ich 30 Jahre alt und lebte immer noch zu Hause. Ich konnte mir einfach keine eigene Wohnung leisten.

Wehmütig dachte ich daran, wie viel ich als Jean Daudon in diesem Alter schon erreicht hatte. Unweigerlich quälten mich wieder die Erinnerungen an bessere, aber längst vergangene Zeiten.

Allmählich besserte sich die wirtschaftliche Situation im Land wieder. Besonders meine! Mein Bruder Randy stellte mir seinem Boss vor. Dieser hieß Henry Feldman und eröffnete gerade eine neue Filiale seines Feinkostladens. Ein erfolgloser Konkurrent, fünf Straßen weiter, hatte soeben das Handtuch geworfen.

Das frei gewordene Ladenlokal, war seit wenigen Tagen fertig umgebaut und da Henry Feldman den Angestellten seines ehemaligen Konkurrenten nicht traute, suchte er neue, motivierte Leute. Mein Bruder legte ein gutes Wort für mich ein, und ich bekam meine Chance.

Gleich am nächsten Tag begleitete ich Randy zur Arbeit. Noch hatte ich keine Ahnung, dass dieser Tag mein ganzes bisheriges Leben total verändern sollte.

Schon als ich den koscheren Feinkostladen betrat, hatte ich ein angenehmes Gefühl. Der Geruch des selbstgemachten Backwerks erinnerte mich an die Bäckerei, in der ich einst aufgewachsen war. Alles schien mir auf sonderbare Weise vertraut. Ich wusste instinktiv, dass mir die Arbeit in diesem

Laden Spaß machen würde und nahm mir vor, Mister Feldman davon zu überzeugen, dass er niemand besseren als mich finden konnte.

Randy stellte mich seinem Chef vor und ging gleich wieder an seine Arbeit. Nun hatte ich wenige Minuten Zeit, um Henry Feldman so zu beeindrucken, dass er mich unter den vielen Bewerbern auswählte.

Henry Feldman war über 57 Jahre alt. Er hatte dunkles, leicht schütteres Haar das an den Schläfen grau meliert war. Seine Figur würde ich als stattlich bezeichnen. Sein rundliches Gesicht hatte kaum Falten.

Er blickte mir freundlich in die Augen während er zu mir sprach: „Ich suche einen Mann, der sich auf die Arbeit konzentriert, und nicht ständig auf seiner Uhr nachschaut, wann Feierabend ist. Wenn du einer Gewerkschaft beitrittst, dann sind wir geschiedene Leute. Aber wenn du so fleißig bist wie dein Bruder, dann bist du mir willkommen."

Ich erfuhr von ihm, was mich erwartete. Seine 24-jährige Tochter Angela sollte die Filiale leiten und die brauchte jemanden, der ihr alle schweren Arbeiten abnahm. Mich von einer jüngeren Frau herumkommandieren zu lassen stellte ich mir nicht besonders lustig vor. Aber wenn ich den Job wollte hatte ich keine andere Wahl.

Ich erzählte Mister Feldman, dass ich mich nicht nur ausgezeichnet mit Lebensmitteln auskannte, sondern auch von meinem Bruder schon alles über die Besonderheiten eines jüdisch geführten Feinkostladens erfahren hatte. Dass ich von seiner Religion genau so viel hielt wie von meiner eigenen, behielt ich für mich.

Um alle anderen Kandidaten, die sich um den Job bewarben, sofort aus dem Rennen zu werfen, bot ich Henry Feldman an, in der Probezeit für die Hälfte des Geldes zu arbeiten, das er mir angeboten hatte. Das gefiel dem alten Geizkragen. Ich bekam den Job.

„Ich werde mich unentbehrlich machen und dann über ein höheres Gehalt verhandeln", dachte ich erfreut. „In kürzester Zeit habe ich dann genug Geld, um mir selbst etwas aufzubauen." Es sollte aber ganz anders kommen.

Wenige Minuten nachdem ich den Job erhalten hatte, traf ich meine neue Chefin und war hingerissen. Angela Feldman war natürlich jünger und attraktiver als ihr alter Herr. Was mich aber vom ersten Moment an gefangen nahm, war diese unbeschreibliche Ausstrahlung, die ich bisher nur bei meiner verstorbenen Frau Nicola wahrgenommen hatte. Wir verstanden uns von Anfang an prächtig.

In den ersten Wochen war die Arbeit sehr anstrengend. Vieles was ich im Restaurant und in den Schiffskajüten gelernt hatte, war hier ganz anders. Die meisten Kunden kamen, weil wir ausschließlich koschere Lebensmittel verkauften. Angela war immer nett und geduldig. Wenn ich etwas verpatzte, dann erklärte sie mir, was ich falsch gemacht hatte.

Die Backwaren unseres Ladens wurden in der Nachbarschaft schon bald ein Verkaufsschlager. Mit der Erfahrung meines früheren Lebens und der Hilfe von Angela stellte ich Gebäck in so guter Qualität her, das die Kunden nirgendwo sonst in New York für einen vergleichbaren Preis bekamen.

Am Ende meiner Probezeit war der Umsatz in unserer Filiale drei Mal so hoch wie im Hauptgeschäft von Henry Feldman. Um eine Weiterbeschäftigung brauchte ich mir also keine Sorgen zu machen. Ich bekam sogar die erhoffte Gehaltserhöhung und war nun endlich in der Lage, jeden Monat etwas Geld auf die Seite zu legen.

Der Plan, von zu Hause auszuziehen und eine eigene Familie zu gründen, schien finanziell möglich. Aber da gab es ein Problem. Ich hatte mich in meine Chefin Angela verliebt. An eine Ehe mit ihr war vorerst nicht zu denken. Ihre Eltern waren jüdischer Herkunft und ich stammte aus einer christlichen Familie. Uns beide störte das nicht, aber unsere Eltern dachten da etwas anders.

Angela war das einzige Kind von Henry Feldman. Ihre Mutter verstarb kurz nach der Geburt ihrer Tochter. Dieses wunderschöne Wesen war also alles, was Henry Feldman noch an Familie geblieben war. Als verantwortungsbewusster Vater, konnte er sein Kind nicht irgendeinem dahergelaufenen Typen überlassen. Das verstand ich. Die Meinung meiner eigenen Eltern war mir hingegen ziemlich egal.

Obwohl wir wussten, dass eine Heirat unter den gegebenen Umständen nicht möglich war, funkte und knisterte es ständig zwischen uns. Anfangs versuchten wir es noch zu ignorieren, aber das klappte nicht. Ich arbeitete freiwillig immer länger im Laden, nur um in ihrer Nähe zu sein. Das Vermögen, das sie nach dem Tod ihres Vaters bekommen sollte, spielte dabei gar keine Rolle.

Ich wollte ohne fremde Hilfe ein reicher Mann werden. Angela war klug genug um zu merken, dass ich sie ihrer selbst willen begehrte und nicht wegen der zwei Feinkostläden, die ihr Vater besaß.

Obwohl wir uns vom ersten Tag an sympathisch waren, arbeiteten wir viele Monate lang, Tag für Tag, auf engstem Raum zusammen, ohne uns gegenseitig einzugestehen, was wir füreinander empfanden. Angela konnte als Frau in der damaligen Zeit unmöglich den Anfang machen, und ich wollte den richtigen Zeitpunkt abwarten.

Silvester 1900 war es dann so weit. Wieder einmal feierte die Welt eine Jahrhundertwende. In den Straßen von New York ging es hoch her. Angela und ich hatten alle Hände voll zu tun. An solchen Tagen dachten wir weniger ans Feiern, und dafür mehr an dem Umsatz im Geschäft. An Tagen wie diesen hätten wir noch gut 2 Arbeiter einstellen können. Leider wollte kaum jemand auf das Feiern verzichten und so blieb der Mehraufwand auch diesmal an uns hängen.

Die Feldmans hatten ohnehin andere Feiertage und eine andere Zeitrechnung als die meisten Amerikaner. Das Jahr 1900 hatten schon ihre Urahnen vor tausenden Jahren gefeiert. Während die Moslems jeden Freitag feierten, war den jüdischen Amerikanern der Samstag heilig und wir Christen ließen es uns am Sonntag gutgehen. Aber Henry Feldman kannte keinen Sabbat, wenn es ums Geschäft ging, und ich war auch bereit am Sonntag zu arbeiten. Da waren wir beide auf einer Wellenlänge. Uns interessierte nur Umsatz und Gewinn.

Mittlerweile hatte ich es geschafft, ihm eine Umsatzbeteiligung einzureden. Angela half mir dabei ihn zu überzeugen. Ich verdiente dadurch mehr, wenn wir länger geöffnet hatten. Da ich jeden Dollar brauchen konnte, hätte ich am liebsten 24 Stunden lang gearbeitet.

Dummerweise kam ich nicht ganz ohne Schlaf aus. Meine Arbeitszeit beschränkte sich damals auf 16 Stunden pro Tag. Ständig schlug ich Angela und ihrem Vater Neuerungen vor, die uns noch mehr Gewinn brachten. Aufgrund meiner Ideen und des finanziellen Erfolges konnte Henry Feldman noch zwei weitere Läden zukaufen. Er arbeitete schon längst nicht mehr selbst mit, sondern kontrollierte nur noch seine 4 gut gehenden Geschäfte.

Obwohl Mr. Feldman schon immer ein guter Geschäftsmann gewesen war, so profitierte er doch enorm von meiner Arbeit. Längst hatte ich genügend Geld und Erfahrung gesammelt, um Henry Feldman Konkurrenz machen zu können. Doch Angela hieß der Grund warum ich diese Gedanken gleich wieder verdrängte. Ihr konnte ich keinen Wunsch abschlagen.

Die immer größer werdende Verantwortung und Mehrarbeit tat dem Herzen von Henry Feldman nicht gut. Er musste sich auf Anraten seines Arztes schonen und ich übernahm immer öfter seine Aufgaben. Dank Angelas Fürsprache, vertraute er mir blind. Ich war der einzige, der außer ihm, über alles informiert war. Den Überblick hatten die beiden längst verloren.

Als sich an diesem Silvesterabend kein Kunde mehr in unserem Laden blicken ließ, saßen Angela und ich noch einige Zeit beisammen, um die Abrechnungen zu machen. Nachdem auch das erledigt war, holte ich eine mitgebrachte Flasche französischen Champagner und zwei Gläser.

„Darf ich Sie zu einem Glas einladen, um das neue Jahrhundert gebührend zu begrüßen?" fragte ich Angela. Wir gingen immer noch extrem steif und förmlich miteinander um, obwohl wir uns schon so lange kannten und wussten, dass wir zusammengehörten.

„Ja gerne!" antworte Angela. Sie lächelte mich an. Mir wurde warm ums Herz. Schon den ganzen Abend hatte ich mich seelisch auf diesen Moment vorbereitet. Ihr Vater lag mit einer Grippe im Bett und konnte auf keinen Fall plötzlich auftauchen.

Ich drehte den Sektkorken so geschickt aus dem Flaschenhals heraus, dass nur ein leises "Blob" zu hören war. Den Korken knallen zu lassen, hielt ich für primitiv und stillos. Außerdem wollte ich die Magie dieses besonderen Augenblicks nicht beeinträchtigen. Angela hätte sofort den verspritzten Champagner aufgewischt. So aber war es perfekt. Ich füllte die Gläser und reichte Angela eines davon.

„Auf das 20. Jahrhundert", sagte ich und prostete Angela zu. Dann kosteten wir den edlen Tropfen. Er schmeckte ausgezeichnet. Teuer genug war er ja. Angela strahlte übers ganze Gesicht. Ich merkte, dass sie nur darauf wartete, dass ich sie endlich küsste. Ich zögerte ein wenig.

„Möchten Sie noch etwas von dem herrlichen Champagner, Miss Angela?" fragte ich verlegen. Etwas Besseres fiel mir nicht ein.

„Aber ich habe ja mein Glas noch nicht einmal ganz ausgetrunken", lachte sie übermütig. "Wollen sie mich etwa betrunken machen, Mister Toscanny?" Sie blickte mir schelmisch in die Augen.

„Warum sollte ich das wohl tun?" erwiderte ich. Ich fühlte mich ertappt.

„Wenn Ihnen das nicht selber einfällt.....", meinte Angela und

schloss ihre blauen Augen. Ich hatte genug Lebenserfahrung um zu wissen, dass ich sie nun küssen musste. Noch offensichtlicher konnte sie mir gar nicht mehr entgegenkommen. Wenn ich jetzt zu feige war, sie zu küssen, dann hatte ich sie nicht verdient.

Diese wunderschöne junge Frau, mit ihren langen, hellbraunen, lockigen Haaren und ihrer grazilen Figur zog mich seit unserer ersten Begegnung an wie ein Magnet. Ich beugte mich über sie und gab ihr einen zärtlichen Kuss auf ihren süßen Schmollmund.

Angela ließ dass Champagnerglas einfach auf den Boden fallen und legte ihre Arme um mich. Dann öffnete sie leicht ihre Lippen. Behutsam und zärtlich ließ ich meine Zunge in ihren Mund gleiten. Wir küssten uns heiß und innig. Seit Nicola war Angela die erste Frau in meinem Leben, die mir etwas bedeutete. Wir erkannten damals beide nicht, dass wir uns nach so vielen Jahren der Trennung gerade in unseren neuen Körpern wiedergefunden hatten.

Die Probleme, die von außerhalb auf uns zukommen würden, kümmerten mich in diesem Moment nicht im geringsten. Keine Sekunde dachte ich an die finanziellen Vorteile dieser Beziehung. Ich war erfüllt vom Glücksgefühl der Liebe. Meine Furcht, dass Angela meine Zuneigung nicht erwidern könnte, war dumm gewesen. Sämtliche Zweifel waren beseitigt. Alles fühlte sich so richtig an. Noch in derselben Nacht zeugten wir unseren ersten Sohn.

Das Jahr 1900 wurde in jeder Beziehung turbulent. Wenige Tage nach unserer gemeinsam verbrachten Silvesternacht, gestanden Angela und ich ihrem Vater unsere Liebe. Als der erfuhr, was vorgefallen war, bekam er einen Wutanfall, dass mir Angst und Bange wurde. Angela sorgte sich um sein schwaches Herz.

Henry Feldman wollte nicht, dass seine Tochter einen Christen zum Mann nahm. Um ihn umzustimmen, sagte ich ihm, dass mir jede Religion ein Dorn im Auge sei. Aus der Kirche war ich nur noch nicht ausgetreten, weil ich zu faul war, um dafür die nötigen Schritte zu unternehmen. Wenn es die Sache erleichterte, war ich ohne weiteres bereit, offiziell den jüdischen Glauben anzunehmen. Ich wäre auch zu einem Buddhisten, Mohammedaner oder Hindu geworden, um Angela zu bekommen. Die Ideologie, die hinter den Religionen stand, war mir in jedem Fall gleichgültig.

Das erzürnte Henry Feldman aber noch mehr. Er war nämlich ein sehr gläubiger Mensch, der zwar in geschäftlichen Dingen eine etwas pragmatische Einstellung zu seinem Gott hatte, aber einen Atheisten wollte er auf keinen Fall in seiner Familie haben. Mir war auch nicht bewusst, dass Juden nicht wie Christen oder Moslems missionierten, sondern nur jemanden in ihre Gemeinschaft aufnahmen, der es aus tiefstem Herzen wünschte und sich darum bemühte.

Dabei war ich längst kein Atheist mehr. Durch meine Wiedergeburt wusste ich, dass nicht alles gelogen war, was die Priester sämtlicher Religionen predigten. Dass eine höhere Energie existierte, musste ich wohl oder übel in Betracht ziehen.

Meine persönlichen Erkenntnisse fand ich in keiner mir damals bekannten Religion wieder. Alleine die Tatsache, dass ich trotz meines sündhaften Lebens in Frankreich nach meinem Tod nicht in der Hölle gelandet war, veranlasste mich, derartige Drohungen der Kirche auch weiterhin nicht ernst zu nehmen. Dass meine Wiedergeburt eine Art Fegefeuer sein konnte, kam mir nicht in den Sinn.

Henry Feldman, der noch nicht wusste, dass seine Tochter von mir schwanger war, warf mich aus der Firma und verbot mir, mich weiterhin mit seiner Tochter zu treffen.

„Nur über meine Leiche wirst du dieses Geschäft noch einmal betreten", schrie er mich an. Sein Gesicht verfärbte sich dunkelrot.

„Wenn er sich trotz seines Herzleidens weiterhin so aufregt, dann ist dieser Tag nicht mehr fern", dachte ich verärgert und verließ den Feinkostladen bevor ich etwas sagen konnte, was mir später vielleicht leid tat. Ich hoffte, dass Henry Feldman schon bald einsehen würde, dass er mich brauchte, um seine Geschäfte zu führen. Doch der alte Dickschädel blieb stur.

Die Entlassung setzte mir weit weniger zu, als die Tatsache, dass ich Angela nun kaum noch zu Gesicht bekam. Wir konnten uns nur noch heimlich treffen. Angela musste dabei sehr vorsichtig sein. Ihr Vater kontrollierte sie, so gut er nur konnte. Jeder Tag, an dem ich keine Gelegenheit hatte, Angela zu sehen, war furchtbar. Ich litt unter dieser sinnlosen Trennung.

In der Zwischenzeit erwarb ich ein Restaurant in Manhattan dessen Besitzer gerade bei einer Mafia Fehde als Kollateralschaden dahingerafft worden war, sehr günstig. Ich hatte genug Geld gespart, und war auch kreditwürdig. Da die Räumlichkeiten des Restaurants sehr groß waren, konnte ich dort auch wohnen und endlich bei meinen Eltern in Queens ausziehen.

Mit viel Fleiß und Fingerspitzengefühl für die Wünsche der reichen Leute, stellte sich schon bald der gewünschte Erfolg ein. Ich konnte mich über die Einnahmen nicht beklagen.

Ich warb mit dem Slogan:

Genießen Sie die beste französische Küche der Stadt

Toscanny

der etwas andere Italiener

Diese eigenwillige Werbung machte speziell die verwöhnten Promi Kunden neugierig. Schon bald gehörte es fast zum guten Ton, in meinem Restaurant zu verkehren. Weniger bekannte Persönlichkeiten mussten bis zu einem Jahr im Voraus reservieren.

Wenn es nur irgendwie ging, dann traf ich mich heimlich mit Angela. Man konnte schon sehen, dass sie schwanger war. Ihren Vater hatte fast der Schlag getroffen, als sie ihm alles gestand. Er hatte sich für seine Tochter ein anderes Leben gewünscht. Er liebte sie und wollte nur ihr Bestes. Er musste nun aus drei Optionen wählen, die für ihn allesamt unvorstellbar waren. 1. Abtreibung, undenkbar, 2. Das Kind ohne Vater aufziehen, eine Schande, 3. Mich als Ehemann akzeptieren, ein vielschichtiges Problem.

Im Sommer 1900 fanden die 2. Olympischen Spiele in meiner ehemaligen Heimat Frankreich in Paris statt. Gleichzeitig war Paris auch Sitz der Weltausstellung. Viele Amerikaner, die es sich leisten konnten, benutzen diese Gelegenheit, um einmal nach „ Good old Europe" zu reisen. Seit ich dort aus dem Hause der Daudons hinausgeworfen worden war, hasste ich Europa, Frankreich im Besonderen und Paris im Speziellen. Der einzige Trost, war mein gut gehendes Restaurant mit französischer Küche. Als typisch amerikanische Promenadenmischung mit italienischen, irischen und ukrainischen Wurzeln hatte ich dank meinem Vorleben eben ein gutes Gefühl für französische Spezialitäten, die auch meine Landsleute schätzten.

Die allgemeine Stimmung der Pariser Weltausstellung nützte nicht nur meinem Restaurant. Die ganze Welt wurde zu dieser Zeit von einem unglaublichen Optimismus und Fortschrittsglauben erfüllt. Die Zeit war günstig für Menschen, die so wie ich ganz hoch hinaus wollten.

Ich nahm mir vor, so reich zu werden, dass mir Angelas Vater, trotz unserer religiösen Differenzen, nicht die Hand seiner Tochter verweigern konnte. Als typischer Steinbock der im Jahr des Drachen geboren war, sah ich diese Aussöhnung aber nur als Teilziel. Meine Pläne für die Zukunft hatten mittlerweile ganz andere Perspektiven. Ich wollte und konnte alles schaffen, was ich mir vornahm. Nicht einmal der Tod sollte mich diesmal stoppen. Ich glaubte aus meinen Fehlern gelernt zu haben.

Als Bill Toscanny war es mir nicht gelungen, an mein Vermögen in Frankreich heranzukommen, das ich in der Zeit angehäuft hatte, als ich noch Jean Daudon hieß. Mein Problem bestand darin, dass ich nicht auf die Idee gekommen war mich selbst zu beerben. Jetzt wusste ich, dass es möglich war, meinen Besitz in mein nächstes Leben hinüber zu retten.

Ich brauchte lediglich ein Testament zu schreiben, in dem ich meine Erben auf meine Rückkehr richtig vorbereitete. Meine Frau und meine Kinder sollten einfach wissen, dass jederzeit ein junger Mensch an sie herantreten konnte, der sich als Bill Toscanny outete. Um zu beweisen, dass es sich dabei tatsächlich um mich handelte, sollten sie diese Person über interne Familiengeheimnisse ausfragen, die niemand außer mir beantworten könnte.

Egal ob ich als Mann oder Frau wiederkehrte, ich wäre in der Lage gewesen zu beweisen, wer ich wirklich war. Das Dilemma, das ich in Frankreich erlebt hatte, sollte sich auf keinen Fall wiederholen.

Nur eine Sorge blieb: War ich in meinem nächsten Leben überhaupt fähig, mich an mein Leben als Bill Toscanny zu erinnern? Würde ich mein aktuelles Leben genauso rekonstruieren können, wie jetzt mein vergangenes? Immerhin hatte es viele Jahre gedauert, bis ich herausgefunden hatte, dass ich einmal Jean Daudon gewesen war.

Wenn ich in meinem zukünftigen Leben, so wie die meisten Menschen keinerlei Erinnerungen an mein früheres Leben haben würde, dann war das zwar schlecht, aber nicht so katastrophal wie meine derzeitige Situation. Gelitten hatte ich ja in meinem Leben als Bill Toscanny nur unter der Tatsache, dass ich wusste, wie reich ich einmal als Jean Daudon gewesen war und nicht in der Lage war daraus Profit zu schlagen.

Mit einem Testament, das eindeutig festhielt, dass ich eines Tages zurückkehren würde, konnte ich also nur gewinnen. Wenn ich wirklich wieder auf die Welt kam, und mich an mein Leben als Bill Toscanny erinnerte, dann war ich rechtmäßig mein eigener Erbe. Sollten aber meine Erinnerungen, so wie bei den meisten Menschen, gelöscht sein, dann litt ich ja nicht unter der Tatsache, dass meine Nachkommen von den Früchten meiner Arbeit ein angenehmes Leben führten und mich davon ausschlossen.

Doch bevor ich mir noch weitere Gedanken darüber machte, wie ich eines Tages mein Vermögen von meinen Kindern und Enkelkindern zurück bekommen konnte, beschloss ich, dieses erst einmal zu verdienen.

Die Heirat mit Angela wurde von einem traurigen Ereignis überschattet. Henry Feldman hatte nicht mehr lange zu leben. Der Stress und die Hitze des New Yorker Sommers gaben seinem schwachen Herzen den Rest. Angela gelang es ihn zu überreden mit mir seinen Frieden zu machen. An seinem Sterbebett versprach ich, immer für seine Tochter und das ungeborene Kind da zu sein. Das fiel mir nicht schwer. Er rang mir auch noch das Versprechen ab, meine religiöse Einstellung zu überdenken. Ein Blick in Angelas feuchte

Augen genügte und ich sagte ihrem sterbenden Vater alles was er hören wollte. Wenige Tage nach unserer Versöhnung ging es mit ihm zu Ende.

Die Trauung fand noch vor der Geburt des Kindes statt. Wir feierten keine rauschende Hochzeit, sondern nur im Standesamt, damit rechtlich alles seine Ordnung hatte. Angela war froh, dass ihr Vater nicht mehr erleben musste, dass wir weder den Segen eines Rabbis noch eines Priesters erhielten.

Auch meine Eltern fanden das unmöglich. Als ich ihnen auch noch mitteilte, dass ich meine Kinder nicht taufen wolle und ihnen die Entscheidung selbst überlassen würde, kam es zum Eklat. Sie kamen nicht zu meiner Hochzeit. Der Kontakt zu meinen Eltern und Geschwistern brach daraufhin ab. Randy kündigte sogar seinen Job bei uns und suchte sich andere Arbeit. Ich konnte nicht voraussehen, dass zu einer Versöhnung nicht mehr viel Zeit blieb.

Meine Hochzeit mit Angela fand also in sehr kleinem Rahmen statt. Eine Reise in die Flitterwochen kam für uns nicht in Frage. Wir hatten ganz andere Sorgen. Angelas Schwangerschaft war schon ziemlich fortgeschritten und sie musste sich schonen.

Henry Feldman hatte seiner einzigen Tochter alle 4 Feinkostläden vererbt. Ich besaß ein gut gehendes Restaurant und durfte mich um alles alleine kümmern. Außerdem zogen wir gemeinsam in ein großes, nobles Appartement in der Nähe des Central Parks. Geld hatten wir ja genug. Neben unserer New Yorker Stadtwohnung erwarb ich auch noch ein prachtvolles Anwesen in den Hamptons. Dort verbrachten wir manchmal die Wochenenden oder feierten Partys mit Geschäftsfreunden.

Viele Menschen wären damit schon zufrieden gewesen. Aber ich wollte noch höher hinaus. Ich hatte den Ehrgeiz, ein Vielfaches von dem zu erreichen, was mir in Frankreich gelungen war. In Amerika waren meine Möglichkeiten ja weitaus größer als seinerzeit in Paris. Meine Ausgangsposition war seit der Heirat mit Angela ideal. Jetzt konnte mich wirklich nichts mehr stoppen.

Im Herbst kam unser erster Sohn auf die Welt. Angela verhielt sich bei der Geburt tapferer als ich. Einige Wochen zuvor hatten wir uns schon auf einen Namen geeinigt. Mein Erstgeborener sollte nach mir benannt werden: Bill Toscanny jr.

Um sich voll und ganz unserem Kind widmen zu können, hörte Angela mit ihrer Arbeit in unseren Unternehmen auf. Für mich war das kein Problem. Längst hatte ich gutes Personal gefunden, dass für einen günstigen Lohn ordentlich arbeitete. Ich betätigte mich selbst nur noch im organisatorischen Bereich und hielt Ausschau nach neuen Geschäftsfeldern. Ich träumte von einem Toscanny Imperium, das von Küste zu Küste überall Stützpunkte haben sollte.

Angela konnte nicht verstehen, warum ich mich so abhetzte. In meiner Karrieresucht und der Gier nach Geld, kam ich kaum dazu, mich ihr und meinem Kind zu widmen. Ich liebte beide, aber wenn ich mich zu lange mit ihnen abgab, dann kam das Geschäft zu kurz. Ständig gab es Schwierigkeiten mit Konkurrenten, die alles versuchten, um meine Expansionspläne einzuschränken. Aber ich ließ mich von niemandem unterkriegen. Meine Arbeitswoche hatte 7 Tage an denen ich täglich mindestens 16 Stunden schuftete.

Im Gegensatz zu anderen Menschen hatte ich keine Angst, etwas im Leben zu versäumen. Ich konnte ja in diesem Leben Geld anhäufen und es im nächsten genießen. Ich glaubte, alle Zeit der Welt unter meiner Kontrolle zu haben.

„Du solltest wirklich einmal ausspannen", bemerkte Angela oft, wenn ich müde und erschöpft nach Hause kam.

„Ich weiß", antwortete ich meist monoton. Dann genehmigte ich mir noch ein Glas Cognac, um besser einschlafen zu können. Meine Frau wusste, dass es besser war, mich in diesem Zustand in Ruhe zu lassen. Ich war nach solchen Tagen nie in der Lage, über unsere Beziehung und meine Unternehmungen zu diskutieren. Alles, was ich dann wollte, war schlafen, schlafen, schlafen.

Nach einem Tag voller Stress war das gar nicht so einfach. Mein Gehirn wollte nicht zur Ruhe kommen. Wie in dem neuen Lichtspieltheater, das gerade in Manhattan eröffnet worden war, sah ich im Zeitrafferfilm noch einmal alles, was ich an jenem Tag erlebt hatte. Erst nach einiger Zeit begann der Alkohol zu wirken. Meine Herzschläge wurden langsamer und schließlich konnte ich einschlafen.

Selten hatte ich die Gelegenheit, acht Stunden durchzuschlafen. Dementsprechend müde war ich dann den ganzen Tag über. Mir war klar, dass es Leute gab, die mit fünf und weniger Stunden Schlaf auskamen. Die beneidete ich. Sie konnten länger wach bleiben und daher auch mehr erreichen. Trotzdem hatte ich ständig gute Ideen, wie ich diese Zeit, die ich verschlief, im Wachzustand wieder aufholen konnte.

Ich kaufte mir eines der ersten Automobile. Noch gab es keine Fließbandfertigung von Fahrzeugen. Dementsprechend hoch waren die Preise für die Einzelanfertigungen. Natürlich stellte ich auch einen Chauffeur ein. Mit der

komplizierten Technik dieser Benzinmonster wollte ich mich nicht beschäftigen.
Auch zu Hause hatten wir mittlerweile Personal, dass uns alle delegierbaren Arbeiten abnahm. Langsam aber sicher erreichte ich wieder den Lebensstandard, den ich von Paris her gewöhnt war. Natürlich hatten sich die Zeiten geändert, und so ging es mir komfortmäßig sogar um eine Nuance besser. Leider hatte ich vor lauter Arbeit und Stress kaum noch die Möglichkeit, meinen neuen Reichtum zu genießen.

Gesellschaftliche Ereignisse, wie Bälle oder Empfänge, besuchte ich nicht, um mich zu vergnügen. Auch bei solchen Gelegenheiten hatte ich immer einen ganz genauen Stundenplan, der mir vorschrieb, mit wem ich über dieses oder jenes verhandeln musste. Meine Frau Angela liebte solche Veranstaltungen. Sie dachte dabei weniger ans Geschäft, als an ihr Kleid und an "small talk", mit den Frauen meiner Geschäftspartner. Sie amüsierte sich jedes Mal köstlich.

Ich hielt überhaupt alle geschäftlichen Sorgen, die ich hatte, von Angela fern. Sie lebte in einer heilen Welt und wusste nichts von den oft grausamen Methoden, mit denen ich im Geschäftsleben dafür sorgte, dass wir auch weiterhin sehr gut leben konnten.

Obwohl ich kaum Zeit für Angela hatte, zeugte ich noch einen zweiten Sohn, als Bill Junior zirka ein Jahr alt war. Wir nannten ihn Henry nach ihrem Vater. Es war eine schwere Geburt, bei der meine geliebte Frau fast gestorben wäre. Ich wollte daher kein weiteres Kind. Das war ein schwerer Fehler, wie sich später herausstellen sollte.

1904 fanden in St. Louis, Missouri die 3. Olympischen Sommerspiele statt. 496 männliche Sportler aus elf Staaten nahmen daran teil. Obwohl ich mich aufgrund meiner Arbeit kaum für Sport interessierte, fuhr ich mit Angela zu den Spielen. Seit die Amerikaner in Athen so erfolgreich waren, interessierte mich der Olympische Gedanke. Ich ergriff also die Gelegenheit, einmal dabei sein zu können. Immerhin konnte es Jahrzehnte dauern, bis die Spiele wieder einmal in den USA abgehalten wurden.

Natürlich hatte ich auch einen Hintergedanken. St. Louis, das Tor zum Westen sollte mein nächstes Standbein außerhalb New Yorks sein. Die Lage war ideal und der Zeitpunkt günstig. Seit einigen Jahren war der Wilde Westen nun schon Geschichte, die Indianer besiegt und nichts stand einer landesweiten Expansion im Wege.

Während meine Frau Angela mit unserem kleinen Söhnchen Bill jr. interessiert die Olympischen Spiele verfolgte, pflegte ich schon Kontakte, die zur

Verwirklichung meiner Pläne wichtig waren. Die Spiele, bekam ich nur am Rande mit. Wir gewannen wie schon in Athen die meisten Medaillen. Diesmal war der Grund ein anderer. Wegen der weiten Reise in die USA kamen nur wenige Sportler aus Europa und unsere Athleten waren bei vielen Wettkämpfen unter sich.

Die Verhandlungen in St.Louis verliefen zu meiner vollsten Zufriedenheit und ich kehrte um einen Standort reicher nach New York zurück. Dort besaß ich mittlerweile 5 wirklich gute Restaurants und zahlreiche kleinere und größere Lebensmittelgeschäfte. Aber das war noch nicht alles.

Um nicht mehr die hohen Preise der Zwischenhändler bezahlen zu müssen, schloss ich Exklusivverträge mit einigen Farmern ab. Sie produzierten ihre Nahrungsmittel ausschließlich für meine Läden. Dadurch machten beide Seiten ein gutes Geschäft. Ich bezahlte um einiges weniger und die Hinterwäldler bekamen ein bisschen mehr Geld.

Die von mir abhängigen Lieferanten versorgten mich nur mit ausgezeichneter, gleichbleibender Qualität. Besonders in meinen teuren Restaurants wussten es die reichen Kunden zu schätzen, dass nur das allerbeste Rohmaterial für ihre Gerichte verwendet wurde.

Wie seinerzeit in Frankreich ging ich auch in New York dazu über, gewisse Produkte zentral herzustellen, wenn sich dadurch die Kosten senken ließen. 1905 eröffnete ich feierlich meine erste Großbäckerei. Die Produkte, die um einiges besser und billiger waren als jene meiner Konkurrenten, gingen im wahrsten Sinne des Wortes weg wie die warmen Brötchen.

Die Löhne meiner Arbeiter hielt ich so gering wie möglich, um meinen Profit zu maximieren. In Gegenden, wo es möglich war, verbat ich die Mitgliedschaft in Gewerkschaften und wo es nicht anders ging, arrangierte ich mich mit den maßgeblichen Bossen diverser Unions.

Verdientes Geld steckte ich sofort wieder in neue Projekte. Seit meinem frustrierenden Erlebnis in Frankreich waren noch keine 10 Jahre vergangen, und trotzdem hatte ich es geschafft. Ich besaß ein größeres Vermögen als an jenem 16.4.1868, als ich noch Jean Daudon hieß und im Alter von 73 Jahren verstarb.

Der Gedanke, dass ich schon vor meinem 40-igsten Geburtstag so weit gekommen war, machte mir Mut. Mit dieser Basis konnte ich noch X-mal mehr erreichen als ich in Frankreich zurückgelassen hatte. Zu dieser Zeit viel mir ein, dass mir jederzeit etwas passieren konnte. Ich beschloss mein Testament zu schreiben.

Ein Grund für diese Entscheidung war das Erdbeben in der Goldgräbermetropole San Francisco. Immer schon wollte ich diese schönste Stadt Amerikas besuchen. Doch im April 1906 wurde die Stadt dem Erdboden gleich gemacht. Die Häuser, die das Beben überstanden hatten, wurden ein Raub der Flammen. Die Feuerwehr hatte kein Wasser zur Verfügung und versuchte den Brand einzudämmen, indem sie ganze Straßenzüge sprengte. Die vielen schönen Häuser, die man nur in San Francisco bewundern konnte, gibt es seitdem größtenteils nicht mehr.

Als ich aus der Zeitung von dieser Katastrophe erfuhr, wurde mir klar, dass auch mich jederzeit das Schicksal ereilen konnte. Herzinfarkt, Mord oder tödliche Unfälle waren auch in New York jederzeit möglich. Nicht auszudenken, wenn es nach meinem Tod kein Testament gab.

Auf gar keinen Fall wollte ich, wie in Paris, von der eigenen Familie ein zweites Mal vor die Türe gesetzt werden.

Ich setzte mich also an einem lauen Frühlingsabend alleine in die Bibliothek und begann mein Testament zu verfassen:

Testament

Ich, Bill Toscanny, geboren am 28.12. 1868, in Queens, NY, verfasse im Vollbesitz meiner geistigen Kräfte, meinen letzten Willen. Mein gesamtes Vermögen soll von meiner geliebten Frau Angela, geborene Feldman und meinen Söhnen Bill und Henry gemeinsam, treuhänderisch verwaltet werden.
Da ich davon überzeugt bin, dass ich nach meinem Ableben durch eine Wiedergeburt zurückkehre, lege ich den oben Genannten folgende Verpflichtung auf: Mein Erbe darf im Zeitraum von 30 Jahren nach meinem Tod nicht geteilt, veräußert oder verspekuliert werden.
Sollte einer der 3 Haupterben innerhalb dieser 30 Jahre sterben, dann geht sein Vermögen zu gleichen Teilen an die beiden anderen Begünstigten.
Die im Testament Begünstigten haben das Recht, für ihren eigenen Unterhalt monatlich eine angemessene Summe aus dem Gewinn meiner Firmen zu entnehmen. Es ist ihre Pflicht, den Nachkommen eine gediegene Erziehung, sowie eine gute Schulbildung zu ermöglichen. Auch meine noch ungeborenen Nachkommen müssen über die Besonderheit dieses Testaments voll informiert sein.
Sollte innerhalb von 30 Jahren nach meinem Tod eine junge Person an einen der oben genannten Erben oder deren Nachkommen herantreten und sich als der wiedergeborene Bill Toscanny ausgeben, dann ist zu prüfen, ob diese Person, egal ob männlich oder weiblich, die Wahrheit sagt.
Ich werde von mir aus anbieten, über Familiengeheimnisse zu sprechen, die außer mir persönlich niemand wissen kann.
Die Fragen an mich sollen so gestellt sein, dass nur ich in der Lage bin, sie richtig zu beantworten. Wenn der Beweis erbracht ist, dass es sich tatsächlich um mich handelt, dann muss mir das gesamte Vermögen wieder übergeben werden.
Erst wenn nach meinem Tod 30 Jahre verstrichen sind, kann mein Besitz unter all meinen lebenden Nachkommen aufgeteilt werden und sie können über ihren Erbteil frei verfügen. Sollte ich wider Erwarten erst später auftauchen, dann liegt es im Ermessen meiner Familie, mich wieder aufzunehmen und mir finanziell unter die Arme zu greifen.

New York, den 29. 4. 1906   Bill Toscanny

Ich schrieb das Testament zweimal. Eines versteckte ich in einer geheimen Nische im Keller, die nur mir bekannt war. Das zweite Testament legte ich in das abschließbare Fach meines Arbeitstisches. Noch wollte ich meine Frau und Kinder nicht mit der Tatsache konfrontieren, dass es durchaus möglich sein konnte, dass ich nach meinem Tod wieder bei ihnen auftauchte. Das wollte ich erst als alter Mann am Sterbebett machen. Für den Fall, dass mir schon früher etwas zustieß, konnte ich damit rechnen, dass meine Frau das Testament in meinem Arbeitstisch fand.

Nachdem ich das erledigt hatte, war mir leichter. Ich blickte anscheinend einer langen Zukunft in Wohlstand und Glück entgegen.

Mein 40-igster Geburtstag wurde wie ein Volksfest gefeiert. Noch 10 Jahre zuvor hatte ich kaum genug Geld zum Leben. Jetzt. logierten wir abwechselnd in unserem noblen Stadtappartement oder in unserem vornehmen Haus in den Hamptons. Unsere Familie wurde nur noch von sogenannten Luxussorgen geplagt. Ich wusste nicht mehr, was ich mit dem vielen Geld tun sollte, das ich verdiente. Ständig war ich damit beschäftigt, mein Geld in Aktien und Geschäfte zu stecken, die dann noch mehr Geld brachten.

Das war eben das großartige an meinem Heimatland. Nirgendwo sonst auf der Welt konnte ein Mensch in kurzer Zeit so viel erreichen. Wenn man bedenkt wie schwer es ist die erste Million Dollar zu verdienen, dann ist es einfach unglaublich wie schnell und leicht man weitere Millionen verdient und die erste Milliarde sein eigen nennen kann.

Zur Feier des Tages gab ich allen Mitarbeitern in meinen Firmen einen Tag bezahlten Urlaub. Die waren sprachlos über diese großzügige Geste meinerseits. Mein Hauspersonal bekam stattdessen eine kleine Geldprämie. Sie mussten leider arbeiten, weil externes Partypersonal teurer gewesen wäre.

Meine Söhne überraschten mich mit exzellenten Schulnoten. Das war mein schönstes Geburtstagsgeschenk. Vor meinem geistigen Auge sah ich die beiden schon als erfolgreiche Studenten von Harvard oder Yale.

Ich erinnere mich noch, dass es an diesem Tag wie verrückt schneite. Vier Tage zuvor, am Heiligen Abend, hätten sich alle New Yorker Kinder über weiße Weihnachten gefreut. Nun kam der Schnee vier Tage später am Tag der unschuldigen Kinder. X-mal hatte ich mir in meiner Kindheit von meiner Mutter die Geschichte vom König Herodes anhören müssen: Alle Kinder die vor und nach dem 24. Dezember geboren waren, mussten auf sein Geheiß sterben. Seine Soldaten töteten am 28. Dezember alle Neugeborenen im König-

85

reich, nur weil es das Gerücht gab, ein neuer König der Juden sei geboren worden und Herodes fürchtete um seinen Thron.

Da meine Frau Jüdin war, glaubte sie nicht an die Göttlichkeit von Jesus Christus. In dieser Frage waren wir uns einig. Da es zu nichts führte, diskutierten wir ohnehin nie über Religion. Den Kindern zuliebe feierten wir alle Jüdisch-Christlichen Feste. Ich begann zu dieser Zeit allerdings immer öfter zu grübeln.

Mein zweites Leben stand im Widerspruch zu meiner atheistischen Einstellung. Es musste ja irgendwas oder irgendjemanden geben, der die Macht hatte, Menschen zu sich zu holen, um sie bei Bedarf wieder zurück auf die Erde zu schicken. Jesus versprach ebenfalls jedem gläubigen Christen die Auferstehung und ein Leben im Paradies. Da aber gingen unsere Auffassungen auseinander. Ich war keineswegs in ein Paradies geboren worden. Jeder, der den Stadtteil Queens kennt, wird mir zustimmen.

Zwar lebte ich nun seit einigen Jahren wieder wie im Paradies - ich hatte wieder Macht und Geld - doch das hatte ich keinem Gott sondern nur mir selbst zu verdanken.

Um meinen Reichtum halten und weiter ausbauen zu können, fand ich kaum die Zeit, diesen zu genießen. Wenn ich wieder auf die Welt kam und es schaffte, mein riesiges Vermögen zurückzubekommen, dann wollte ich als junger Bursche den ganzen Reichtum genießen, ohne hart zu arbeiten. Darauf freute ich mich. Mit meinem Testament hatte ich die Voraussetzungen dafür geschaffen.

Die Geburtstagsfeier wurde ein großer Erfolg. Alle meine Geschäftsfreunde kamen und amüsierten sich. Meine Frau Angela war wieder einmal ganz in ihrem Element. Sie liebte Partys. Leider hatte ich nicht genug Zeit, ihr diesen Spaß öfter zu bieten.

Erst spät am Abend ging die Geburtstagsparty zu Ende. Ich verabschiedete den letzten Gast und sah noch gemeinsam mit meiner Frau nach den Kindern im oberen Stockwerk. Die hatten wir schon längst ins Bett geschickt. Sie schliefen ruhig und friedlich. Ich bat Angela mich noch einen Moment alleine zu lassen, bevor ich ihr ins Schlafzimmer folgte.

Ich nahm mir erstmals an diesem Tag ein paar Minuten Zeit für mich selbst. Mein Blick schweifte über die pompöse Eingangshalle mit der beeindruckenden Treppe. Alleine der große Saal, in dem wir gefeiert hatten, war fast schon halb so groß wie mein ehemaliges Haus in Frankreich. Überall lagen noch lustige Hütchen, Konfetti und Girlanden am Boden. Mich beruhigte der

Gedanke, dass unser tüchtiges Personal alles wieder auf Hochglanz bringen würde, während wir schliefen.

Dennoch fand ich, dass sämtliche Familien Feste in meinem Elternhaus schöner gewesen waren als in der vornehmen Park Avenue oder in den Hamptons. Ich hatte eine liebevolle Frau, zwei großartige Söhne und mehr Geld als ich ausgeben konnte. Das erhoffte Glück konnte ich aber, wie schon seinerzeit in Frankreich nicht empfinden. Als ich noch als kleiner Junge in Queens lebte, war Weihnachten oft der einzige Tag im Jahr, an dem ich mich wirklich satt essen konnte. Nun aß ich viel zu oft und setzte langsam Fett an. Und dennoch war ich in meiner freudlosen Jugend an solchen Tagen wesentlich glücklicher gewesen.

Irgendetwas fehlte in meinem Leben, um wirklich zufrieden zu sein. Ich wusste nicht, was es war. Aber das Gefühl einer inneren Leere stimmte mich traurig. Ich glaubte, dass die Trennung von meinen Eltern der Grund für meine Depressionen war. Schon am nächsten Tag wollte ich sie besuchen und mich mit ihnen versöhnen. Ich hatte ja noch keine Ahnung was in der Zwischenzeit alles geschehen war.

Um sie zu überraschen, kaufte ich ein Auto, das ich ihnen schenken wollte. Es handelte sich um eines der neuen Ford T Modelle. Diese Fahrzeuge waren für damalige Verhältnisse extrem zuverlässig und sparsam. Mit ihren 20 Pferdestärken konnten sie eine Höchstgeschwindigkeit von 65 km/h erreichen. Ich freute mich auf die ungläubigen Gesichter meiner Eltern, wenn ich mit dem Automobil ankam. Neben diesem Geschenk hatte ich noch ganz andere Pläne mit meiner Familie. Ich wollte alle Geschwister in meinem Unternehmen zu fairen Konditionen beschäftigen. Auf diese Weise wollte ich sie aus ihren bescheidenen Lebensumständen holen. Ich hatte das Gefühl, dass die ganz große Aussöhnung bevorstand.

Leider traf ich meine Familie nicht mehr unter ihrer alten Adresse an. Aus unserer ehemaligen Wohnung in dem abbruchreifen Haus waren sie schon vor Monaten ausgezogen. Ich kam also zu spät, um unseren Konflikt zu bereinigen. Alles was ich erfuhr, war das meine Mutter verstorben war ohne ihre Enkelkinder je kennengelernt zu haben. Niemand wusste, wo sich der Rest meiner Familie aufhielt. Sie konnte überall sein. Wenn nicht in New York, dann eben in einer anderen Stadt oder auf dem Land. Keiner konnte mir eine brauchbare Auskunft geben. Der Besitzer des Hauses, in dem ich aufgewachsen war, hatte es an eine große Firma verkauft, die an dem Grundstück interessiert war. Nun bemühten sich diese Leute, alle Mieter aus dem Gebäude zu vertreiben, damit sie es abreißen konnten.

Ich sah keine Chance herauszufinden, wo sich meine Familie seit ihrem Umzug aufhielt. Auch das monatelange, äußerst kostspielige Inserieren in allen wichtigen nationalen Zeitungen blieb ohne Echo. Das Auto, welches ich für meine Eltern besorgt hatte, stellte ich zuhause in die Garage. Ich war schwer deprimiert. Jetzt, wo ich wusste, dass ich meine Verwandten mit größter Wahrscheinlichkeit nie mehr wiedersehen würde, merkte ich, wie sehr sie mir in den letzten Jahren gefehlt hatten. Zum Glück besaß ich noch meine eigene kleine Familie, die mir die Kraft gab, über diesen Schicksalsschlag hinwegzukommen.

Um nicht zu sehr über meine seelischen Probleme grübeln zu müssen, vergrub ich mich mehr und mehr in meine Arbeit. Ich stieg endgültig in die Lebensmittelindustrie ein. Meine Geschäfte und Restaurants wurden im Vergleich zu meinem neuen Betätigungsfeldern immer unbedeutender. Alles, was ich für die Kunden in diesen Geschäften brauchte, stammte schon aus eigener Produktion. Nur ausländische Spezialitäten wurden zugekauft. Auch belieferte ich schon weit mehr Läden, als ich selbst besaß.

Mein Verteilernetz spannte sich mittlerweile über die gesamte Ostküste. Noch war der westlichste Stützpunkt St. Louis. Es war aber nur noch eine Frage der Zeit, bis meine Expansionsbestrebungen auch den gesamten Westen erfassten.

Ich war so sehr mit dem Ausbau unserer Geschäftsstellen beschäftigt, dass ich kaum noch mitbekam, was sonst noch in meiner näheren und entfernteren Umgebung passierte. Die großen und kleinen Probleme meiner Söhne und meiner Frau Angela interessierten mich nicht so sehr, wie die Verhandlungen mit Farmern in Kansas. Die Distanzen, die ich für meine Geschäfte zu überwinden hatte, waren mörderisch. Es gab noch keine Verkehrs-Flugzeuge und das Reisen mit Zügen oder Automobilen war beschwerlich und langwierig.

Ich hielt mich kaum noch zu Hause auf. Viele schriftliche Arbeiten, erledigte ich während der endlos langen Zugfahrten. Wenn es nur irgendwie ging, schickte ich einen meiner Angestellten auf die Reise. Aber viele Verhandlungen musste ich persönlich führen. Wenn ich von jemandem etwas wollte, dann konnte ich ihn nicht einfach nach New York kommen lassen. In solchen Fällen musste ich schon selbst die Strapazen einer Reise auf mich nehmen. Nie hätte ich während der Anfangsphase der Expansion gedacht, dass alleine die Kontrolle aller Niederlassungen so viel Zeit in Anspruch nehmen würde.

Wenn ich alleine im Abteil erster Klasse saß und gerade keine Unterlagen studieren oder Verträge aufsetzen musste, las ich in diversen Zeitungen. Daraus erfuhr ich, dass gerade der erste Mensch den Ärmelkanal überflogen hatte. Ein anderer Mann ließ sich dafür feiern, dass er den Nordpol erreicht hatte, konnte dies aber aufgrund ungenügender Messmethoden nicht beweisen.

Auch damals gab es schon Troubles in unserem Hinterhof (Mittel- und Südamerika). Unsere Marinesoldaten intervenierten 1910 nach einer Revolution in Nicaragua. Seit der Monroe-Doktrin nahm sich unser Land immer das Recht heraus, in Mittel- und Südamerika einzugreifen, wenn es politische Unruhen gab. Noch hatten wir nicht den Deckmantel des Antikommunismus, mit dem wir uns immer bedenkenlos auf die Seite der "Guten" stellen konnten.

Der für 1910 angekündigte Weltuntergang fand, wie alle anderen vor ihm, ebenfalls nicht statt. Im Mai kam der Halleysche Komet so nahe an die Erde heran, dass er mit freiem Auge sichtbar war. Dann verabschiedete er sich wieder für die nächsten 76 Jahre, ohne die Erde zu zerstören.

Zwei Jahre nach der Entdeckung des Nordpols machten sich gleich zwei Expeditionen in Richtung Südpol auf. Während das erste Team unter der Führung von Amundsen noch im Dezember 1911 erfolgreich heimkehren konnte, traf die Expedition unter der Leitung von Scott erst knapp ein Monat später am Südpol ein. Deprimiert über den Misserfolg der Expedition kamen die Teilnehmer auf dem Rückweg in Schwierigkeiten. Schneestürme hinderten sie daran, rechtzeitig die Depots zu erreichen. Alle kamen in der eisigen Kälte um.

Mir ging das alles nicht besonders nahe. Alles war so weit von New York City entfernt.

Nur der Untergang der Titanic im April 1912 betraf mich persönlich. Einer meiner Geschäftspartner, der zum New Yorker Geldadel gehörte, ging mit seiner ganzen Familie auf dem angeblich unsinkbaren Schiff unter. Seit meiner Frankreichreise hatte ich ohnehin ein gestörtes Verhältnis zu Schiffsreisen. Nicht einmal einer Fahrt auf einem Mississippi-Dampfer konnte ich viel abgewinnen.

1913 nahm die Ford Company die Fließbandfertigung von Fahrzeugen auf. Ich plante gerade Ähnliches für meine Lebensmittelproduktion, um meinen Gewinn zu steigern. Bei Ford kam diese Neuerung aber hauptsächlich den Arbeitern und den Kunden zugute. Die Arbeiter bekamen einen Mindestlohn von 5 Dollar pro Tag. Ihre Arbeitswoche dauerte nur noch 40 Stunden. Der

Preis für das erfolgreiche Ford T Modell, für dass ich vor einigen Jahren noch 850 Dollar hinblättern musste, sank auf den unglaublich niedrigen Preis von 290 Dollar. Ich dachte, wie schon erwähnt, bei der Einführung der Fließbandfertigung eher an meine eigene Geldbörse und weniger an die Arbeiter und Kunden. Den Preis für meine Produkte wollte ich nur so weit senken, dass sie etwas billiger waren als jene der Konkurrenz.

Der Anfang vom Ende der männlichen Vorherrschaft begann ebenfalls in diesem Jahr. In Frankreich, den USA, dem Deutschen Reich und in England hatten sich schon seit einiger Zeit Frauenvereine gebildet, die für eine Gleichstellung der Frau auf sozialer, politischer und kultureller Ebene plädierten. Nun begannen sie für das Frauenwahlrecht zu kämpfen, das man ihnen jedoch erst nach dem 1. Weltkrieg gewährte. Dabei versuchten sie die Öffentlichkeit mit allen Mitteln auf sich aufmerksam zu machen. Sie griffen Minister auf der Straße an, warfen Fensterscheiben ein, ketteten sich an Zäune, und scheuten auch nicht vor Brandstiftungen und Bombenanschlägen zurück.

Meine Frau Angela ließ sich nicht von diesen rabiaten Emanzen beeinflussen. Ich hielt in meiner Rolle als Mann natürlich herzlich wenig von der sogenannten Gleichberechtigung der Frauen. Trotzdem stand ich ihr nicht so ablehnend gegenüber wie der Großteil meiner Geschäftsfreunde. Immerhin konnte es mir ja passieren, dass ich in meinem nächsten Leben als Frau auf die Welt kam. In diesem Fall wäre ich nicht mehr auf der Gewinnerseite gestanden. So gesehen war eine Gleichstellung zwischen Mann und Frau in diesem Leben für mich kein Thema aber im nächsten vielleicht gar nicht so schlecht.

In meinem Testament hatte ich für diesen Fall schon vorgesorgt. Sollte ich als Frau wiedergeboren werden, dann wollte ich die volle Gleichberechtigung haben. Ich ging in diesen Tagen öfter mal in mein Arbeitszimmer und überarbeitete meinen letzten Willen ohne etwas Wesentliches daran zu verändern. Ich war nie 100%ig zufrieden mit dem was da stand. Das zweite Testament im Keller, das ich am 29. 4. 1906 versteckt hatte, vergaß ich damals.

Top Story

Schweißgebadet fuhr ich hoch.

„Das ist die Lösung", rief ich so laut, dass man es im ganzen Haus gehört haben musste. „Warum bin ich nicht schon früher darauf gekommen?"

Ich stand auf und eilte ins Nebenzimmer. Dort befand sich der Arbeitstisch meines Anwaltes Dr. Hugles. Ich wollte sofort alles niederschreiben, damit ich es bis zum Morgen nicht mehr vergessen konnte. Wenn ich einschlief und wieder aufwachte, dann bestand die Gefahr, dass diese wichtige Erinnerung gelöscht sein konnte. Ich drehte das Licht an und setzte mich an den Schreibtisch. Aus einer Schublade nahm ich ein Blatt Papier und eine Füllfeder. Mein Herz raste. Die Tatsache, dass sich noch ein zweites Testament im Haus befand, das ich längst vergessen hatte, änderte alles.

Noch bevor ich damit beginnen konnte, alles aufzuschreiben, kam Dr. Hugles in den Raum. Er wirkte verschlafen. In seinem Pyjama sah er ziemlich lächerlich aus. Sein sonst so ordentlich gekämmtes Haar stand in alle Windrichtungen. Tiefe, dunkle Ringe befanden sich unter seinen Augen. Der Stress der letzten Tage und Wochen hatte seine Spuren nicht nur bei mir hinterlassen.

„Was ist denn los?" erkundigte er sich schläfrig.

„Ich bin gerade aus einem wichtigen Traum aufgewacht. Jetzt weiß ich wie wir morgen auf jeden Fall gewinnen." lachte ich übermütig.

„Das interessiert mich jetzt auch, was macht dich so zuversichtlich?" fragte Dr. Hugles ungeduldig. Er war müde und wollte so schnell wie möglich wieder zurück ins Bett. Aus Erfahrung wusste er, dass sämtliche Erinnerungen aus meinem früheren Leben bisher nie etwas hervorgebracht hatten, was uns wirklich weitergeholfen hätte. Alles wurde von der Gegenseite widerlegt und zerpflückt. Wenn ich von Ereignissen aus meinem Leben als Bill Toscanny erzählte, dann hielt man mir immer entgegen, dass mein Wissen auch aus Büchern, alten Zeitungen oder von Informanten stammen konnte.

„Ich glaube, wir haben doch noch ein konkretes Beweismittel gegen Jeff Webster in der Hand", sagte ich zuversichtlich. Dabei lächelte ich stolz.

„Jetzt bin ich aber gespannt", gähnte Dr. Hugles und setzte sich zu mir. Länger hätte er sich in seinem übermüdeten Zustand nicht mehr auf den Beinen halten können.

„Dieser Jeff Webster hat mein Testament aus dem Jahre 1913 sowie den Vertrag, den ich mit seinen Vater Larry Webster abgeschlossen habe, zwar vernichtet, aber das wird ihm nichts nützen", begann ich zu erzählen. „In dieser Nacht ist mir endlich wieder eingefallen, dass ich 1906 zwei Testamente geschrieben habe. Eines befand sich in meinem Geheimfach und ich habe es bis 1913 immer wieder mal leicht abgeändert. Die Kopie im Keller habe ich dabei bis heute vergessen. Sie ist aber ebenso gültig wie das zerstörte Original. Ein Schriftvergleich wird den Richter überzeugen."

Dr. Hugles Augen weiteten sich erstaunt. Mit einem Mal war er wieder hellwach. Seine anfängliche Müdigkeit war wie weggeblasen. In seinem Blick konnte ich jene Zuversicht wiedererkennen, die er schon verloren zu haben schien, je länger der Prozess um mein Vermögen dauerte.

„Aber Peter, das ist ja wunderbar", rief Dr. Hugles begeistert. „Wenn das Testament von 1906 noch existiert, dann ist Jeff Webster der Lüge überführt. Damit haben wir endlich etwas Konkretes gegen ihn in der Hand."

„Das ist auch der Grund, warum ich aufgestanden bin", erklärte ich. „Ich darf diese Tatsache bis morgen auf keinen Fall vergessen."

„Aber das ist doch gar nicht notwendig", beruhigte mich Dr. Hugles. „Etwas so Wichtiges kann ich gar nicht vergessen. Wenn morgen der Prozess beginnt, dann werde ich den Richter bitten eine Hausdurchsuchung anzuordnen. Wenn wir das Testament im Keller finden, dann gewinnen wir den Prozess."

Während mein Anwalt sprach, notierte ich sicherheitshalber die Worte „Testament, 1906, und Keller" auf ein Blatt Papier. Dr. Hugles schmunzelte. Er war es von mir schon gewohnt, dass ich mich nie 100%ig auf andere Menschen verließ.

„Aber eines ist mir nicht klar", sagte Dr. Hugles nachdenklich.

„Was denn?" fragte ich.

„Ich kann nicht verstehen, dass du das Testament von 1906 nicht gleich vernichtet hast, nachdem du ein neues geschrieben hast. Und dann ist es mir unerklärlich, warum Jeff Webster es nicht fand, nachdem er doch das ganze Haus durchsucht hat."

„Das ist einfach", zerstreute ich Dr. Hugles Bedenken. "Ich habe es völlig vergessen und selbst nur von einem Testament im Geheimfach meines Arbeitstisches gesprochen. Über die Kopie, die nun seit 70 Jahren im Keller versteckt ist, habe ich kein Wort verloren. Nachdem Jeff Webster das Original gefunden und zerstört hatte, gab es ja keinen Grund mehr weiterzusuchen."

„Das klingt einleuchtend", bestätigte Dr. Hugles. „Trotzdem könnten wir vor Gericht Schwierigkeiten bekommen."

„Aber warum denn?" fragte ich.

„Immerhin hast du die ganze Zeit vor Gericht nur von einem Vertrag und einem Testament gesprochen. Wenn wir jetzt, gegen Ende des Prozesses ein zweites, älteres Testament ins Spiel bringen, dann könnte Jeff Websters Anwalt behaupten, dass wir das betreffende Dokument, heimlich und nachträglich in das Haus seines Klienten geschmuggelt haben."

„Damit wird dieser Dr. Stone nicht durchkommen", unterbrach ich Dr. Hugles. „Immerhin wurde dieses Testament mit der Hand geschrieben. Jeder Graphologe wird uns bestätigen, dass sich auf dem Papier die Handschrift von Bill Toscanny befindet."

„Das stimmt, Peter", meinte Dr. Hugles. " Trotzdem müssen wir auf das Schlimmste gefasst sein. Ich muss den Richter überzeugen, die Hausdurchsuchung so schnell wie möglich anzuordnen. Jeff Webster soll keine Möglichkeit haben, dieses Beweismaterial verschwinden zu lassen."

„Ach was, das schaffen wir schon", versuchte ich Dr. Hugles Bedenken wieder zu zerstreuen. Ich wollte nicht wahrhaben, dass dieser einzige Hoffnungsschimmer auf Erfolg ebenfalls wie eine Seifenblase zerplatzen konnte. Im schlimmsten Fall hätte es auch sein können, dass Jeff Webster auch dieses Geheimversteck längst entdeckt, und das Testament vernichtet haben könnte. Aber daran wollte ich erst gar nicht denken.

Ich legte mich also wieder in mein Bett. Damit ich von der Leuchtreklame, die ständig durch mein Fenster blinkte und auf der Wand meines Zimmers reflektierte, nicht mehr gestört wurde, vergrub ich meinen Kopf tief ins Kissen.

Endlich konnte ich wieder hoffen. Ich sah die Welt erneut in einem etwas freundlicherem Licht. Beruhigt schlief ich ein.

Mein Unterbewusstsein machte mir aber dennoch zu schaffen. Die Bedenken, die Dr. Hugles hatte, waren nicht ganz unbegründet. Ich ahnte ja nicht wie recht er mit seinen Sorgen hatte.

Kaum war ich wieder eingeschlafen, träumte ich wieder von meinem Leben als Bill Toscanny. Es war so als hätte man einen Film nur kurz unterbrochen und weiterlaufen lassen.

Das zweite Leben

Ein Jahr nach meiner Testamentsänderung brach in Europa der 1. Weltkrieg aus. Alle europäischen Staaten hatten schon seit langer Zeit nur noch auf einen Anlass gewartet, um loszuschlagen. Ein Attentat auf den österreichisch-ungarischen Thronfolger Erzherzog Franz Ferdinand leitete einen Krieg ein, der an Schrecklichkeit alles bisher Dagewesene übertraf und ein furchtbares Chaos hinterließ.

Etwa zur gleichen Zeit wurde der Panama-Kanal eröffnet, der den Atlantik mit dem Pazifik verband. Dieser Kanal hatte sowohl wirtschaftliche als auch militärische Bedeutung für unser Land. Amerika wollte sich aus dem europäischen Krieg vorerst heraushalten.

Außerdem brauchte die Regierung unser Heer für Einsätze in Mittel- und Südamerika. Die Außenpolitik der USA war seit dem Ende des 19. Jahrhunderts zunehmend von wirtschaftlichen Interessen bestimmt. Mittel- und Südamerika, sowie der Pazifikraum bis hin zu den Philippinen wurde von unserer Regierung durch militärische oder wirtschaftliche Unterstützung dazu gebracht, uns politischen Einfluss zu sichern.

In unmittelbarer Nähe unseres Landes, zum Beispiel in der Karibik, griff die Regierung auch direkt mit militärischen Mitteln in innenpolitische Konflikte ein, um politische Macht zu erlangen und unsere eigenen Interessen zu wahren.

Erst 1917 trat auch unser Land in den Weltkrieg ein. Als Grund wurde ein deutscher U-Bootangriff gegen ein Amerikanisches Schiff angegeben. Unser Engagement im ersten Weltkrieg verbesserte die Position der von uns unterstützten Entente-Mächte entscheidend. Ich freute mich über den Kriegseintritt unserer Nation. Meine guten Kontakte zu Politikern in Washington halfen mir dabei einige lukrative Aufträge an Land zu ziehen. Die Fließbänder in meinen Nahrungsmittelunternehmen liefen auf Hochtouren. Ich verdiente in kürzester Zeit viele Millionen Dollar. An der Rüstungsindustrie profitierte ich mit Hilfe von Wertpapieren.

Zum Glück war ich schon viel zu alt, um selbst an den Kämpfen teilzunehmen. Ich hatte schon in meinem 1.Leben als Jean Daudon in dieser Beziehung ein unverschämtes Glück gehabt.

Meine Einstellung zum Krieg ließ sich mit dem Spruch: "Lieber fünf Minuten lang ein Feigling, als ein Leben lang tot", auf einen Nenner bringen.

Viel bekam ich in New York vom Weltkrieg ohnehin nicht mit. Im Kino zeigte die Wochenschau zwar gerne die Erfolge unserer Jungs, aber ich ging nicht oft ins Kino. Dazu hatte ich kaum Zeit. Seit ich den staatlichen Auftrag für die Verpflegung der amerikanischen Soldaten bekommen hatte, war ich ständig im Stress. Wenn zum Beispiel eine Lebensmittellieferung beim Transport zu unseren Truppen verloren ging, gab es ständig Streit darüber, wer das zu verantworten hatte. Das Kriegsministerium wollte den Verlust immer auf die Lieferanten abwälzen. Die versuchten wiederum einen Teil des Verlustes von uns Produzenten rückerstattet zu bekommen. Trotzdem war das Geschäft sehr einträglich.

Mir konnte der Krieg gar nicht lange genug dauern. Aber leider hörte er schon Ende 1918 auf. Ich musste über 20 Jahre warten, bis sich noch einmal so eine tolle Chance zum Geldverdienen bot. Die Welt feierte das Ende des Krieges. Ich feierte lieber meinen 50. Geburtstag. Wieder einmal blickte ich auf ein halbes Jahrhundert zurück.

Unweigerlich musste ich dabei an meinen 50. Geburtstag aus dem Jahre 1844 denken. Nie hätte ich damals gedacht, dass ich 74 Jahre später noch einmal dieses Jubiläum feiern würde. Damals war ich auch schon ein angesehener und wohlhabender Bürger gewesen. Doch in diesem Leben war ich noch wesentlich erfolgreicher als damals in Frankreich.

Am Morgen des 28.12.1918 stand ich schon auf, bevor die anderen wach waren. Ich blickte aus dem Fenster und sah auf die verschneiten Dächer der Nachbarhäuser. Noch war es dunkel. Auf den Straßen waren kaum Leute zu sehen. Meine Geburtstage in Frankreich fanden immer im Hochsommer statt. Um diese Zeit arbeiteten meist schon die ersten Bauern am Feld. Man konnte nach der Geburtstagsfeier ein Picknick im Grünen machen oder sich sonst irgendwie die Zeit vertreiben. Im kalten New York blieb ich an meinen Geburtstagen immer zu Hause.

„50 Jahre bist du, alter Junge", dachte ich und betrachtete mich dabei in dem kleinen Spiegel, der auf dem Schrank neben dem Fenster stand. Ich sah für mein Alter gar nicht so schlecht aus. Ein paar Pfund weniger Gewicht hätten mir sicher gut getan, aber sonst konnte ich nichts Negatives an mir finden. Anders als in meinem Leben als Jean Daudon waren meine Haare noch nicht ergraut. Dunkelschwarz und dicht wuchsen sie wie Unkraut auf meinem Kopf. Die wenigen Falten in meinem Gesicht machten mich nicht alt, sondern interessant. In meinen Augen blitzten noch immer Energie und Lebensfreude.

Mir war bewusst, dass mein positives Empfinden einen Grund hatte. Ich brauchte keine Angst mehr vor dem Tod zu haben. Als Jean Daudon glaubte ich weder an Gott noch an ein Weiterleben nach dem Tode. Nun wusste ich, dass ich mit Sicherheit nicht meinen letzten 50. Geburtstag feierte. Unbeschränkt oft konnte ich das Leben genießen. Durch mein Testament brauchte ich mir auch keine Sorgen um meinen Lebensstandard in meinen kommenden Leben zu machen. Alles schien einfach wunderbar zu sein.

Der einzige Wermutstropfen, der sich in meine Erinnerungen aus meinem früheren Leben mischte, war der Gedanke an mein altes Geburtstagsfoto. Ich schloss die Augen und versuchte mir vorzustellen, was sich auf dem Bild befand. Ich sah mich, so wie ich damals aussah. Neben mir standen meine Frau und der Rest meiner undankbaren französischen Verwandtschaft. Am unteren Rand des Bildes war das Datum 10.2.1846. zu lesen.

Wenn ich mich intensiv an jenen Nachmittag erinnerte, an dem das Foto entstand, dann kam es mir so vor, als wäre alles erst vor kurzem passiert. Dabei waren inzwischen Jahrzehnte vergangen.

Um an meinem 50. Geburtstag nicht Trübsal zu blasen, dachte ich sofort an etwas Angenehmeres. Immerhin erwischte mich in diesem Leben keine Midlife-Crisis. Seinerzeit war ich deprimiert, weil ich glaubte, dass ich nie wieder jung sein würde. Dem begegnete ich damit, dass ich einige Zeit meine brave Gattin Nicola mit jungen Frauen betrog, wie es die meisten Männer in diesem Alter einmal tun, weil sie hoffen, auf diese Weise dem Alter zu entkommen.

Nun hatte ich diesen Wunsch nicht mehr. Angela konnte sich meiner Liebe und Treue sicher sein. Dieses Leben sollte nur ihr gehören. Sie war das Wertvollste was ich besaß und sie konnte ich nicht mit einem Testament ins nächste Leben hinüberretten.

Im Bewusstsein, dass ich diese Tatsache nicht kontrollieren konnte stellte ich mir lieber vor, was ich als 20-jähriger im nächsten Leben alles anfangen konnte, wenn ich nur genug Geld zur Verfügung hatte. Wenn es mir gelang, schon in jungen Jahren an mein jetziges Vermögen heranzukommen, dann konnte diese Erde tatsächlich für mich so etwas wie ein Garten Eden für mich sein. Nur war das dann ein Paradies, das ich mir erarbeitet hatte. Gott hatte damit nichts zu tun. Ich lachte über Leute, die ihr Leben in Gottes Hand gaben und es dann verloren, nur um in einem neuen Leben wieder bei NULL anzufangen.

Diese Blasphemie und Selbstüberschätzung sollte sich noch vor meinem 60-igsten Geburtstag bitter rächen. Aber vorher erlebte ich noch einen tollen Feiertag.

Damit ich meiner Familie nicht die Freude nahm, mich im Bett zu überraschen, legte ich mich noch einmal hin und versuchte, so zu tun, als schliefe ich. Etwa eine halbe Stunde später stand meine Frau auf und schlich leise aus dem Zimmer. Ich tat so, als merkte ich nichts.

Etwas später stürmten meine inzwischen großgewordenen Söhne und meine Frau Angela ins Zimmer und sangen laut:

„Happy Birthday to you
Happy Birthday to you
Happy Birthday dear Daddy
Happy Birthday to you."

Die Überraschung meinerseits war gespielt, aber die Rührung war echt. Ein Diener brachte die Geburtstagstorte, auf der 50 Kerzen brannten. Langsam erhob ich mich aus meinem Bett und nahm die Gratulationen entgegen. Ein Blick auf den Kuchen genügte, und schon rann mir das Wasser im Munde zusammen. Ich pustete mit einem Lungenzug alle 50 Kerzen aus und freute mich über meine glänzende Form. Dann gingen wir alle in das Speisezimmer und aßen gemeinsam ein köstliches Frühstück.

Am Morgen meines Geburtstages blieben wir immer unter uns. Zumindest einen Vormittag im Jahr wollte ich ausschließlich im Kreise meiner Familie feiern. Wir aßen ganz ungezwungen und bedienten uns selbst.

Für meine Frau und meine Kinder war das meist der schönste Tag im ganzen Jahr. Sonst hatten sie kaum die Gelegenheit, mit mir alleine etwas zu unternehmen. Es gab sogar Jahre, in denen mein Geburtstag der einzige Tag war, an dem ich einige Stunden mit der ganzen Familie zusammen war.

Gegen Nachmittag kamen dann alle geladenen Geschäftsfreunde. Vom Weihnachtsbaum wurden die wenigen Süßigkeiten, die sich noch oben befanden, von diversen Schleckermäulern geplündert. Spätestens nach meinem Geburtstag verlor der Baum auf diese Weise jedes Jahr seine Existenzberechtigung.

Meine Frau und meine Kinder hingegen konnten sich Weihnachten ohne Baum gar nicht vorstellen. Weil ich nie im Vorhinein wusste, ob wir den Heiligen Abend in der Park Avenue oder in den Hamptons verbringen würden, musste mein Hauspersonal an beiden Orten einen Baum aufputzen.

Obwohl ich mittlerweile einer der reichsten Männer in New York war, hielt ich das für eine Verschwendung. Aber für meine Familie tat ich alles.

Immerhin hing es von ihnen ab, ob ich nach meinem Tod wieder an mein Vermögen herankommen konnte.

Wenn ich von meinem früheren Leben ausging, dann hatte ich noch gut 20 Jahre zu leben. So wie ich in Form war, konnten es auch noch einige Jahre mehr werden. Meine Söhne sollten auf jeden Fall auf die besten Universitäten des Landes gehen, damit sie erfolgreich ihr Leben meistern konnten. Keinesfalls sollten sie versagen und meinen Besitz verlieren, bevor ich mich an mein Leben als Bill Toscanny erinnerte und in der Lage war, mein Vermögen wieder in Empfang zu nehmen. Dann wäre all meine Mühe umsonst gewesen.

Meine Söhne machten aber eine recht gute Figur auf der Highschool. Ich rechnete also fest damit, sie in Harvard oder Yale unterbringen zu können und hatte keine Sorgen, was ihren Erfolg betraf.

Die Geburtstagsparty wurde erwartungsgemäß zu einem großen Triumph. Ich kann mich gar nicht erinnern, jemals eine verpatzte Geburtstagsparty gehabt zu haben. In Frankreich hatten zuerst meine Eltern und dann meine Frau Nicola dafür gesorgt, dass immer alles wunderschön wurde. In Queens war für mich jeder Tag, an dem es etwas mehr zu essen gab als gewöhnlich, ein voller Erfolg.

Seit ich mit Angela zusammenlebte, kümmerte sie sich immer darum, dass mein Geburtstag eine besondere Note bekam. Ich liebte sie unter anderem auch dafür. Der einzig wirklich miese Geburtstag fiel in die Zeit, als ich in Frankreich, auf der Suche nach Spuren aus meinem früheren Leben, alleine und mittellos in einem ungeheizten Raum meinen Geburtstag frierend verbrachte. Doch jede Erinnerung daran hatte ich gleich danach erfolgreich verdrängt.

Meinen 50-igsten und 51-igsten Geburtstag, konnte ich mit meinen Freunden noch offiziell mit alkoholischen Getränken feiern. 1920 trat dann das Prohibitionsgesetz in Kraft, das die Herstellung, den Transport und den Verkauf von Alkohol verbot. Mir war dieses Gesetz schon deshalb unsympathisch, weil es von religiösen Gruppierungen gefordert und durchgesetzt wurde.

Dabei war ich gar kein großer Freund von alkoholischen Getränken. Vielleicht auch deshalb, weil ich in meinem Leben als Franzose schon genug davon genossen hatte. Immerhin trank ich damals zu jedem Essen ein Glas Wein. Trotzdem fand ich das Gesetz gegen Alkohol dumm und verlogen. Kein Trinker hörte deshalb auf zu trinken. Jedes Kind wusste, wo man trotz Alkoholverbots, jede Menge davon kaufen konnte. Die Säufer tranken sich mit giftigem Fusel zu Tode, der von der Mafia schwarz gebrannt wurde. Die Verbrechersyndikate verdienten sich dumm und dämlich, indem sie in sogenannten Flüsterkneipen jede Menge minderwertigen Alkohol absetzten.

In meinen Kreisen gehörte es fast zum guten Ton, heimlich ein Depot mit ausgezeichneten ausländischen Spirituosen zu besitzen. In meiner Geheimbar befanden sich französische Weine, , Liköre, Champagner, Whisky aus England sowie Krimsekt aus Russland, der aber nicht mehr so leicht zu bekommen war, seit dort der Kommunismus wütete und alles zur Mangelware machte.

Den minderwertigen und teilweise giftigen Fusel, der in Amerika von der Mafia hergestellt wurde, schenkte niemand in meinem Freundeskreis Vertrauen. Aus der Zeitung konnte man oft genug erfahren, dass schon wieder jemand nach dem Genuss von schwarz gebranntem Alkohol erblindet oder gar gestorben war.

Damit man Spirituosen unverdächtig mit sich herumtragen konnte, wurde der "Flachmann" erfunden. Diese breite, aber dünne Trinkflasche aus Metall konnte man herrlich in die Sakkotasche seines Anzuges stecken und überall hin mitnehmen. Die Frauen befestigten ihre "Flachmänner" gerne an ihren Strumpfbändern.

Das Prohibitionsgesetz dauerte bis 1933. Zeit genug für die Mafia, um mit illegalen Alkoholverkäufen so groß und mächtig zu werden, dass die Polizei für immer die Kontrolle über die "ehrenwerte Gesellschaft" verlor. Ein sinnloses Verbots-Gesetz hatte sich ins Gegenteil gekehrt. Nachdem der Alkohol wieder erlaubt war, stiegen die Verbrechersyndikate mit ihrem Geld ins Drogengeschäft ein, dass ihnen Dank des Verbots aller Rauschgifte vom Haschisch bis zum Kokain, bis heute ein gutes Einkommen sichert.

Ich hielt mich für reich und mächtig genug, um unvernünftigen Gesetzen respektlos gegenüberstehen zu können. Auch meinen Söhnen verbot ich nicht den Genuss von Alkohol. Sie hatten überhaupt alle Freiheiten.

Solange ihre Lernerfolge in Ordnung waren, erfüllte ich ihnen jeden Wunsch. Kein Auto war zu teuer, keine Kleidung zu exklusiv, um es ihnen nicht zu schenken. Meine Söhne brauchten nur zu sagen, was sie haben wollten und ich gab ihnen das nötige Geld, um es zu erwerben.

Zum Teil tat ich das aus schlechtem Gewissen, weil ich mich sonst kaum um sie kümmern konnte. Andererseits hoffte ich, dass sie mich für die materiellen Zuwendungen so fest ins Herz schließen würden, dass sie mich erkannten, wenn ich Jahre nach meinem Tod als Wiedergeborener bei ihnen aufkreuzte und auf mein Testament pochte.

Trotz des Alkoholverbotes hatte unser Präsident Wilson eine typische "Schnapsidee". Unter seiner Regierung wurde den Frauen endlich das geforderte Wahlrecht zuerkannt. Dummerweise verlor er kurz darauf die Präsidentschaftswahlen gegen den Republikaner Warren G. Harding. Dieser war mit dem Slogan "Zurück zur Normalität" in den Wahlkampf gezogen. Die Frauen schienen Wilson für ihr Wahlrecht nicht sonderlich dankbar gewesen zu sein.

Ich konnte mich über diesen Umstand freuen. Als Großunternehmer stand ich ohnehin schon die längste Zeit auf der Seite der Republikaner. Wilson hatte die letzte Wahl seinerzeit sowieso nur gewonnen, weil sein damaliger Gegenkandidat dem Slogan von Wilsons Parteifreunden "Die Demokraten haben Amerika aus dem Krieg herausgehalten" nichts Gleichwertiges entgegensetzen konnte. Kurze Zeit später war Amerika aber ebenfalls in die Kriegshandlungen verwickelt. Viele Mütter mussten ihre Söhne opfern und straften Wilson für den Kriegseintritt ab.

Die Frauen hatten während des Krieges die Chance erhalten, zu beweisen, dass auch sie in der Lage waren, am öffentlichen Leben teilzunehmen. Sie ersetzten in vielen Berufen die Männer, die gerade an der Front kämpften. Dabei zeigte sich, dass ihre Arbeit um nichts schlechter war als jene der Männer. Sie hatten sich ihr Wahlrecht redlich verdient. Da ich ja immer noch nicht wusste, ob ich im nächsten Leben männlich oder weiblich auf die Welt kommen würde, sah ich die Entwicklung mit einem lachenden und einem weinenden Auge.

Der neue Präsident Warren G. Harding schaffte endlich wieder die, unter Wilson eingeführten, Sozialreformen ab. Die Gewerkschaften wurden wieder etwas härter angepackt und konnten sich nicht mehr alles erlauben. Natürlich provozierte das neue Konflikte. Aber ich versuchte ohnehin, möglichst viele Leute einzustellen, die in keiner Gewerkschaft waren. Mit der Entmachtung der Gewerkschaftsführer gab es am Arbeitsmarkt bald wieder mehr "pflegeleichte" Arbeitnehmer.

Etwa zur gleichen Zeit gelang es der Pharmaindustrie endlich, das für Zuckerkranke lebenswichtige Insulin herzustellen. Leute, die unter Zucker litten, konnten zwar immer noch nicht geheilt werden. Jedoch hatten sie mit speziellen Diäten und Insulinspritzen die Chance wesentlich länger am Leben zu bleiben als bisher.

Ich hätte es lieber gehabt, wenn jemand ein Medikament gegen meine immer schlimmer werdende Fresssucht gefunden hätte. An der Zuckerkrankheit litt niemand in unserer Familie. Aber meine Fresssucht schien ich noch von meinem Vorleben aus Frankreich geerbt zu haben. Sie war damals sicher nicht ganz unschuldig an meinem qualvollen Tod gewesen.

Meine Arbeit ließ mir auch in diesem Leben kaum Zeit, Sport zu treiben. So konnte ich das reichliche und gute Essen, das ich im Laufe des Tages vertilgte, nicht mehr abbauen. Es setzte sich in Form von unansehnlichem Fett fest. Jede Form der Bewegung war ein Fremdwort für mich. Genau so wenig hielt ich von gesunder Ernährung oder gar von Fasttagen, die mich schon wieder an religiöse Vorschriften erinnerten. Ich war ein hedonistischer Genussmensch und wollte auf nichts verzichten. Weder von meiner Frau, noch von den Ärzten und schon gar nicht von der Kirche wollte ich mir sagen lassen, was ich zu tun hatte.

Diese Einstellung rächte sich natürlich, je älter ich wurde. Aber das machte mir nicht viel aus. Ich beruhigte mich mit dem Gedanken, dass ich ja ohnehin bald wieder auf die Welt kommen würde und dann trotz aller Sünden wieder einen jungen, agilen Körper haben konnte, mit dem ich das neue Leben genießen wollte. Aus diesem Grund hatte ich auch keinerlei Ehrgeiz irgendetwas an meinem Lebensstil zu ändern.

Alles, was mich interessierte, war das Geschäft. Ich wollte mein Vermögen so krisensicher wie möglich anlegen. Es sollte alle wirtschaftlichen Schwierigkeiten, die in der Zeit meiner Abwesenheit vom Leben, eintreten konnten, überleben. Deshalb überlegte ich ständig, in welche Branche ich noch investieren konnte, um das Risiko so breit wie möglich zu verteilen.

Dabei sprang mir unter anderem auch die Filmbranche ins Auge. Damals war das Herstellen von Filmen noch relativ günstig und das Publikum noch leicht glücklich zu machen. Es reichten schon ein paar beliebte Schauspieler und eine seichte Handlung, um erfolgreich zu sein.

Selber sah ich mir den Mist, der den Leuten in den immer zahlreicher werdenden Kinos vorgesetzt wurde, nicht an. Aber dass damit eine Menge Geld zu verdienen war, hatte ich schon seit längerem erkannt. Ich wusste, dass die Lebensmittelbranche fast keine Krise zu scheuen brauchte. Essen und Trinken müssen die Menschen auch in Notzeiten. Aber billige Unterhaltung kam in der Bedürfnispyramide gleich an zweiter Stelle, und Filme der damaligen Zeit waren in jeder Beziehung billig.

Also investierte ich einen Teil meines Geldes in den Aufbau der United Artists. Diese Filmfirma wurde von Schauspielern gegründet, um den Monopolversuchen der großen Filmfirmen entgegenzutreten. Einer der Hauptgründer war übrigens Charlie Chaplin. Ich traf diesen "lustigsten Mann aller Zeiten" allerdings nie persönlich. Dafür war aufgrund meiner Geschäfte nie genügend Zeit.

Ebenso steckte ich einen Teil meines Vermögens in die ersten kommerziellen Radiostationen. Ich kaufte mich von Küste zu Küste in alle wichtigen Rundfunksender ein. Auf diese Weise hatte ich mein Geld gut angelegt. Nebenbei ließ sich das neue Medium ganz ausgezeichnet für Werbung nutzen. Als Mitbesitzer einer Radiostation konnte ich kostenlos für meine Nahrungsmittel, meine Restaurant-, Konditorei-, und Fast-Food- Ketten werben. Auch für die von der United Artist produzierten Filme warb ich zum Teil über meine eigenen Radiosender.

Mein Leben diente nur noch dem Zweck, mich auf mein kommendes Leben vorzubereiten. In meinem nächsten Leben wollte ich es von Anfang an besser haben. Auf keinen Fall hatte ich die Absicht, noch einmal von vorne zu beginnen. Alles, was ich in diesem Leben schaffte, sollte mir dann zugute kommen. Nur so hatte der Zyklus der Wiedergeburt einen Sinn für mich.

Ich bemitleidete die Menschen, die den Sinn des Lebens nicht im Materiellen suchten. Leute, die sich von der Kirche ein geistiges Leben aufschwatzen ließen, konnte ich nicht ernst nehmen. Da gab es tatsächlich nette Burschen und Mädchen, denen man eingeredet hatte, sie bräuchten nur gut zu ihren Mitmenschen zu sein, um nach ihrem Tod ein besseres Leben zu genießen. Anstatt nach Macht und Geld zu streben, schlossen sie sich sozialen Gruppierungen wie der Heilsarmee an. Ihr Lebenszweck war es, anderen Menschen zu helfen. Dafür erhofften sie sich einen Platz im Paradies. Ich glaube zu wissen, dass auch sie statt im Paradies, wieder auf der Erde landen würden, so wie ich eben auch. Nur hielt ich mich für schlauer.

Mein Charakter war immer noch der gleiche wie jener des längst verstorbenen Jean Daudon. Wenn ich davon ausging, dass diese Menschen ebenfalls schon in ihrem Vorleben gut gewesen waren, dann waren ihre Hoffnungen, dass sich ihre Lage jemals verbessern würde, sinnlos. Aber genau darin lag mein Denkfehler. Doch das konnte ich zu diesem Zeitpunkt noch nicht wissen.

Je älter ich wurde, desto intensiver beschäftigte ich mich mit meinem bevorstehenden Tod und allen Risiken, die abermals verhindern konnten, dass ich danach wieder zu meinem Vermögen kommen könnte. Auch lenkte ich meine Aufmerksamkeit zusehends auf Entwicklungen, die mir bisher gleichgültig waren.

Es störte mich zum Beispiel, dass Mitte der 20-iger Jahre der nach dem Bürgerkrieg gegründete Ku-Klux-Klan-Orden mit 5 Millionen Mitgliedern eine ungeahnte Renaissance erlebte. Dieser Geheimbund ging mit brutalsten Mitteln gegen alle religiösen und rassischen Minderheiten vor. 200 Tausend Rassisten nahmen an der Ku-Klux-Klan-Tagung in Washington teil. Die Männer mit den weißen Kapuzen kamen meist aus kleinbürgerlich-protestantischen Schichten und machten mit nächtlichen Aktionen wie Fememord, Lynchjustiz und Brandstiftung auf sich aufmerksam. Besonders die Afro-Amerikaner im Süden der Vereinigten Staaten hatten unter dem Geheim-Orden zu leiden.

Abgesehen davon, dass ich aus dem Norden stammte, der kurz vor meiner Geburt einen Krieg gegen die Südstaaten geführt hatte, um die Schwarzen zu befreien, hatte ich noch andere Beweggründe, kein Rassist zu sein. Genauso, wie ich damit rechnen musste, dass ich in meinem nächsten Leben als Frau zur Welt kam, konnte ich auch als Vertreter einer anderen Rasse wiedergeboren werden.

Die größte Sorge bereitete mir allerdings die Furcht, dass ich so wie alle anderen Menschen im nächsten Leben keine Erinnerungen an dieses Leben haben würde. In diesem Fall wäre nämlich alles, was ich gerade tat, um noch reicher zu werden, sinnlos. Auch mein Testament hatte keinen Wert, wenn ich mich nicht daran erinnerte.

Meine Söhne befreiten mich vorerst von einer weiteren Sorge. Sie meisterten ihre Harvard-Ausbildung in kürzester Zeit. Ich konnte stolz auf sie sein. Beide arbeiteten schon gegen Ende der 20-iger Jahre fleißig in meinen Unternehmen mit. Dabei hatten sie oft ausgezeichnete Einfälle, wie wir in gewissen Bereichen Geld einsparen und unseren Gewinn erhöhen konnten. Erfreulicherweise interessierten sie sich auch für neue Projekte.

Bill stürzte sich ins Filmgeschäft und konnte entscheidend bei der Umrüstung vom Stumm- zum Tonfilm mitwirken. Ihm hatte es die United Artists zum Teil zu verdanken, dass er rechtzeitig die Verträge mit jenen Schauspielern, die wegen einem Akzent oder Sprachfehler für den Tonfilm nicht mehr zu gebrauchen waren, auslaufen ließ. Das sparte uns eine Menge Geld an Abfindungen. Leider interessierte Bill sich beim Film nicht ausschließlich für das Geschäftliche. Ständig gab es in der Presse Geschichten von seinen Affären mit diversen Starletts.

Prüde wie die Gesellschaft in Amerika damals war, konnte ich Bill Junior seine Ausschweifungen nicht länger gestatten. Ich zwang ihn in eine Ehe mit einer Bankierstochter. Durch diese Heirat kam ich in Zukunft leichter an günstige Kredite für meine Investitionen heran. Leider war diese Ehe nicht sonderlich glücklich. Vielleicht lag es auch daran, dass meine Schwiegertochter keine Kinder bekommen konnte.

Mein zweiter Sohn Henry machte sich nichts aus Frauen. Schon in seiner Highschool-Zeit habe ich ihn nie zusammen mit Mädchen gesehen. Dabei sah er durchaus attraktiv aus. Bösen Gerüchten, die behaupteten, er sei homosexuell, schenkte ich keinen Glauben. Henry arbeitete noch viel fleißiger als sein Bruder Bill. Er benötigte nur 5 Stunden Schlaf und konnte so manchmal mehr als 16 Stunden täglich arbeiten. Dafür bewunderte und beneidete ich ihn. Wie konnte ich auch ahnen, dass seine Arbeitswut nichts anderes, als eine Flucht vor seiner Homosexualität war, für die er sich schämte.

Keiner meiner Söhne machte mich zum Großvater. Der eine konnte und der andere wollte nicht. Die Micky Maus, die zu dieser Zeit erstmals und noch in schwarz-weiß über die Kinoleinwand huschte, fand daher in unserer Familie keine kleinen Fans.

Im Mai 1927 passierten gleich zwei Dinge, die mir nahe gingen: Lindberg schaffte den ersten Nonstop Flug von New York nach Paris. In nur 33 Stunden und 25 Minuten hatte der Detroiter die gleiche Reise hinter sich gebracht, für die ich seinerzeit Wochen brauchte. Zurückgekehrt nach New York, wurde Lindberg mit einer Konfettiparade begrüßt. Die New York Times widmete Lindberg am 22. Mai die ersten fünf Seiten ihrer Ausgabe.

Ohne es zu wollen, musste ich wieder an meine Zeit als Jean Daudon in Paris denken und auch daran, wie schlecht mich meine eigene Familie als Bill Toscanny behandelt hatte, weil sie mir meine Geschichte nicht glauben wollte.

Ich hatte einige Male daran gedacht, jetzt wo ich wieder reich war nochmal Kontakt zu meinen französischen Nachkommen aufzunehmen, aber es kam einfach nie dazu. Das war ein schwerer Fehler wie ich jetzt weiß.

Aus heiterem Himmel traf mich ein unerwarteter schwerer Schicksalsschlag. Mein Sohn Bill Junior hatte sich wieder einmal mit seiner ungeliebten Frau gestritten und ging wütend in eine Flüsterkneipe. Was in dieser Nacht genau passierte, und wie er zu seinem hohen Alkoholpegel kam, wurde nie geklärt. Auf jeden Fall raste er in angeheitertem Zustand mit seinem neuen Wagen sinnlos durch die Straßen. Er wollte wahrscheinlich beim Schnellfahren seine Aggressionen loswerden, was ihm unter anderem auch gelang. Er verlor sein Leben.

Ich erhielt die Nachricht erst am nächsten Morgen. Mein Sohn war mit seinem Wagen ohne Fremdbeteiligung von der Straße abgekommen. Das Fahrzeug hatte sich überschlagen und zu brennen begonnen. Bill hatte in seinem Zustand keine Chance. Er verbrannte mit seinem Wagen, noch ehe ihm jemand helfen konnte. Es dauerte einige Zeit, bis man Bills Leiche identifiziert hatte. Sein Körper war bis zur Unkenntlichkeit entstellt. Nur über das Autokennzeichen eruierte die Polizei seine Identität.

Ich war total fertig, als ich davon erfuhr. Dennoch blieb mir der Weg ins Leichenhaus nicht erspart. Ich musste meinen Sohn zur Sicherheit noch einmal identifizieren. Meiner Frau Angela wollte ich erst davon erzählen, wenn es keinen Zweifel mehr gab. Es hatte keinen Sinn, wenn sie sich umsonst Sorgen machte. Alle Termine, die ich an diesem Tag hatte, sagte ich ab.

Im Leichenschauhaus hatte ich dann die schlimme Aufgabe, meinen eigenen Sohn zu identifizieren. Bei seinem Anblick wurde mir übel. Ich war mir nicht sicher, ob er es nun war oder nicht. Er sah fürchterlich aus. Sein Körper war größtenteils verkohlt. Ich musste den Raum verlassen und übergab mich noch auf dem Weg zur Toilette. Die Beamten hatten viel Verständnis für meinen Zustand und versuchten mich zu trösten.

Die Hoffnung, dass mein Sohn gar nicht der Fahrer des Wagens war, zerschlug sich ebenfalls. Es hätte durchaus sein können, dass Bill den Wagen an einen Freund verborgt hatte, der damit tödlich verunglückt war. Aber nach einigen Tagen musste ich einsehen, dass der verkohlte Leichnam mein Sohn war. Bill tauchte nicht wieder auf.

Beim Begräbnis weinten alle außer mir. Ich hatte mich schon längst wieder beruhigt. Bill würde schon wieder auf die Welt kommen, tröstete ich mich. Wenn er Pech hatte, dann erging es ihm wie mir, und er landete bei einer Familie in den Slums. Es ist nicht leicht, sich von einem Leben als reicher Mann an jenes in der Gosse zu gewöhnen. Ich wusste das aus eigener Erfahrung.

Mich beunruhigte nun der Gedanke, dass meinem zweiten Sohn Henry etwas Ähnliches zustoßen konnte. Dann hatte ich nämlich niemanden mehr, der mein Vermögen verwaltete, bis ich zurückkam. Mit meiner Frau Angela konnte ich nicht rechnen. Sie war mit Sicherheit längst tot, wenn ich mich viele Jahre nach meinem Tod wieder auf meinem eigenen Grund und Boden blicken ließ.

Ich hätte meinen Sohn gerne verbrannt und die Urne zuhause aufgestellt. Aber meiner Angela zuliebe bekam er ein traditionelles jüdisches Begräbnis. Seine Frau legte den ersten Stein auf sein Grab. Angela folge ihr. Sie hatte schon ganz rote Augen und schluchzte herzzerreißend, als sie unserem Sohn die letzte Ehre erwies.

Henry, der wegen seiner sexuellen Ausrichtung mit Religion nicht viel anfangen konnte, war die Sache sichtlich unangenehm. Außerdem musste er jetzt damit rechnen, dass ich nun ihn als Nachfolger für mein Imperium auserkoren hatte. Das bedeutete, dass er wohl oder übel heiraten und Kinder in die

Welt setzen sollte. Welche inneren Konflikte er in dieser Zeit durchlitt, konnte ich mit meinem damaligen Wissenstand nicht erahnen.

Mehr als ein Jahr nach diesem tragischen Unfall feierte ich meinen 60-igsten Geburtstag. Das Jahr 1928 war wieder ein Jahr des Drachen. Mir war schon oft aufgefallen, dass meine intensivsten Erinnerungsschübe, die mein Vorleben betrafen, in diesen Jahren besonders stark waren. Noch wusste ich nicht, warum das so war und was das für mein weiteres Leben bedeutete.

Zum zweiten Mal feierten wir meinen Geburtstag ohne Bill. Langsam gewöhnten wir uns an seine Abwesenheit. Zu seiner Frau hatte meine Familie kaum noch Kontakt. Sie heiratete bald nach Bills Tod einen Grundstückmakler in Boston. Nur durch die Geschäftsbeziehung zu ihrer Bank hörten wir noch manchmal etwas von ihr.

Da ich davon ausging, dass ich, wie in meinem früheren Leben, wieder etwas älter als 70 Jahre werden würde, hatte ich noch etwas mehr als 10 Jahre zu leben. Ich machte mir also ernsthaft Gedanken, wie es mit meiner Familie weitergehen sollte. Die Zeit war gekommen. Ich musste meine Frau Angela und meinen Sohn Henry an meinem Wissen teilhaben lassen.

Je älter ich wurde, desto größer war die Gefahr, dass man mich nicht mehr ernst nahm. Ich wollte auf keinen Fall als verkalkter Spinner dastehen, wenn ich meine Familie auf meine Wiederkehr nach meinem Tod vorbereitete.

Meine Frau Angela und mein Sohn Henry staunten nicht schlecht, als ich ihnen von meinem Vorleben in Frankreich erzählte. Zuerst hielten sie alles für einen Scherz. Aber schon bald merkten sie, wie ernst es mir war. Ich berichtete ihnen von meinem Leben als Jean Daudon. Staunend erfuhren die beiden, wie ich aus der kleinen Bäckerei meines Vaters ein Imperium geschaffen hatte. Damit Angela nicht eifersüchtig wurde, versuchte ich so wenig wie möglich über meine damalige Frau Nicola zu erwähnen.

Auch wie schlecht es mir in meinem neuen Leben als Bill Toscanny anfangs ergangen war, erfuhren die beiden. Meine Geschichte enthielt alles von meinen Leben in den Slums von Queens, über meine deprimierende Frankreichreise, bis zu meiner Entscheidung, für das nächste Leben vorzusorgen. Dann holte ich das Testament aus meinem Schreibtisch und zeigte es ihnen.

Angela, die mein Bericht sichtlich überfordert hatte, überflog ungläubig die Zeilen des Testaments.

„Du meinst es also wirklich ernst", stellte sie erschrocken fest. „Ist dir überhaupt bewusst, was du von uns verlangst?"

„Eigentlich liegt ja die gesamte Verantwortung bei Henry", sagte ich. „So leid es mir tut, liebe Angela, du wirst zum Zeitpunkt meiner Rückkehr wahrscheinlich nicht mehr am Leben sein. So Gott will, wirst du dann auch längst in einer anderen Gestalt zur Erde zurückgekehrt sein. Mit etwas Glück begegnen wir uns dann vielleicht wieder und verlieben uns neu."

"Ich dachte immer, du glaubst nicht an Gott", unterbrach mich Henry. Er kannte und teilte meine Ansichten über Religion. Jedoch behielt er seine Meinung darüber genauso für sich, wie die Tatsache, dass Frauen für ihn uninteressant waren.

„Einerseits weiß ich, dass Wiedergeburten möglich sind", begann ich zu erklären. „Tatsache ist, dass ich nach meinem Tod keine Begegnung mit Gott hatte. Meine Erinnerungen an mein Vorleben enden mit dem letzten Atemzug den ich tat. Alles, was danach geschah, ist aus meinem Gehirn verbannt. Die nächsten Erinnerungen stammen schon wieder aus meinem momentanen Leben als Bill Toscanny."

Ich unterbrach meine Erzählung kurz und sah meiner Frau und meinem Sohn prüfend in die Augen. Als ich sicher war, dass sie mir glaubten, fuhr ich fort: „Ich weiß nicht, warum ich zu den wenigen Menschen gehöre, die sich noch an ihr früheres Leben erinnern. Aber ich brauche deine Hilfe. Wenn ich noch einmal auf die Welt komme und es schaffe, dich, lieber Henry, zu besuchen, dann musst du dir die Zeit nehmen und mir jede Chance geben, damit ich dir beweisen kann, dass ich dein Vater bin. Kann ich mich darauf verlassen?"

Henry nickte. Angela betrachtete uns beide geistesabwesend. Mir war klar, dass sie etwas Zeit brauchte, das Gehörte zu verarbeiten.

„Und lass dich nicht davon täuschen, wenn ich um einiges jünger sein werde als du. Ich nehme an, dass ich zwischen 20 und 30 sein werde und du könntest 50 bis 60 Jahre am Buckel haben", fügte ich noch hinzu.

„Das ist einfach unvorstellbar, dass ich einmal einen Vater haben werde, der vom Alter her mein Sohn sein könnte", sagte Henry. Angela verließ den Raum. Mir war klar, dass sie alles für Sünde hielt, was wir gerade besprachen. Ich beruhigte sie später, indem ich ihr zugestand, dass ich Gottes Existenz zumindest für möglich hielt. Meine Einstellung zu diversen Religionsgemeinschaften wollte ich hingegen niemals ändern. Damit konnten wir beide leben.

„Apropos mein Sohn", ergriff ich gleich die Gelegenheit, meinem Henry etwas auf den Zahn zu fühlen. "Wann wird es bei dir denn so weit sein. Langsam aber sicher kommst du in das Alter, in dem man heiratet und Kinder bekommt."

„Können wir ein anderes Mal darüber reden", wich Henry aus. Ich wollte mit ihm ohnehin noch einige Formalitäten wegen meiner eventuellen Rückkehr aus dem Jenseits besprechen und bohrte nicht weiter. Nun hatte ich zumindest meine Frau und meinen Sohn auf meine Wiederkehr im neuen Leben vorbereitet. Ich fühlte mich erleichtert und glaubte, dass ich eine Wiederholung meines Scheiterns in Frankreich nicht zu befürchten brauchte.

Das Testament schrieb ich nicht um. Ich legte es an seinen Platz in meinem Arbeitstisch. Obwohl Bill schon gestorben war, ermöglichte es die exakte Aufteilung zwischen meiner Frau und meinem Sohn Henry. Beide erhielten je die Hälfte von Bills Anteil zugesprochen, da Bill ja keine Nachkommen hatte. Nach dem Tod von meiner Frau würde ohnehin alles in Henrys Besitz übergehen, der es dann mit mir teilen würde, dachte ich.

Kurz vor meinem 61-igesten Geburtstag gab es den legendären "schwarzen Freitag" an der New Yorker Börse. Die Kurse der überbewerteten Aktien rutschten ins Bodenlose. Wieder einmal brach eine weltweite Wirtschaftskrise aus. Doch diesmal waren die Auswirkungen so schlimm wie noch nie zuvor. Viele Millionen Menschen verloren ihre Arbeit und mussten in bitterster Armut leben.

Auch ich verlor einen beträchtlichen Teil meines Geldvermögens. Doch glücklicherweise hatte ich mein gesamtes Vermögen so gut verteilt angelegt, dass ich die Krise nicht zu fürchten brauchte. Meine Goldbarren stiegen im Wert. Die Nahrungsmittelbranche hatte zwar Einbrüche bei Luxusgütern erlitten, aber die elementaren Lebensmittel konnte man auch in den schlimmsten Zeiten gut verkaufen. Die Unterhaltungsindustrie boomte sogar und glich die Verluste meiner Aktienspekulationen aus.

Trotzdem arbeitete ich wie ein Besessener, damit der Schaden, den die Weltwirtschaftskrise auch meinem Imperium zufügte, so gering wie möglich blieb. Henry half mir dabei, so gut er konnte.

In den 1930iger Jahren zwischen meinen 60-igsten und 70-igsten Geburtstag hatte ich vor lauter Arbeit noch weniger Privatleben als bisher. Meine Frau Angela litt sehr darunter. Ich ließ sie viel zu oft alleine. Sie verstand was mich antrieb, und sie betete gegen meinen Willen für meine Seele. Ich verstand gar nicht wie egoistisch ich war und was ich an dieser wunderbaren Frau hatte. Mich interessierte nur die Erhaltung meines Vermögens bis zum nächsten Leben.

Zumindest nahm ich mir die Zeit um der Eröffnung des Empire State Buildings beizuwohnen. Bis 1970 blieb dieses 381 Meter hohe Gebäude mit seinen 102 Stockwerken das höchste der Welt. Nach dem Attentat von 9.11.2001 auf das World Trade Center war es immerhin wieder eine Zeit lang das höchste von New York.

Die Marathon Tanzturniere, die damals in Mode kamen, sah ich mir nicht an. Ich fand es einfach unsinnig und langweilig. Leute, die Eintritt bezahlten, um zu sehen, wie ein paar arme Schweine für sieben warme Mahlzeiten und die Chance auf 1500 Silberdollar bis zum Umfallen tanzten, konnte ich nicht verstehen.

Obwohl ich geschäftlich öfters in Los Angeles war, riskierte ich aus Zeitgründen keinen Blick auf die X. Olympischen Sommerspiele, die dort 1932 stattfanden. Dabei schnitt unser Land damals hervorragend ab. Die amerikanischen Sportler gewannen 44 Gold-, 36 Silber-, und 30 Bronze-Medaillen. Schon bei den III. Olympischen Winterspielen in Lake Placid dominierten die Vereinigten Staaten. Wie die vielen Menschen, die es sich nicht leisten konnten, zu den Spielen zu fahren, erfuhr auch ich alles nur aus der Zeitung.

Zeitungen lass ich größtenteils wegen der Wirtschaftsberichte. Den Börsenteil fand ich besonders spannend. Seit dem "Schwarzen Freitag" lasen sich die Börsenspalten eher wie ein schlecht inszeniertes Drama. Nach einer kurzen Erholungsrallye blieben die Kurse für viele Jahre auf einem sehr niedrigem Niveau.

Die wahren Dramen des Lebens berührten mich weit weniger. Der berühmte Atlantiküberquerer Lindberg verlor sein Kind. Nun hatten wir nicht nur die New York - Paris Reise gemeinsam. Bei ihm ging auch das schneller als bei mir. Sein Kind war noch ein Baby, als es gekidnappt wurde. Trotz der Lösegeldforderung wurde das Baby ermordet. In einem Indizien Prozess wurde der Deutsche Bruno Richard des Mordes überführt und hingerichtet. Die Medien berichteten über den Fall so unangenehm und geschmacklos, dass die Familie Lindberg nach Europa auswanderte.

Das hätte ich zu diesem Zeitpunkt sicher nicht gemacht. Europa war so unsicher wie knapp vor dem 1. Weltkrieg. 1933 gelang es dem Reichskanzler Adolf Hitler, in nur wenigen Monaten das demokratische Deutschland in ein nationalsozialistisches Gewaltregime umzuwandeln. Das war der Beginn des 1000-jährigen Reiches, welches gerade mal 12 Jahre existierte.

Nachdem Russland schon seit Jahren seine Bürger mit einer sozialistischen Diktatur quälte, gab es nun auch in Deutschland eine Nationalsozialisti-

sche Bewegung. In Italien, dem Heimatland meines Vaters kamen die Faschisten an die Macht, die sich mit Deutschland verbündeten.
Als Geschäftsmann hasste ich jede Art von Sozialismus. Doch den Nationalen Sozialismus verabscheute ich im Besonderen. Immerhin war meine Frau Jüdin und viele Juden, die aus Europa zu uns flüchten konnten, erzählten, wie unmenschlich man sie behandelt hatte.

Die nationalsozialistische Propaganda erreichte ihren Höhepunkt, als 1936 die Olympischen Spiele in Berlin stattfanden. Die New York Times machte zwar Stimmung für einen Boykott, aber die Verantwortlichen des Olympischen Komitees entschieden sich mit nur zwei Stimmen Mehrheit, für die Teilnahme.
Die Deutschen erlitten ihre größte Blamage bei ihrem Volkssport, dem Fußball. Schon in der Vorrunde verloren sie mit 0:2 gegen Norwegen und schieden aus. Das Team der USA verlor gegen den Olympiasieger Italien.
Star der Spiele war aber unser Afro-Amerikaner Jesse Owens aus Alabama. Er gewann Gold im 100 und 200 Meter Lauf, im Weitsprung und als Mitglied der amerikanischen Staffel. In der Leichtathletik war Amerika das erfolgreichste Team vor Deutschland und Finnland.
Noch bevor der 2. Weltkrieg und der Holocaust begann, starb meine Frau Angela überraschend an Krebs. Mein Geld konnte sie nicht retten. Meinen 70-igsten Geburtstag feierte ich nur noch mit meinem Sohn Henry, der noch immer nicht verheiratet war. Es wurde ein sehr ruhiger, trauriger Jahrestag. Nach dem Tod meiner geliebten Angela wollte ich überhaupt keine großen Feierlichkeiten mehr begehen. Ich hielt mein Leben schon für abgeschlossen.
Dabei fühlte ich, dass ich in diesem Leben länger auf der Welt bleiben würde als im vergangenen. Ich spürte noch nicht die unsanfte Umarmung des Todes. Für mein Alter war ich noch recht agil. Nichts sprach dagegen, dass ich auch noch meinen 80-igsten Geburtstag erleben konnte.
Nachdem Angela mich verlassen hatte, interessierte ich mich ausschließlich dafür, wie ich meinen Besitz absichern und erweitern konnte. Ich überlegte schon ernsthaft, ob ich einen großen Teil meines Vermögens in die amerikanische Rüstungsindustrie stecken sollte.
Nach dem Anschluss von Österreich an Deutschland forderte Präsident Roosevelt mehr Geld für die Rüstung. Auch mit den Japanern zeichnete sich schon langsam ein Konflikt ab.
Dann ging es Schlag auf Schlag. Im September 1939 überfielen die Deutschen Polen, und der 2. Weltkrieg brach aus. In Amerika bekam man vom

Krieg zuerst nicht viel mit. Die Leute strömten ins Kino, um sich den Film "Vom Winde verweht" anzusehen. Der wurde übrigens ein noch nie dagewesener Kassenschlager. Ich hätte mich ohrfeigen können, weil ich mich nicht rechtzeitig an der Produktion beteiligt hatte.

1940 machte sich der geniale Komiker Charlie Chaplin in seinem Film „Der große Diktator" über Hitler lustig. Auch die Marx Brothers und Walt Disney kämpften an der Unterhaltungsfront. Die amerikanische Regierung hielt sich wie beim 1. Weltkrieg lange Zeit zurück. Sie lieferte lediglich die Waffen an ihre verbündeten Westmächte auf einer "Cash&Carry"-Basis. Erst nach dem Kriegseintritt der USA bekamen unsere Verbündeten sämtliche Rüstungsgüter auch ohne Bezahlung.

Ende 1941 zerstörten die Japaner beim Überfall auf Pearl Harbour fast die ganze Amerikanische Pazifikflotte. Es gab 2000 Tote. Erst 7 Monate später erlangten wir wieder die Seeherrschaft im Pazifik.

Je länger der Krieg dauerte, desto mehr Flüchtlinge kamen in unser Land. Es gab immer wieder Gerüchte, dass Deutsche U-Boote New York angreifen würden. Doch glücklicherweise fand auf amerikanischem Gebiet, wie schon im ersten Weltkrieg, keine einzige Kampfhandlung statt. Die Zivilbevölkerung wurde nur im Kino mit den Kriegsgräueln konfrontiert.

Dennoch arbeitete die Regierung auf allen nur erdenklichen Ebenen. Während man über Deutschland und Italien Propagandablätter gegen Hitler und Mussolini abwarf, baute man in Tennessee das erste kernphysikalische Forschungszentrum. Dort sollte die Atombombe entwickelt werden, mit der man den Krieg etwas schneller zu gewinnen hoffte.

Mit der Landung der Alliierten in Frankreich am 6.6.1944 leiteten unsere Jungs die Wende des Krieges ein. Roosevelt gewann zum vierten Mal hintereinander die Präsidentschaftswahlen. Im April 1945 starb er dann an der Krankheit, die schon im Wahlkampf von seinen Gegnern zum Wahlkampfthema gemacht wurde. Sein Nachfolger wurde der Vizepräsident Harry S. Truman.

Auch Hitler und Mussolini ließen ihr Leben. Hitler entzog sich seiner Verantwortung durch Selbstmord. Mussolini wurde vom nationalen Befreiungskomitee Italiens ohne Prozess erschossen. Den Krieg in Europa hatten wir im Frühling 1945 gewonnen.

Nur die Japaner gaben nicht auf. Um den Krieg endgültig zu beenden, entschloss sich Präsident Truman, die neu entwickelte Atombombe gegen Japan einzusetzen. Anfang August ging je eine Bombe auf Hiroshima und Nagasaki nieder. Es gab hunderttausende Tote und Verletzte. Der japanische

Kaiser kapitulierte. Er durfte sein Amt behalten. Der Friedensvertrag wurde auf einem jener Kriegsschiffe unterzeichnet, dass 1941 in Pearl Harbor beschädigt und danach wieder flott gemacht worden war.

Von Küste zu Küste wurde unser Sieg gefeiert. In New York gab es Militärparaden und ausgelassene Partys. Ich war inzwischen 76 Jahre alt. In meinem Leben als Jean Daudon lag ich zu diesem Zeitpunkt schon längst unter der Erde. Dafür existierte ich schon einige Zeit als Bill Toscanny in Queens.

Ich stand am Fenster und sah mir eine der Paraden an. Hübsche Mädchen mit kurzen Röcken marschierten fahnenschwingend durch die Park Avenue. Ein langer Zug, bestehend aus Armeefahrzeugen, rollte langsam über den Boulevard. Aus den Fenstern der Häuser fiel ein nicht enden wollender Konfetti- und Girlandenregen auf die siegreichen Soldaten herab.

Nach einiger Zeit hatte ich genug gesehen. Ich schloss das Fenster und ging ins Badezimmer. Gedämpft konnte ich immer noch die Paradenmusik hören, die von draußen durch das geschlossene Fenster drang.

Den ganzen Tag war ich noch nicht dazugekommen, mich zu rasieren. Mein Spiegelbild schmeichelte mir schon seit langem nicht mehr. Ich wollte gerade zur Tube mit dem Rasierschaum greifen, da streifte ich ein Trinkglas, das jemand zuvor schlampig hingestellt hatte. Es fiel zu Boden und zersprang.

„Verdammt, ich werde immer ungeschickter und gebrechlicher", dachte ich. „ Zeit zu sterben um wieder jung und kräftig zu sein."

Ich bückte mich, um die Scherben aufzuheben. Dabei schnitt ich mir in den Finger. Sofort steckte ich ihn in den Mund und schleckte das Blut ab.

„Wenn ich jetzt verbluten würde, dann wäre auch dieses Leben ausgestanden", dachte ich mir. „In wenigen Jahren werde ich mich dann wieder an mein Leben als Bill Toscanny erinnern, und dann beginnt für mich eine tolle Zeit."

Ich nahm eine größere Glasscherbe und führte sie nachdenklich an meine Pulsader. Ich spürte wie mein Herz heftiger zu schlagen begann.

„Ich bräuchte nur tief genug ins Fleisch hineinschneiden", überlegte ich. „Ein kurzer Schmerz und alles wäre noch heute vorbei."

Irgendwo hatte ich einmal gelesen, dass es angenehmer sei, wenn man sich in einer mit heißem Wasser gefüllten Badewanne die Pulsadern aufschnitt. Also blieb ich im Bad und drehte den Wasserhahn auf. Während ich beobachtete, wie das warme Wasser die Wanne ausfüllte, hatte ich Zeit nachzudenken.

Ich hatte ja keine Ahnung, was mich im nächsten Leben erwartete. Vielleicht hatte ich dann eine schlimme Krankheit, oder ich kam mit einem körperlichen Gebrechen auf die Welt. Was war, wenn ich mich nicht an mein jetziges Leben erinnerte? Woher konnte ich so sicher sein, dass ich ein weiteres Mal wiedergeboren werden würde? Plötzlich bekam ich ein eher mulmiges Gefühl und beschloss, mit meinem Selbstmord noch etwas zu warten. Immerhin ging es mir körperlich gar nicht mal schlecht. Ich hatte keinen Grund zur Eile.

Mit einer Handbewegung hatte ich den Stöpsel wieder aus der Badewanne gezogen. Dann drehte ich den Wasserhahn ab. Ich sah zu, wie die Blaue Flüssigkeit kreisförmig durch den Gully blubberte. Die Glasscherben im Badezimmer ließ ich einfach liegen. Die sollten die Dienstboten am Morgen wegräumen. Ich wollte mich nicht noch einmal schneiden und mir womöglich eine Blutvergiftung zuziehen.

Wie gut es war, dass ich mit meinem Selbstmord noch gewartet hatte, erkannte ich erst drei Monate später:

Der 2. Weltkrieg war schon lange vorüber, aber die kleinen Schlachtfelder in Amerikas Großstätten gab es nach wie vor. Auf den Straßen New Yorks konnte man sich seines Lebens noch nie ganz sicher sein. Ob Kriegs- oder Friedenszeiten, wenn man sich in den falschen Gegenden aufhielt, dann lebte man gefährlich.

Die Park Avenue in Manhattan war ein relativ harmloses Pflaster. In Gegenden wie der Bronx, Queens oder Harlem gab es schon einige Straßenzüge, die man sogar tagsüber besser meiden sollte. Ich war in einer derartigen Gegend aufgewachsen, und wusste aus eigener Erfahrung, wie riskant es war, wenn man sich dort aufhielt.

Mein Sohn Henry war da viel unbekümmerter. Manhattan verließ er ausschließlich, wenn wir verreisten. Die anderen Stadtteile kannte er so gut wie gar nicht. Mit seinen 45 Jahren hatte er noch nie Bekanntschaft mit der Armut und dem Elend gemacht. Die Kindheit verbrachte er in einer Privatschule. Dann folgte eine Ausbildung in Harvard. Nach dem Abschluss der Universität bekam er immer höhergestellte Positionen in einer meiner Firmen. Trotz seines reifen Alters unterschätzte er also die Gefahr, in die er sich begab, wenn er sich in den weniger feinen Gegenden New Yorks herumtrieb.

Ich weiß bis heute nicht, was er ohne Chauffeur südlich von Harlem zu suchen hatte. Fest steht, dass Henry in dieser zwielichtigen Gegend sein Auto anhielt und ausstieg. Wie der Polizeibericht später bestätigte, war mit dem Wagen alles in Ordnung. Es handelte sich um keine Panne. Ein paar arbeitslose Jugendliche, die in der Gegend abhingen, überfielen meinen Sohn. Sie hatten es hauptsächlich auf seine Uhr und sein Bargeld abgesehen. Henry wusste nicht, dass es besser gewesen wäre, den Raub über sich ergehen zu lassen. Er wollte unbedingt den Helden spielen und wehrte sich. Da stieß ihm einer der Jugendlichen sein Messer in den Bauch.

Henry brach zusammen und blieb in gekrümmter Haltung neben seinem Fahrzeug liegen. Die Straßenjungen raubten den Hilflosen aus und stahlen alles aus dem Wagen, was sie gewinnbringend verkaufen konnten.

Erst nachdem die Bande mit der Beute entwischt war, wagten sich einige Passanten in die Nähe des Tatorts. Man rief die Polizei und die Rettung. Leider war es für Henry schon zu spät. Er starb noch am selben Abend an den Folgen des qualvollen Messerstiches.

In den Zeitungen gab es böse Gerüchte. Die Gegend war als Strichertreffpunkt bekannt und der Raubmord wurde als Tat im Homosexuellen Milieu verunglimpft. Aber das hielt ich für absurd, da er mir fest versprochen hatte, sich eine Frau zu suchen und mit ihr eine Familie zu gründen. Ich erreichte vor Gericht, dass jene Zeitungen, die solche Spekulationen in die Welt setzten, eine Gegendarstellung veröffentlichen mussten.

Nun hatte ich keinen Menschen mehr dem ich vertrauen konnte. Bei dem Gedanken, dass jetzt niemand mehr da war, der auf meinen Besitz achtgeben konnte, solange ich weg war, erschreckte mich. Niemals hätte ich gedacht, dass ich an meinem Lebensende völlig alleine dastehen würde. Mein Testament war sinnlos, weil keiner der eingesetzten Erben mehr lebte. Ich konnte mich selbst nicht als Erbe einsetzen. Woher hätte ich wissen sollen, in welcher Gestalt ich wiedergeboren werden würde.

Die Tatsache, dass ich mich damals im Bad nicht umgebracht hatte, war der einzige Lichtblick bei dieser Sache. So ein Überfall hätte Henry auch nach meinem Tod jeder Zeit passieren können. Ich musste schnell eine andere Lösung für mein Problem finden.

Henrys Tod warf alle meine bisherigen Pläne endgültig über den Haufen. Ich hatte nicht mehr viel Zeit. Kinder konnte ich keine mehr bekommen. Wirkliche Freunde hatte ich nicht. Meinen Geschäftsfreunden traute ich nicht über den Weg.

Meine erneute Suche nach der Toscanny Familie, von der ich seit meiner Heirat mit Angela nichts mehr gehört hatte, blieb ebenfalls erfolglos. Ich war drauf und dran zu verzweifeln. Mein alter verbrauchter Körper machte mir zunehmend zu schaffen. Gesundheitlich ging es langsam bergab. Aber noch lebte ich. Mein Verstand war klar und rege. Ich wollte alles versuchen, was nötig war um mein Schicksal selbst in die Hand zu nehmen. Jetzt ging es darum, das Erreichte zu sichern.

Mittlerweile schrieb man das Jahr 1947. Unsere Regierung erkannte spät aber doch, dass die Expansionsbemühungen der Sowjetunion eine reale Gefahr für unsere Freiheit darstellten. Das löste den sogenannten "Kalten Krieg" aus. Panik vor Sozialisten und Kommunisten breitete sich aus. Jeder, der in den Verdacht geriet, ein Sympathisant der Roten Gefahr zu sein, bekam Schwierigkeiten.

Kommunistenjäger Joseph Mc Carthy baute ein dem Ostblock nicht unähnliches Spitzelsystem auf. Die Freiheit, die er zu verteidigen vorgab, schränkte er empfindlich ein. Seine Gegner konnten am eigenen Leib erfahren, wie es sich anfühlt in einem totalitären Staat zu leben. Die wenigsten wurden von der Ersatzreligion Sozialismus bekehrt. Viele Europäer, die im Krieg vor den totalitären Regimen nach Amerika geflohen waren, kehrten nun in die demokratischen Länder Westeuropas oder auch in den sozialistischen Ostblock zurück.

Noch vor meinem 80-igsten Geburtstag besuchte ich jeden Hypnotiseur, Hellseher und Reinkarnationsexperten, dessen Adresse ich herausfand. Ich hoffte, jemanden zu treffen, der tatsächlich einen Blick in die Vergangenheit und auch in die Zukunft werfen konnte. Ich hoffte zu erfahren, wer ich im nächsten Leben sein würde, und wollte mir dann mein Vermögen selbst überschreiben.

Leider waren alle diese Hellseher nichts als Scharlatane. Wenn ich Fragen über mein Vorleben stellte, dann hatten sie keine Ahnung, dass ich über mein vergangenes Leben Bescheid wusste. Niemand bestand den Test und erriet, dass ich in Frankreich gelebt hatte. Die einzige besondere Fähigkeit dieser Betrüger bestand darin, naiven Menschen für unüberprüfbare Märchen das Geld aus der Tasche zu locken.

Eine Zukunftsprognose von jemandem, der meine Vergangenheit nicht erriet, war wertlos. Trotz der vielen Misserfolge reiste ich monatelang durchs Land und besuchte zahlreiche Hellseher. Mit jeder Enttäuschung schwand meine Hoffnung.

Beinahe hätte ich aufgegeben. Aber dann schien ich endlich Glück zu haben. Nach all den weiten Reisen bekam ich einen Tipp der mich nach China Town in New York führte. In dieser Gegend unterhalb von Little Italy kannte ich mich überhaupt nicht aus.

Mit meinen 79 Jahren war ich schon ziemlich wackelig auf den Beinen. Trotzdem stieg ich schon einige Straßen vor meinem Ziel aus dem Wagen und schickte meinen Chauffeur nach Hause. Für die Rückfahrt wollte ich ein Taxi nehmen. Keiner meiner Angestellten sollte erfahren, dass ich zu Hellsehern ging.

Nach langer Suche fand ich schließlich das versteckte Kellerlokal in einem der kleinen Seitengässchen. Vorsichtig stieg ich die steilen Stufen hinab. Der Keller war nur schwach mit einigen Kerzen beleuchtet. Überall hingen chinesische Teppiche mit den typischen Drachenmotiven. Ein süßlicher Geruch stieg in meine Nase. Ich kam mir vor wie in einer Opiumhöhle aus den 20iger Jahren.

Am Ende des düsteren Ganges befand sich eine verzierte Eisentüre. Da ich schon erwartet wurde, stand sie einen kleinen Spalt offen. Ich brauchte sie nur aufzustoßen. Dann erst sah ich, wie groß und weiträumig der Keller ausgebaut war. Ich hatte über China Town schon die wüstesten Geschichten gehört. Mein Herz klopfte stärker, als es meinem alten Körper gut tat. So hatte ich mir immer schon den chinesischen Untergrund in unserer Stadt vorgestellt. Es gab Gerüchte, dass ganz China Town mit unterirdischen Gängen miteinander verbunden sei. Auch wurde gemunkelt, dass hier jede Menge Menschen unterirdisch lebten, von deren Existenz das offizielle New York keine Ahnung hatte.

Der Raum, in den ich eintrat, war ebenfalls nur schwach beleuchtet. Dennoch sahen meine alten Augen, dass er völlig mit chinesischen Möbeln, Statuen und Teppichen überladen war. Ich konnte mich nicht entscheiden, ob mich der Keller eher an ein Museum oder ein chinesisches Altwarengeschäft erinnerte.

In einem mit glänzender Seide überzogenen Stuhl saß ein sehr alter Greis. Mit meinen 79 Jahren war ich zwar auch nicht mehr der Jüngste, aber er sah aus wie ein über Hundertjähriger. Mit seinem weißen Spitzbart, und den langen schütteren Haaren wirkte er auf mich wie ein Relikt aus einer längst vergangenen Epoche.

Seine grünen Augen musterten mich aufmerksam. Ich hatte das Gefühl, tausende Kilometer von New York City entfernt zu sein. Nach den Strapazen, die ich über mich ergehen lassen musste, bis ich durch China Town hierher gefunden hatte, war mir ganz sonderbar zumute.

Der chinesische Greis lächelte mir freundlich zu. Mit einer legeren Handbewegung gab er mir zu verstehen, dass ich mich in den gegenüber stehenden Stuhl setzen durfte. Noch nie zuvor hatte ich solche Hände gesehen. Sie waren dünn und knöchrig. Seine Finger sahen mit den übertrieben langen Nägeln beinahe so aus wie die Krallen der Drachen, die auf den Teppichen und Möbeln abgebildet waren.

„Was führt dich zu mir, Fremder?" fragte mich der uralte Chinese mit seiner seltsam monotonen Stimme. Ich wunderte mich über sein ausgezeichnetes und akzentfreies Englisch.

„Ich hab gehört, dass Sie der einzige Hellseher sind der wirklich was taugt", antwortete ich. Viel mehr wollte ich nicht von mir preisgeben. Bevor ich mich ihm anvertraute, wollte ich testen, ob er wirklich jene Fähigkeiten besaß, die mir weiterhelfen konnten. Scharlatane waren mit ihrem Latein schnell am Ende, wenn man ihnen keine Informationen gab. Beim Vorgespräch erahnten sie die Wünsche ihres Gegenübers und erzählten einem was man gerne hören wollte. Das war natürlich nur Humbug und nicht sehr hilfreich. Aber diesmal war alles anders.

Der alte Mann lächelte und bat mich, meine Hände in die seinen zu legen. Kaum hatte er mich berührt, spürte ich, wie eine ungeheure Energie von ihm ausging. Ich bekam eine Gänsehaut.

„Du bist auf der Suche nach der Wahrheit, aber leider willst du nicht wahrhaben, was du ohnehin schon weißt", sagte der alte Chinese nachdenklich.

„Wie soll ich das jetzt verstehen?" wollte ich wissen.

„Dir ist eine Erfahrung zuteil geworden, die nur sehr wenigen Menschen vergönnt ist", fuhr der Chinese fort. „Aber was hast du daraus gelernt? - Gar nichts!"

Noch war ich nicht sicher, ob ich nun endlich jemanden gefunden hatte, der wirklich übersinnliche Kräfte hatte oder, ob auch dieser alte Chinese nur ein Scharlatan war. Ich verstand sein allgemein gehaltenes Geschwafel nicht. Ich forderte ihn auf, mir etwas konkreter zu antworten.

Der alte Chinese ließ meine linke Hand los und betrachtete die Linien auf meiner rechten Hand etwas näher. Plötzlich ließ er mich abrupt los und sprach zu mir in einem sehr ernsten belehrendem Ton: „Es ist besser, du jetzt gehst. Ich will kein Geld von dir. Was du willst, ist nicht gut für dich. Ich kann und darf dir dabei nicht helfen."

Ich erschrak. Was konnte der alte Chinese nur gesehen haben? Auf keinen Fall wollte ich unwissend nach Hause gehen. Dieser Mann war bestimmt kein Betrüger. Sonst hätte er versucht, mir mit irgendeiner Geschichte das Geld aus der Tasche zu ziehen, überlegte ich.

„Vielleicht ist es aber auch nur ein Trick, um den Preis in die Höhe zu treiben", dachte ich und sagte ruhig und selbstbewusst: „Ich kann alles vertragen. Schonen sie mich nicht. Erzählen sie mir, was sie gesehen haben.

Wenn Sie kein Betrüger sind, dann beweisen Sie doch dass Sie etwas Konkretes über mich wissen."

„Du weißt ohnehin mehr, als dir guttut", blieb der Chinese stur. Doch dann ließ er sich dazu hinreisen und ergänzte: „Ihr Amerikaner denkt nur an Geld und Macht. Sogar den Namen eures Gottes habt ihr auf jeden einzelnen Dollarschein gedruckt. Du hast eine sehr alte Seele, die schon oft auf dieser Welt wandelte. Nun glaubst du etwas Besonders zu sein, weil du dich an dein Leben in Frankreich erinnerst."

Mir lief es kalt und heiß über den Rücken. Dieser Kerl wusste tatsächlich von meinem Leben als Jean Daudon. Endlich saß ich keinem Schwindler gegenüber. Ich musste alles wissen, was er gesehen hatte. Ich holte mehrmals tief Luft bevor ich wieder in der Lage war zu sprechen.

"Bitte schicken Sie mich nicht weg!" flehte ich. „Sie sind der einzige Mensch der mir helfen kann. Ich muss wissen, wer ich in meinem nächsten Leben sein werde. Meine Frau und meine Kinder sind tot. Ich habe niemanden, den ich meinen Besitz bis zu meiner Wiedergeburt anvertrauen kann. Wenn ich nicht weiß, wer ich im nächsten Leben sein werde, dann leide ich wieder an der Tatsache, dass alles was ich jetzt geschaffen habe, umsonst war. Ich will mein eigener Erbe sein."

„Du hast gar nichts begriffen", fuhr mich der Chinese harsch an. „Jeder Mensch soll in jedem seiner Leben Erfahrungen machen, die ihn weiterbringen. Du wurdest in Frankreich von deiner eigenen Familie verstoßen, hast aber bald darauf deine Frau in ihrem neuen Körper wiedergetroffen. Statt diesmal ein guter Ehemann zu sein, hast du deine Familie genauso vernachlässigt wie du es bisher in jedem deiner Leben getan hast."

„Und was hätte ich ihrer Meinung nach tun sollen?" fragte ich. Das ich gerade erfahren hatte, dass Angela die wiedergeborene Nicola war, drang während dieser Unterhaltung nicht wirklich zu mir durch.

„Du hättest das Schicksal dieses Lebens annehmen sollen. Fehler, die du als Franzose gemacht hast, musstest du nicht als Amerikaner wiederholen. Die Verbesserung deines Karmas ist alles, worauf es ankommt. Welcher Religion, ein Mensch huldigt, ist nicht so wichtig. Es kommt nur darauf an, dass du den Sinn deiner vielen Leben verstehst. Jeder Mensch soll seine Erfahrungen machen und seine Bestimmung erfüllen. Solange du das nicht anerkennst, wirst du nie aus der Wiedergeburtsspirale ausbrechen können und eine höhere Ebene erreichen."

„Blödsinn!" rief ich. „Warum soll ich mir dieses esoterische Geschwätz anhören? Sie wissen alles über meine Vergangenheit. Verraten Sie mir wer ich in Zukunft sein werde und ich gebe ihnen eine Million Dollar."

„Von jemanden wie dir nehme ich kein Geld, weil es nicht von Herzen kommt", sagte der Chinese. „Glaube mir! Es ist besser wenn du wie die meisten Menschen in deinem nächsten Leben alles vergessen hast, was du als Jean Daudon oder als Bill Toscanny erlebt hast. Dein Wissen schadet dir nur und bringt dich vom rechten Weg ab."

Ich war sprachlos. Nach all den Scharlatanen die mich nur ausnehmen wollten, gab es endlich einmal einen Hellseher, der seinen Job wirklich beherrschte. Doch gerade dieser wollte weder mein Geld haben noch mir dabei helfen, es ins nächste Leben zu retten. Außerdem hatte er gerade ein neues Problem angedeutet.

„Soll das heißen, dass ich diese Gabe der Erinnerung an mein Vorleben wieder verlieren werde?" war die einzige Frage die mich nach seinem Vortrag interessierte.

„Dein Wissen über ein gelebtes Leben ist keine Gabe", verbesserte mich der Chinese. Du gehörst zu den wenigen Menschen, die zufällig zweimal hintereinander im Jahr des Drachen geboren sind. Aus diesem Grund kann dein Gehirn mehr Parallel-Informationen aus diesem einen Vorleben abrufen als gewöhnliche Menschen. Doch nur alle 12 Jahre gibt es ein Jahr des Drachen. Das letzte war 1940 das nächste kommt 1952. Wenn du in einem anderen Jahr auf die Welt kommst, dann ist alles, was du über dein jetziges und dein vergangenes Leben weißt, für immer und ewig gelöscht. Und das ist gut so!"

„Soll das heißen, dass ich schon vor meinem Leben als Jean Daudon auf der Welt war und nur nichts davon weiß?" fragte ich wissbegierig.

„Jeder Mensch war schon unzählige Male auf dieser Welt, und zwar als Pflanze, Tier oder Mensch. Mit einer Reinkarnationshypnose kann man solche früheren Leben wieder hervorholen. Doch das ist für viele Menschen gefährlich. Sei froh, dass du nicht alles weißt was du vor deinem Leben in Frankreich erlebt hast und versuche erst gar nicht deine aktuellen Erinnerungen in dein nächstes Leben zu retten."

Die Vorstellung, dass ich schon zur Zeit der Dinosaurier gelebt hatte, als es noch gar keine Menschen gab, faszinierte mich. Doch bei allem Interesse an unzählige Vorleben als Jäger und Sammler, Grieche, Römer und so weiter, ließ ich mich nicht von meiner Hauptfrage ablenken. Was erwarte mich in der Zukunft und wie konnte ich mein Vermögen retten?

„Dein Gedächtnis und dein Vermögen sind für dich verloren, sobald du deinen Körper verlassen hast", wiederholte der alte Chinese. "Tu Gutes mit deinem vielen Geld und verbessere dein Karma, das wird dir im nächsten Leben von Nutzen sein."

„Aber ich sehe keinen Sinn darin, immer wieder zu sterben, neu geboren zu werden und von vorne anzufangen", erwiderte ich. „Ich gebe ihnen die Chance Ihr Karma zu verbessern. Machen Sie mich glücklich und verraten Sie mir doch endlich wie ich mich selbst beerben kann."

„Mit dieser Einstellung wirst du nie auf einen grünen Zweig kommen", meinte der Chinese. „Kein Mensch entkommt seinem Schicksal. Denk doch logisch nach. Warum glaubst du wohl, sind deine Frau und deine Kinder aus deinem Leben verschwunden, nachdem du diese Idee mit dem Testament hattest?"

„Aber das ist doch ein ausgemachter Unfug", rief ich entsetzt aus. „Sie wollen mir doch nicht die Schuld am Tod meiner Angehörigen geben. Ich akzeptiere keinen Gott, der mich wie ein Diktator einschränkt und behindert. Wo bleibt da der freie Wille des Menschen?"

„Aber du bist doch frei in deinen Entscheidungen", widersprach der Chinese. "Du kannst in unzähligen Leben machen was immer du willst. Du kannst Jude, Christ, Moslem, Hindu oder Buddhist sein und du kannst dich entscheiden an gar nichts zu glauben. Du bist immer frei und du trägst auch jedes Mal die Konsequenzen für deine Taten. Egal wie oft du etwas falsch machst, du hast im nächsten Leben die Möglichkeit das Richtige zu tun."

Der Chinese unterbrach kurz seine Erklärung und goss sich etwas grünen Tee aus einer blau-weiß gemusterten Kanne in eine kleine Schale. Er bot auch mir eine Tasse an. Ich lehnte dankend ab. Er trank bedächtig und machte einen letzten Versuch mich zu überzeugen.

„Stell dir das Paradies wie ein perfekt gelebtes Leben vor und akzeptiere, dass du zur Zeit eine Art Fegefeuer erduldest das du selbst entfacht hast. Ein Mensch, der mit sich und seiner Umgebung im Reinen ist, erlebt schon das Paradies auf Erden egal ob er arm oder reich an Gütern ist. Du mein lieber Freund bist ein sehr armer Mensch."

Spätestens nach dieser Aussage nahm ich den alten Chinesen nicht mehr ernst. Zu seiner Esoterik mischte er nun noch einige religiöse Komponenten. Ich glaubte, dass er in der Lage war meine Zukunft zu sehen, aber jetzt hatte er offensichtlich irgendwelche Drogen in seinem Tee konsumiert und redete nur noch wirres Zeug.

„Ich war arm, aber jetzt bin ich einer der reichsten Männer dieses Landes und dass habe ich mir selbst zu verdanken", rief ich verärgert aus und ergänzte: „Alles, was ich will, ist eine tolle Zeit in meinem nächsten Leben. Aber dafür brauche ich mein Vermögen. Wollen sie mir nun helfen oder können Sie es vielleicht gar nicht?"

Mit traurigen Augen sah mich der alte Chinese an. Er ließ sich nicht von mir provozieren. Er wollte mir helfen und aus seiner Sicht tat er das auch.

„Ich kann dir nichts über deine Zukunft erzählen", sagte er sanft. „Dein nächstes Leben hängt davon ab, was du bisher gemacht hast und noch vorhast in Zukunft zu tun. Jeder Mensch, also auch du, macht jede Erfahrung so oft es nötig ist. Du warst schon oft arm und oft reich. Du hast nicht nur beim Bau der Pyramiden und der Chinesischen Mauer abwechselnd als Sklave und auch als Sklaventreiber mitgewirkt. Du warst immer wieder ein guter und dann wieder ein böser Mensch. Jedes dieser Leben hat dein nächstes Leben beeinflusst. Höre auf dein Herz und versuche nicht mit deinem Verstand das Schicksal herauszufordern."

Dieses Gespräch führte zu nichts. Was ich zu erfahren gehofft hatte, erzählte mir dieser sture Mann nicht. Dennoch hatte er mir ohne zu wollen eine interessante Information gegeben. Ich wollte schon gehen, da rief er mich noch einmal zurück.

„Vor einem wollte ich dich noch warnen", sagte der alte Chinese mit einem sehr ernsten Blick der stechend durch mich hindurch ging. „Die Lebenslinie deiner rechten Hand hat am Ende eine Gabelung mit einem kürzeren und einem etwas längeren Ausläufer. Du kannst in diesem Leben über 90 Jahre alt werden. Deine Gedanken verraten mir, dass du dich selbst töten willst nur um 1952 im Jahr des Drachen wieder auf die Welt zu kommen."

Jetzt war mir der alte Chinese endgültig nicht mehr geheuer. Tatsächlich hatte ich sofort daran gedacht, meinem Schicksal etwas nachzuhelfen, als ich erfuhr, dass ich im Jahr des Drachen auf die Welt kommen musste, um wieder alles über mein jetziges Leben zu wissen. Ich fühlte mich ertappt.

„Ich rate dir es nicht zu tun", beschwor mich der Chinese. „Selbstmord bringt alles aus dem Gleichgewicht. Niemand kann dich daran hindern, aber du bist derjenige, der zur falschen Zeit am verkehrten Ort wiedergeboren wird. Du hast ja keine Ahnung was…"

„Ich habe ja noch Zeit, um mich zu entscheiden", unterbrach ich seinen Wortschwall und verließ eilig das unterirdische Gewölbe.

Inzwischen war es draußen dunkel geworden. Die chinesischen Laternen und die Beleuchtung der Geschäfte ließ diese Gegend New Yorks in der Nacht noch exotischer aussehen. Ganz wohl war mir nicht nach dem abgebrochenen Gespräch. Ich stoppt ein Taxi, und fuhr in mein Appartement in der Park Avenue.

Ich wollte einfach nur weg. Weg von diesen esoterischen Gedanken, weg von diesem alten Chinesen und seiner andersartigen China Town, weg von den Zweifeln die er in mir wachgerufen hatte. Ich war völlig verwirrt. Glaubten Chinesen überhaupt an Gott oder nur an Buddha? Gab es in der chinesischen Religion überhaupt ein Paradies und eine Hölle? Egal. Nicht mein Problem!

Als ich wieder zu Hause war versuchte ich alle beunruhigenden Gedanken zu verdrängen und die Welt nüchtern zu betrachten. Ich überlegte fieberhaft, wie ich meine Ziele erreichen konnte. Was der Chinese mir geraten hatte war keine Option.

Meine Erkenntnis aus dem Gespräch war folgende: Ich durfte nicht vor dem Jahre 1951 aus dem Leben scheiden und musste höllisch aufpassen nicht das Opfer eines Unfalls, einer tödlichen Krankheit oder einer Gewalttat zu werden. Bis Mitte des Jahres 1951 musste ich gesund leben, danach war Selbstmord unumgänglich, wenn ich 1952 im Jahr des Drachen wiedergeboren werden wollte.

Als ich im Winter 1948 meinen 80-igsten Geburtstag feierte, musste ich noch etwa 2 Jahre und ein paar Monate warten, bis ich endlich sterben konnte. Glücklicherweise war mein körperlicher Zustand noch recht gut. Immerhin hatte mir der Chinese prophezeit, dass ich noch mehr als 10 Jahre Lebenserwartung hatte. Diese letzten Jahre meines Lebens als Bill Toscanny waren eine ungewöhnliche Mischung aus endloser Langeweile und der Angst es nicht zu schaffen, was mich wiederum stresste.

Alleine und verlassen feierte ich diesen 80-igsten Geburtstag. Mein Personal hatte ich auf ein Minimum reduziert. Ich fuhr auch kaum noch nach Manhattan. Mein Leben bestand nur noch darin, aufzupassen, dass mir nichts passieren konnte. Ich vertrieb mir meine Zeit auf meinem Anwesen in den Hamptons und zählte die Tage, die ich noch durchhalten musste bis es endlich soweit war.

Im Radio spielte man gerade Musik von Glenn Miller, die ich sehr genoss. Sein tragischer Flugzeugabsturz Anfang der 40iger Jahre war mir ziemlich nahe gegangen. Wenn dieser Künstler allerdings auch wiedergeboren worden war, dann erlernte er wahrscheinlich zu dieser Zeit schon wieder das musizieren. Vielleicht erfreute er mich in meinem nächsten Leben wieder mit neuer, guter Musik.

Ich ertappte mich in jenen Tagen immer häufiger dabei, dass ich mir bei lebenden Menschen überlegte, wer sie wohl ihn ihrem früheren Leben gewesen waren. Bei Verstorbenen dachte ich oft daran, dass sie jetzt irgendwo unerkannt ihr Leben fristeten und keine Ahnung von ihrem Vorleben hatten. Keiner von ihnen konnte einen Vorteil aus dieser Situation ziehen. Die viele Zeit, die ich zum Nachdenken hatte, nützte ich um zu überlegen, wie ich diesem sinnlosen Schicksal entrinnen konnte.

Eines Tages hatte ich die rettende Idee zur Sicherung meiner Vermögensansprüche im nächsten Leben. Ich war immer auf meine Familie konzentriert gewesen. Dabei war die Antwort so logisch, dass ich mich wunderte, nicht schon viel früher darauf gekommen zu sein.

Alles, was ich brauchte, um meinen Besitz in mein nächstes Leben zu retten, war ein Vertrag mit einer vertrauenswürdigen Notariatskanzlei. Diese sollte mein Eigentum in eine Stiftung umwandeln. Der einzige Zweck dieser Stiftung bestand darin auf den Stiftungsgründer, also mich, in der Zukunft zu warten.

Ich verbrachte viele Wochen damit, um einen Vertrag aufzusetzen, der hieb-, und stichfest war. Die besten und erfahrensten Anwälte der Stadt halfen mir dabei. Wobei mir niemand helfen konnte, war die Wahl des richtigen Notars, dem ich über lange Zeit vertrauen musste.

Der Vertrag sah ein großzügiges Gehalt für den Notar vor, der sich bereit erklärte, meinen Besitz so lange zu verwalten, bis ich, in welcher Form auch immer, an ihn herantrat und mich als wiedergeborener Bill Toscanny zu erkennen gab.

Diskretion war in dieser Angelegenheit besonders wichtig. Wenn zu viele Menschen davon gewusst hätten, dann wäre der Notar in den kommenden Jahren wahrscheinlich täglich von Betrügern belagert worden. Um auf Nummer sicher zu gehen wollte ich dem Vertrag noch eine Urkunde beilegen, auf der einige meiner persönlichen Erinnerungen standen. Wer auch immer in ferner Zukunft sich für mich ausgab, der musste beweisen, dass er die Informationen auf der Urkunde kannte. Auf diese Weise wollte ich verhindern, dass jeder X-beliebige daherkommen konnte, um meinen Besitz in Empfang zu nehmen.

Ich überlegte sehr lange, welche Erinnerungen ich niederschreiben sollte. Sie durften auf keinen Fall so einfach gestrickt sein, dass jemand anderer sie erraten konnte, aber auch nicht zu schwierig. Immerhin musste ich mich ja selbst mit Sicherheit wieder daran erinnern können.

Das Problem löste ich, indem ich eine kurze Begebenheit meines Lebens niederschrieb, die kein Mensch erahnen oder erraten konnte. Ich hingegen war sicher, dass mir diese Episode garantiert wieder einfallen würde, weil sie wichtige Komponenten meines Lebens vereinte.

Es ging um den Streit, den ich mit Angela vor vielen Jahren wegen Henrys Namen geführt hatte. Sie wollte, dass Henry nach ihrem Vater benannt werden sollte. Immerhin hatte unser erstgeborener Sohn Bill schon meinen Namen erhalten. Da ich aber in meinem Vorleben Jean Daudon hieß, wollte ich meinem zweiten Sohn den Namen Jean geben. Ich argumentierte, dass eine Tochter auf jeden Fall Angelas Namen bekommen hätte. Das ließ sie aber nicht gelten.

Schließlich fanden wir einen ungewöhnlichen Kompromiss. Ich schrieb beide Namen separat auf je ein kleines Stück Papier und zerknüllte diese zu zwei Kugeln. Ich mischte diese hinter meinem Rücken. Meine Frau hatte nun die Aufgabe einen der beiden Namen zu wählen. Wir einigten uns, dass es nur einen Versuch geben durfte. Ich hielt ihr meine geschlossenen Hände mit den Papierkugeln entgegen. Sie tippte auf die rechte Hand, und erwischte den Zettel mit dem Namen ihres Vaters. Nicht einmal mein Sohn Henry hat jemals erfahren, wie er zu seinem Namen gekommen war.

Der Notar musste jener Person die sich für mich ausgab, folgende Frage stellen: „Warum hieß Ihr erster Sohn Bill und ihr zweiter Sohn Henry?" Jeder Unwissende wäre in die Falle getappt. Ein Betrüger hätte herausfinden können, dass es sich um meinen Namen und den von Angelas Vater handelte, aber die Geschichte, die dahinterstand, wussten nur ich und meine verstorbene Angela.

Nachdem der Vertrag und die Urkunde endlich fertig waren, sollte es noch lange dauern, bis ich mich für eine Notariatskanzlei entschieden hatte. Die Zeit drängte. In den mir noch verbleibenden Monaten führte ich unzählige Telefonate und besuchte einen Notar nach dem anderen.

Ich wurde immer verschrobener und nahm kaum noch Notiz vom Weltgeschehen. Dabei sollten gerade die Ereignisse zu dieser Zeit in meinem kommenden Leben eine größere Rolle spielen als ich ahnte.

Gegen Ende des Jahres 1949 hatte auch die UdSSR ihre eigene Atombombe. Um dem entgegenzuwirken, baute man bei uns schon an der Wasserstoffbombe. Die Rüstungsspirale begann sich zu drehen und der "Kalte Krieg" erreichte seinen ersten Höhepunkt. Die Welt wurde in den freien Westen und den sozialistisch, diktatorischen Ostblock geteilt. Der Eiserne Vorhang verlief mitten durch Europa. Der Kriegsverlierer Deutschland wurde für die nächsten 40 Jahre in zwei Staaten zerrissen. Die BRD und Westberlin kamen unter amerikanische, die DDR unter russische Kontrolle.

In der freien Welt stieg die Panik vor dem real existierenden Sozialismus, der sich immer weiter ausbreitete. In Amerika hatten Kommunisten und Sozialisten unter ähnlichen Folgen zu leiden, wie freiheitsliebende und religiöse Menschen in der Sowjetunion und ihren Satellitenstaaten. Ab 1950 kam die Mc Carthy Ära so richtig in Gang und dauerte noch bis einige Jahre nach meinem Tod an.

Erst im März 1951 hatte ich mich spät aber doch für einen Notar entschieden. Er hieß Larry Webster und hatte mein Vertrauen schon bei unserem ersten Kontakt gewonnen. Im Gegensatz zu vielen anderen Notaren nahm er mein Anliegen von Anfang an ernst. Außerdem machte er einen soliden, ehrlichen Eindruck. Ich bin mir auch heute noch sicher, dass er sich niemals an meinem Erbe vergriffen hätte.

Ich kann mich an unsere erste Begegnung noch so gut erinnern, als hätte sie erst gestern stattgefunden. Larry Webster wohnte in einem kleinen, aber feinen Haus auf Long Island. Mein Chauffeur fand es nicht gleich auf Anhieb. In dieser Gegend sah einfach alles so ähnlich aus, dass man sich leicht verfahren konnte.

Wir verspäteten uns um einige Minuten. Als wir das Haus endlich fanden, stand Larry Webster schon am Gartenzaun und winkte uns zu. Er muss damals so um die 40 gewesen sein. Für sein Alter wirkte Larry Webster aber noch sehr jugendlich. Die notwendigen 20 bis 30 Jahre Lebenserwartung schienen kein Problem zu sein. Ihm hätte ich sogar weitere 40 gesunde Jahre zugetraut.

Nach einer freundlichen Begrüßung gingen wir ins Haus. Larry wollte sich mit mir eigentlich in den Garten setzen, um die ersten warmen Sonnenstrahlen des Jahres zu genießen. Ich hielt mich aber seit einiger Zeit lieber in geschlossenen Räumen auf. Je näher der Termin rückte, an dem ich sterben musste, damit ich im Jahr des Drachen auf die Welt kommen konnte, desto mehr fürchtete ich um meine Gesundheit. Wenn ich einen Schlaganfall mit Lähmung bekam, oder gar in einen Komazustand fiel, dann hatte ich keine Gelegenheit, mich selbst rechtzeitig zu töten. Jetzt hatte ich schon zu viel auf mich genommen, um mir mit einem unnötigen Risiko alles zu verscherzen. Auch eine kurze, starke Grippe, die mich ein paar Wochen oder Tage zu früh dahinraffte, konnte noch alle meine Pläne vereiteln.

In Larry Websters Büro erklärte ich ihm nochmals, wie ich mir den Vertrag, seine Bezahlung und meine Rückkehr vorstellte. Als Zeuge stand ihm der blutjunge Anwalt Mister Hugles zur Seite. Die versiegelte Urkunde mit der Frage nach dem Namen meiner beiden Söhne sollten die beiden aber nur im Falle meiner Rückkehr öffnen.

Hugles war gerade erst mit seinem Studium der Rechtswissenschaften fertiggeworden. Nun absolvierte er seine ersten Berufserfahrungen in der Kanzlei von Larry Webster. Die beiden schienen sich gut zu verstehen.

In kaum zwei Stunden hatten wir alle Formalitäten unter Dach und Fach gebracht. Wir waren uns einig. Larry Webster hatte nach meinem Tod, solange die Aufsicht über mein Imperium, bis ich wiederkam und es beanspruchte. Ich hatte dann nichts anderes zu tun, als die Frage aus der Urkunde zu beantworten mit der er mich testen musste. Die Geschichte, wie Henry zu seinem Namen gekommen war, würde ich bestimmt nicht vergessen. Meiner Meinung zufolge, hatte ich auf diese Weise meine Rückkehr optimal vorbereitet.

Wir unterschrieben gegenseitig den Vertrag und begossen unser Geschäft mit französischem Champagner den ich mitgebracht hatte. Damit mich Larry Webster nicht hintergehen konnte, erzählte ich ihm nichts von dem Testament, das ich 1913 geschrieben hatte. Das blieb in meiner verschließbaren Schreibtischschublade verborgen. Obwohl ich ihm vertraute, war dieses Schriftstück doch eine weitere Absicherung für mich. An das etwas ältere Testament von 1906, dass ich im Keller versteckt hatte, dachte ich damals gar nicht mehr.

Nachdem wir unsere Gläser gelehrt hatten wollte ich mich verabschieden. Da stürmte der Nachbarsjunge völlig außer sich ins Zimmer.

„Mister Webster", rief er aufgeregt. „Etwas Furchtbares ist geschehen. Ihr Sohn Jeff hatte gerade einen Unfall. Bitte kommen Sie schnell!"

„Oh mein Gott!" erschrak Larry Webster. Besorgt lief er dem Jungen hinterher. Anwaltsaspirant Hugles und ich folgten ihm neugierig. Als wir uns der Küche näherten hörten wir schon das herzzerreißende Schreien eines kleinen Knaben. Als wir näher kamen, sahen wir, was passiert war.

„Oh, Jeff, mein kleiner Liebling. Hast du große Schmerzen?" rief Larry. Sein Sohn hatte sich mit dem Nachbarsjungen unbeaufsichtigt in der Küche herumgetrieben. Die Köchin hatte ihren Arbeitsplatz nur kurz verlassen und schon war das Unglück passiert.

Der kleine Jeff zog neugierig einen Topf von der Herdplatte. Doch dieser war mit heißem Wasser gefüllt und rutschte ihm aus der Hand. Der heiße Inhalt übergoss seinen Arm. Der kleine Jeff brüllte vor Schmerzen. Dabei hatte er noch unglaubliches Glück gehabt. Bis auf einige Brandblasen und Verbrennungen am Unterarm war alles noch heil. Es hätte den kleinen Jungen auch im Gesicht oder am ganzen Körper treffen können.

Jetzt erst kam die Köchin zurück und erschrak, als sie sah was geschehen war. Ein weiterer Hausangestellter, der schon vor uns in der Küche eingetroffen war, organisierte in der Zwischenzeit einen Arzt. Larry Webster drückte seinen kleinen Sohn fest an sich, um ihn zu beruhigen. Erst jetzt erfuhr er, dass sein Jeff es diesem Hausangestellten zu verdanken hatte, dass ihm nicht mehr passiert war. Dieser hatte Jeff noch von Weiten zugerufen, er solle den Topf loslassen. Jeff folgte nicht. Der Hausangestellte stürzte geistesgegenwärtig auf den Jungen zu und riss ihn weg. Damit konnte er zwar nicht alles, aber immerhin doch das Schlimmste verhindern.

Jeff war Larry Websters einziger Sohn. Larrys Frau starb kurz nach Jeffs Geburt im Krankenhaus. Larry trauerte sehr um sie und heiratete nicht mehr. Somit war Jeff zum neuen Lebensinhalt für Larry Webster geworden. Er verwöhnte seinen Sohn und las ihm jeden Wunsch von den Augen ab.

„Wenn unser alter Majordomus in Pension geht, dann werde ich an sie denken", sagte Larry zu dem jungen Burschen, dem er zu verdanken hatte, dass Jeffs Unfall noch relativ glimpflich verlaufen war.

Jeffs Unterarm war knallrot und wies Verbrennungen zweiten bis dritten Grades auf. Eine Brandnarbe würde nach diesem Unfall zweifellos bleiben. Damals hatte ich mit diesem kleinen Wurm noch Mitleid. Aus heutiger Sicht hätte ich ihm noch Schlimmeres vergönnt.

Großzügig bot ich Larry Webster an, seinen Sohn ins Krankenhaus zu fahren. Larry konnte nach dieser Aufregung kein Auto lenken. Mein Chauffeur war eindeutig die bessere Wahl. Wir brachten die beiden also in eine nahegelegene Notaufnahme und verabschiedeten uns.

Nun hatte ich alles erledigt. Der Vertrag mit Larry Webster war abgeschlossen. Meine persönlichen Angelegenheiten hatte ich längst geregelt. Blieb noch eine unangenehme Aufgabe: Ein perfekter Selbstmord, der mir eine Wiedergeburt im Jahr des Drachen garantieren sollte. Aber das war leichter geplant als getan.

In meinem Leben als Jean Daudon hatte ich noch ängstlich gegen meinen Tod angekämpft. Ich glaubte nicht an ein Weiterleben nach dem Tod und fürchtete mich vor dem Sterben. Nun wusste ich, dass es ein "Danach" gab. Trotzdem war mir nicht wohl bei dem Gedanken, mich selbst zu töten. Dass alle mir bekannten Religionen gegen Selbstmord waren, störte mich nicht im Geringsten. Der Schmerz, den ich mir selbst zufügen musste, machte mir

127

Angst. Ich überlegte jeden Tag stundenlang, wie ich es wohl anstellen konnte, ohne besonders darunter leiden zu müssen.

Auf jeden Fall sollte es schnell gehen. Ein Selbstmord, bei dem man einige Zeit Höllenqualen erdulden musste, war nicht mein Fall. Aufhängen, Pulsadern öffnen, oder eine Selbstverbrennung schieden aus. Diese Todesarten schienen mir zu riskant, zu schmerzhalft und zu langsam. Mit Schlaftabletten oder der Einnahme von diversen Giften hatte ich ebenfalls nichts im Sinn. Menschen, die sich auf diese Weise töten wollten, wurden immer wieder gerettet oder starben unwürdig.

Erschießen oder Erstechen kam erst recht nicht in Frage. Wenn ich nicht gleich richtig traf, dann konnte das böse enden. Einen Herzstich oder Kopfschuss konnte man überleben, und es drohten nicht nur Schmerzen sondern auch das Risiko einer Lähmung, was einen zweiten Versuch zunichte gemacht hätte.

Auch der Sprung vor eine U-Bahn oder einen Bus konnte schwer ins Auge gehen. Einige Selbstmörder landeten nach solchen Aktionen, lebend, aber ohne Beine im Rollstuhl. Ein selbst provozierter Autounfall garantierte auch keine 100%ige Erfolgsaussicht.

Ein Sprung von der Brooklyn Bridge war ebenfalls nicht die Lösung. Wenn mich der Aufprall aufs Wasser nicht tötete, dann musste ich kläglich ertrinken, oder noch schlimmer: Ein Philanthrop konnte mich aus den Fluten retten.

Ich spielte also jede mir bekannte Todesart mehrmals durch und verwarf sie auch wieder.

Nach reiflicher Überlegung gab es für mich nur eine Möglichkeit. Ich musste mich von einem der vielen hohen Gebäude New Yorks stürzen. Ich litt zwar unter Höhenangst, aber wenn ich ohnehin sterben wollte, dann konnte ich diese Angst überwinden. In meiner Vorstellung war das ganz einfach. Ein unumkehrbarer Sprung. Ein kurzer Flug nach unten. Dann ein Aufprall der mich in Sekundenbruchteilen vom Diesseits ins Jenseits befördern würde. Also ein schmerzfreier, schneller Tod ohne das Risiko als Krüppel zu überleben.

Am 9. Mai 1951 war es dann soweit. Ich hatte mir schon ein paar Tage zuvor ein geeignetes Gebäude ausgesucht. An diesem Tag wollte ich nicht mehr kneifen. In den Tagen davor war ich schon mehrmals dort gewesen. Mehrmals habe ich mein Vorhaben auf den nächsten Tag verschoben, mir ein Taxi genommen und bin nach Hause gefahren.

Ich sah mich noch ein letztes Mal in meinem Appartement in der Park Avenue um. Von meinem Haus in den Hamptons hatte ich mich schon viel früher verabschiedet. Alles was mir wichtig war, ließ ich schon vor Wochen dorthin bringen. Das Appartement in der Park Avenue sollte nach meinem Tod verkauft werden. Dort befanden sich keine persönlichen Dinge mehr. Ich kam also nicht in Versuchung, mir noch einmal alte Fotografien von Angela und den Kindern anzusehen. Nichts hielt mich mehr in diesem Appartement und in meinem alten Leben. So fiel mir der Abschied leichter.

Mein Personal hatte ich schon seit Wochen aus dem Appartement abgezogen. Larry Webster sollte nach meinem Tod entscheiden, wen von ihnen er brauchte und wer entlassen werden musste. Mich interessierte das alles nicht mehr. Ich rief mir ein Taxi. Das brachte mich zu dem Wolkenkratzer, den ich schon seit Tagen immer wieder aufgesucht hatte.

Mit dem Lift fuhr ich in den 80-igsten Stock. Ich kannte mich mittlerweile gut aus. Um diese Tageszeit war keine Störung zu erwarten. Entschlossen betrat ich das Dach des Gebäudes. Dort wehte ein scharfer Wind. Der Himmel war tiefblau und wolkenfrei.

Etwas flau war mir schon in der Magengegend. Ein Blick auf die Straße, und ich wäre am liebsten gleich wieder umgekehrt. Aber ich blieb standhaft. Einmal musste ich es ohnehin wagen. Wenn ich mich zu lange auf dem Dach aufhielt, dann bestand das Risiko, dass mir jemand in die Quere kam.

Die Autos und die Leute auf der Straße unter mir, wirkten auf mich wie kleine Ameisen. Ich trat bis an den Rand des Daches vor. Tausende Gedanken marterten mein Gehirn. Immer wieder setzte ich zum Sprung an. Aber jedes Mal konnte ich mich im entscheidenden Moment dann doch nicht dazu überwinden. Ich hatte mir das alles viel leichter vorgestellt.

Um die Sache endlich zu beenden, ging ich einige Schritte zurück. Ich schloss die Augen und begann, auf den Abgrund loszugehen. Die Augen wollte ich erst wieder öffnen, nachdem ich ins Leere getreten war. Jeder Schritt wurde für mich auf diese Weise spannender. Jedes Auftreten konnte das letzte sein. Langsam bewegte ich mich auf den Abgrund zu.

Wie erwartet setzte ich meinen Fuß plötzlich ins Nichts und stürzte ins Bodenlose. Natürlich öffnete ich sofort die Augen. Ich fühlte, wie mein Fall von Sekunde zu Sekunde schneller wurde. Der Luftwiderstand war so stark, dass ich meine Augen nur einen leichten Spalt geöffnet halten konnte. Doch was ich sah, war beeindruckend. Mit rasender Geschwindigkeit kam die Straße immer näher auf mich zu. Wäre da nicht etwas Angst über den Aufprall gewesen, dann hätte ich diesen Flug sicher genossen. Kreischende Menschen die erschrocken von der Straße rannten, nahm ich nicht mehr wahr.

Schneller, als ich erwartet hatte, schlug ich auf dem Bürgersteig auf. Ich war sofort tot. Alles hatte sich in wenigen Sekunden abgespielt. Ich berührte kaum den Boden und schon trat mein Geist aus meinem Körper heraus. Ich hatte nicht einen Moment lang den befürchteten Todesschmerz empfunden.

Aus einiger Entfernung konnte ich jetzt sehen, wie einige entsetzte Menschen meine zerschmetterte Leiche betrachteten. Ich wollte mich noch etwas umsehen, aber dazu hatte ich keine Gelegenheit mehr.

Wesentlich rascher als bei meinem ersten Tod löste sich alles rund um mich herum auf. Das beunruhigte mich vorerst noch nicht. Ich erwartete, die Wärme, das Licht und den Zeitrafferfilm, der mir nochmal mein ganzes Leben vor Augen führen sollte. Doch dazu kam es nicht. Diesmal war alles ganz anders.

Es begann mit einer nie gekannten Übelkeit die in mir aufstieg. Gleichzeitig wurde es stockfinster und eiskalt. Ich konnte mein vergangenes Leben diesmal nicht sehen, aber dafür spürte ich all das Leid, dass ich in beiden vergangenen Leben schon erduldet hatte, wieder und immer wieder. Mein ganzes "Ich" fühlte sich an, wie eine einzige, große, klaffende Wunde. Am liebsten hätte ich geschrien. Aber das war nicht möglich. Ich konnte mich weder bewegen, noch brachte ich einen einzigen Ton hervor. Noch nie dagewesene Verzweiflung erfasste mich. Rund um mich war nur noch Finsternis, Schmerz und lähmende Angst.

Top Story

„Neiiiiin, oh Neiiiiiiiiiin", schrie ich wie von Sinnen. Ich rang nach Luft. Zwei kräftige Hände schüttelten mich wach. Instinktiv versuchte ich um mich zu schlagen.

„Peter, so wach doch auf!" rief mir eine vertraut klingende Stimme zu. Ich beruhigte mich, öffnete die Augen und atmete schwer.

Vor mir stand Dr. Hugles. Er hatte sich schon frischgemacht und seinen Anzug angezogen. Das Gefühl von Kälte, Schmerz und Übelkeit ließ nach. Kalter Schweiß drang aus allen meinen Poren.

„Ich habe wieder von meinem Selbstmord geträumt", versuchte ich mein Benehmen zu rechtfertigen

„Ist schon OK", sagte Dr. Hugles verständnisvoll. Er kannte das inzwischen schon. Es verging kaum eine Woche, in der ich nicht von Alpträumen über meinen Selbstmord geplagt wurde. Dieses ohnmächtige Gefühl der Hilflosigkeit und Schmerzen war die erste Erinnerung die ich an mein Leben als Bill Toscanny hatte.

„Wie spät ist es?" fragte ich erschöpft und richtete mich langsam auf. Ich wischte mir den Schweiß von der Stirn.

„Du hast noch genug Zeit, um dich frisch zu machen und zu Frühstücken", sagte Dr. Hugles. „Heute ist wahrscheinlich der wichtigste Tag deines Lebens. Wenn unser Richter der Hausdurchsuchung zustimmt und wir das Beweisstück im Keller deines ehemaligen Hauses finden, dann wird Jeff Webster den Prozess verlieren und die öffentliche Meinung wird sich um 180 Grad zu deinen Gunsten drehen."

„Ach ja, das Testament von 1906", gähnte ich. Wenn Dr. Hugles mich nicht daran erinnert hätte, dann wäre es schon wieder aus meinem Gedächtnis gestrichen gewesen. Obwohl ich ständig mit Erlebnissen aus meinem Vorleben konfrontiert wurde, konnte ich oft nichts Wichtiges bei mir behalten. Die dritte Geburt im Jahr des Drachen hatte meine Fähigkeit, mich an meine Vorleben zu erinnern, verstärkt. Dafür ließ mein Gedächtnis im momentanen Leben fallweise erschreckend nach.

Ich ging ins Bad, um zu duschen. Das eiskalte Wasser tat gut. In den Sommermonaten wäre ich am liebsten ständig unter der Dusche gestanden. Die Hitze war zeitweise unerträglich. Im Gericht gab es wenigstens eine Klimaanlage.

Nach dem Bad fühlte ich mich wie neugeboren und das im wahrsten Sinne des Wortes. Mein Körper war fit wie schon lange nicht mehr. Vielleicht hatte meine gute Laune aber auch damit zu tun, dass wir nun mit einer gehörigen Portion Optimismus in die Verhandlung gehen konnten.

Mit frisch gebügelten Sachen betrat ich das Speisezimmer. Dr. Hugles saß schon gut gelaunt beim Frühstück. Es roch nach Kaffee und frischen Brötchen. Obwohl ich mir aus diesem Getränk nicht viel machte, liebte ich das Aroma, das ein Kaffee am Morgen verbreiten konnte.

Ich setzte mich an den Tisch und machte mir ein Erdnussbutter-Sandwich. Dazu trank ich ein Glas frisch gepressten Orangensaft. Als ich damit fertig war, gab mir Dr. Hugles die Morgenzeitung.

"Heute Entscheidung im Becker-Prozess", lautete die Schlagzeile. Den Artikel wollte ich später im Auto lesen. Bisher war tendenziell meist negativ über mich berichtet worden. Doch die Bombe, die wir heute platzen lassen wollten, sollte alles ändern.

„Sicher erreiche ich noch heute einen Hausdurchsuchungsbeschluss", schmunzelte Dr. Hugles zuversichtlich. Er klopfte mir ein paarmal seitlich auf die Schulter und lächelte mich an.

„Wichtig ist, dass wir zu dem Testament kommen, bevor dieser Jeff Webster es verschwinden lassen kann", sagte ich. "Immerhin hat er das auch mit den anderen Beweisstücken gemacht, ohne mit der Wimper zu zucken."

„Wenn der Richter eine Hausdurchsuchung ablehnt, dann werden die Medien auf deiner Seite sein", beruhigte mich Dr. Hugles. „Glaub mir! Das klappt heute. Jeff Webster wird keine Zeit haben unser Beweisstück zu finden. Mach dir keine Sorgen!"

Das Ziel war zum Greifen nahe. Ich wusste, dass Dr. Hugles Recht hatte. Das Versteck im Keller war so gut, dass mein Testament mit hoher Wahrscheinlichkeit noch an seinem Platz sein musste. Die Hausdurchsuchung war reine Formsache. Trotzdem konnte ich den Optimismus meines Anwaltes nicht ganz teilen. Ein nicht greifbarer Zweifel nagte nach wie vor an mir. Nach all den Mühen und Strapazen die ich bisher auf mich genommen hatte, konnte ich mir einfach nicht vorstellen, dass mit diesem Tag alles Leid ein Ende haben sollte.

Mit gemischten Gefühlen stieg ich zu Dr. Hugles in den Wagen. Wir machten uns auf die übliche Fahrt durch den morgendlichen Stau gefasst. Obwohl es noch relativ früh am Morgen war, brannte die Sonne bereits unbarmherzig auf die Straßen New Yorks hernieder. Mit jeder Minute stieg die

Temperatur im Auto. Die erfrischende Wirkung meines morgendlichen Bades machte nun einem neuen Gefühl der Müdigkeit Platz.

Ich gähnte. Dass ich diese Tortur die letzten Wochen ausgehalten hatte, grenzte an ein Wunder. Spätestens jetzt war ich am Ende meiner Kräfte. Es gelang mir nicht einmal, den Zeitungsartikel fertig zu lesen. Noch während ich die Zeilen überflog, nickte ich völlig übermüdet ein.

Während ich von Dr. Hugles zu Gericht chauffiert wurde, träumte ich noch einmal wie es zu diesem Prozess gekommen war.

Das dritte Leben

Am 31.1.1952 wurde ich, wie von mir beabsichtigt, im Jahr des Drachen geboren. Was ich nicht planen konnte war der Ort meiner Geburt. Mein neuer Name war Peter Becker. Meine neue Familie lebte im Land des ehemaligen Feindes, Deutschland!

Wir wohnten im erst teilweise wieder aufgebauten Ost-Berlin, also hinter dem "Eisernen Vorhang", kontrolliert von unserem aktuellen Feind, der sozialistischen Sowjetunion!

Als einer der reichsten Bürger Amerikas, war ich nun in einem russischen Satellitenstaat eingesperrt. Diese Ironie wurde mir erst bewusst, als ich den Kinderschuhen entwachsen war und meine Erinnerungen an mein Vorleben wiederkehrten. Doch die ersten Jahre meiner Kindheit war ich ahnungslos und lebte ein geregeltes, durchschnittliches Leben im sogenannten Arbeiter- und Bauernparadies.

Mein Vater, Martin Becker, und meine Mutter, Elisabeth Becker, waren einfache, nette Leute, die sich jeder Situation anpassten. Während der nationalsozialistischen Diktatur gelang es ihnen, sich ohne Heldentaten aus allen Problemen herauszuhalten. Als nach dem 2.Weltkrieg die Russen kamen und halb Europa sowie dem Ostteil Deutschlands eine kommunistische Diktatur aufzwangen, arrangierten sie sich auch mit dieser Situation.

Ich hatte zwei Geschwister. Ulla war eineinhalb Jahre älter und mein Bruder Robert kam zirka ein Jahr nach meiner Geburt auf die Welt. Es ging uns weder besonders gut noch schlecht. Meine Eltern hatten, wie die meisten unserer Nachbarn, genügend Geld und mussten sich bei der Arbeit nicht besonders anstrengen. Allerdings konnte man nicht immer alles kaufen, was man wollte. Die Auswahl in den Geschäften war bescheiden und auf ein Auto musste man jahrelang warten, auch wenn man das Geld dafür schon längst auf die Seite gelegt hatte.

Anfangs hielt ich dieses Leben für normal, wie alle Kinder, die nichts anderes kannten. Man hörte zwar immer wieder Gerüchte vom goldenen Westen, aber auch Horrorgeschichten, vom sogenannten Klassenfeind der jenseits des Eisernen Vorhangs die armen Arbeiter ausbeutete. Als Kind glaubte ich dieser Propaganda und war davon überzeugt, im besten aller Systeme zu leben. Es sollte noch etwas dauern, bis mir meine Träume von Frankreich und Amerika in unruhigen Nächten den Schlaf raubten.

Noch zu meinen Lebzeiten als Bill Toscanny hatte ich nebenbei mitbekommen, dass Deutschland in zwei Teile geteilt wurde. Damals maß ich dieser Tatsache keine Bedeutung bei. Ich hatte wirklich andere Probleme. Auch die Berlinblockade berührte mich kaum. Nun aber lebte ich mitten in dem von den Kommunisten verwalteten Teil Deutschlands. Sogar meine Heimatstadt Berlin hatte man in zwei Hälften geteilt. Die größere Hälfte gehörte seit dem Ende der Berlinblockade durch die Russen endgültig wieder der freien Welt an. Die andere Hälfte, Ost-Berlin, befand sich mitten auf DDR-Gebiet und war dennoch ganz in der Nähe des freien Westens.

Als ich Anfang 1952 im Ostteil der Stadt Berlin geboren wurde, da gab es noch eine winzige Hoffnung, dass die beiden Staaten BRD und DDR schon in Kürze wieder zu einem einzigen, freien deutschen Staat vereinigen könnten. Leute, die nicht daran glaubten, flüchteten ohne große Probleme über Westberlin in die BRD. Noch war es möglich, im Ostteil der Stadt zu wohnen und im Westteil zu arbeiten oder umgekehrt. Flüchtlinge konnten ihre Flucht anfangs noch bequem mit der Straßenbahn planen. Man stieg einfach im Osten der Stadt in einen Waggon, und wenige Stationen weiter war man in Freiheit. Damit der Osten Deutschlands nicht völlig entvölkert wurde, überlegten sich die Kommunisten ständig neue Hindernisse, um den Flüchtlingsstrom in den Westen zu unterbinden.

Spätestens 1952 aber zerbrachen alle Hoffnungen auf eine baldige Wiedervereinigung. Die DDR wurde endgültig in einen sozialistischen Staat umgewandelt und schloss sich den Warschauer Pakt Staaten an. Ostdeutschland war auch bei den Olympischen Spielen in Oslo und in Helsinki nicht bereit, eine gemeinsame Mannschaft mit der BRD aufzustellen. Die USA und die UdSSR brachten ihre Sportler sogar in gesonderten olympischen Dörfern unter. Eine befriedigende Einigung zwischen Ost und West über das Schicksal Deutschlands lag in weiter Ferne.

Ein Jahr später gab es immer wieder Arbeiteraufstände in Ostberlin. Vielen Ostdeutschen Bürgern passte die Umwandlung ihrer Heimat in einen kommunistischen Satellitenstaat nicht. Die DDR-Bürger wollten einen ähnlichen Lebensstandard erreichen, wie ihre Verwandten und Bekannten in Westdeutschland. Doch der Aufstand wurde von russischen Panzern brutal niedergewalzt.

Meinen Eltern beteiligten sich nicht an solchen Kundgebungen. Aus Angst vor Stasi Spitzeln verbaten sie auch uns Kindern in der Öffentlichkeit unsere freie Meinung zu äußern. So hatten sie vor unserer Geburt die Schreckensherrschaft unter den Nationalsozialisten überlebt. Nun kuschten wir alle vor dem real existierenden Sozialismus.

Auch die Vorschläge des britischen Außenministers Robert Anthony Eden, Deutschland wieder zu vereinigen, stießen nicht auf fruchtbaren Boden. Ich ging zu dieser Zeit gerade in den volkseigenen Kindergarten und hatte noch keine Ahnung von dem, was rund um mich vor sich ging. Vom neuen westdeutschen Fernsehen bekam ich nichts mit, weil wir noch kein Fernsehgerät zugeteilt bekommen hatten. Vor uns Kindern hörten meine Eltern auch niemals die Sender des Westradios. Sie konnten nicht riskieren, dass wir uns im Kindergarten und später in der Schule verplapperten.

1956 schlugen die Russen den Aufstand in Ungarn nieder. West- und Ostdeutschland wurde endlich wieder eine eigene Bundeswehr, bzw Volksarmee erlaubt. Während die BRD der Nato beitrat, verblieb die DDR im Bann des Warschauer Paktes. Die Kluft zwischen den beiden deutschen Staaten wurde damit unüberbrückbar groß.

Mit sechs Jahren verließ ich den Kindergarten und ging zur Schule. Am ersten Schultag blitzte das erste Mal so etwas wie Erinnerung aus meinen Vorleben in mir auf. Ich hatte das Gefühl, nicht das erste Mal in einer Schule zu sitzen. Ich erinnerte mich an viele verschiedene Klassenzimmer, in denen ich schon einmal unterrichtet worden war. Doch diese Rückblicke waren so verworren, dass ich sie mangels anderer Erklärung für reine Phantasie hielt.

Schon im Kindergarten hatte ich den typisch deutschen Drill genossen, von dem ich während des 2. Weltkrieges schon so oft gehört hatte. Aber in der Schule ging es ungleich härter zu. Vor jeder Stunde mussten wir ein Lied auf die DDR-Fahne singen. Täglich gab es gemeinsame Turnveranstaltungen und politische Erziehung, die mir genauso wenig gefiel wie seinerzeit der Religionsunterricht. Ich hatte kaum Zeit für mich selbst. Ein Familienleben, wie ich es aus früheren Leben gewohnt war, gab es ebenfalls nicht. Der Staat beschäftigte seine Bürger fast rund um die Uhr. So konnten nur die wenigsten auf dumme Ideen kommen. Aber sobald ich schlief waren meine Gedanken frei.

Immer öfter träumte ich von einem Land, in dem alles möglich zu sein schien. Dort wartete das Glück auf mich. Ich dachte natürlich, dass ich von Westdeutschland träumte. Da ich Ostdeutschland noch nie verlassen hatte, hielt ich diese Erinnerungen für Wünsche und Sehnsüchte, die der Klassenfeind in mir geweckt haben musste. Noch vertraute ich den Lehrern und ihrer Propaganda mehr als meinen Gefühl und meinem Verstand.

Während meiner Grundschulzeit ging es in Berlin heiß her. Die Sowjets wollten Westberlin zu einer militärfreien Zone machen. Die DDR hätte Westberlin gerne ihrem Staat einverleibt. Damit wären die lästigen Republikfluchten ein- für allemal erledigt gewesen. Natürlich lehnte der Westen diese Wünsche ab.

1959 gab es erstmals leichte Entspannung in den Beziehungen zwischen Russen und Amerikanern. Unser Land blieb aber weiterhin geteilt und der Osten vom Wohlstand des Westens abgeschnitten. Stück für Stück wurde die DDR zu einem kommunistischen Staat gemacht.

Spätestens 1960 war auch der letzte freie Bauer der Landwirtschaftlichen Produktionsgenossenschaft (LPG) beigetreten. Natürlich geschah das nicht freiwillig. Die Bauern wurden entweder gezwungen oder mit so wenig Saatgut und Dünger versorgt, dass sie ihren privaten Hof aufgeben mussten. In der Schule wurde uns diese Enteignung kleiner Leute als Sieg des Sozialismus über das Großkapital erklärt.

Als am 13.8.1961 mit dem Bau der Berliner Mauer begonnen wurde, war ich leider noch zu jung, um die letzte Möglichkeit zu einer relativ leichten Flucht aus dem Arbeiterparadies zu nutzen. Der Westen unternahm nichts gegen den Mauerbau. Der damalige westdeutsche Bundeskanzler Konrad Adenauer wollte seinen Wahlkampf nicht unterbrechen und besuchte Berlin erst am 22. August.

Je weiter der Bau der Mauer voranschritt, desto schwieriger wurde es, aus Ostdeutschland zu flüchten. Wo noch keine Mauer stand, hatte die Polizei Stacheldraht verlegt. Das Bild von einem ostdeutschen Volkspolizisten, der bei der Überwachung des Mauerbaus selbst flüchtete und dabei über den Stacheldraht sprang, ging um die Welt.

Die immer perfekter überwachte Grenze zum Westen, provozierte ständig gewagtere Fluchtversuche. In den Zeitungen und im staatlichen Rundfunk der DDR wurden diese verzweifelten Menschen als Schwerverbrecher diffamiert. Man nannte sie Republikflüchtlinge und Landesverräter, nur weil sie so frei leben wollten wie die Menschen im Westen.

Spätestens als der erste junge Mann bei einem Fluchtversuch über die Mauer von Grenzpolizisten erschossen wurde, konnte ich nicht mehr so recht glauben, dass dieser „antifaschistische Schutzwall" uns vor den bösen Westdeutschen und den noch viel schlimmeren Amerikanern schützen sollte. Ich war mit meinen 10 Jahren entsetzt über die Naivität meiner Eltern, die es einfach nicht wahrhaben wollten, dass uns diese Mauer rund um Westberlin nicht beschützte, sondern vom waren Leben aussperrte. Erst später wurde mir klar, dass sie mich und sich selbst vor der Staatssicherheit schützten, indem sie mir verbaten über die Wahrheit zu sprechen.

Obwohl mir die Zusammenhänge über Ost und West noch nicht ganz klar waren, erkannte ich, dass etwas faul war im Staate DDR. Sobald ich alt genug war, wollte ich ebenfalls nach Westdeutschland flüchten. Eigentlich ging es mir nur um die Freiheit, einmal das Brandenburger Tor von der anderen Seite betrachten zu dürfen. Ich hatte noch keine Ahnung, dass in Amerika ein völlig konträres Leben auf mich wartete.

So vergingen die Jahre. Die BRD brach Anfang der 60-iger Jahre alle diplomatischen Kontakte zu Kuba ab, weil Fidel Castro die DDR als separaten Staat anerkannt hatte. Westdeutschland gab die Hoffnung auf eine Wiedervereinigung nicht auf. Die Regierung der DDR verabschiedete hingegen noch im selben Jahr ihr erstes Parteiprogramm, indem der Kommunismus nach sowjetischem Vorbild als erstrebenswertes Ziel festgelegt wurde. Die unzureichende Versorgung mit den nötigsten Lebensmitteln und Gebrauchsgütern, sowie das endlos lange Schlange stehen vor den Geschäften, die ausnahmsweise einmal etwas verkaufen konnten, hatten wir von den Russen ja schon längst übernommen.

Immer wenn sich eine günstige Gelegenheit bot, hörte ich heimlich Westradio. Mit Kopfhörern unter der Bettdecke erfuhr ich was in der freien Welt so vor sich ging. Das war natürlich streng verboten und ich musste höllisch aufpassen, dass mich weder meine Eltern noch die Nachbarn dabei erwischten.

Auf diese Weise hörte ich auch die Radioansprache des amerikanischen Präsidenten Kennedy. Er war im Sommer 1963, nach West-Berlin gekommen. Vor der Mauer sagte er nicht nur seinen legendären Satz: "Ich bin ein Berliner". Der Präsident meinte auch, dass er sich eine Wiedervereinigung Deutschlands vorstellen konnte. Damit löste er bei mir und vielen anderen Menschen Freude und Hoffnung aus. Leider wurde Kennedy schon wenige Monate später in Dallas ermordet. Die Wiedervereinigung Berlins und Deutschlands kam nicht zustande.

Aber erstmals verspürte ich ein unbestimmtes Gefühl von Heimweh. Ich merkte, dass ich mich an einem Ort befand, an den ich nicht hingehörte. Meine Alpträume, in denen ich immer einem Gefühl der Übelkeit, Angst und Verzweiflung hilflos in der Dunkelheit ausgeliefert war, deute ich falsch. Mir war nicht klar, dass ich von meinem Selbstmord träumte. Ich glaubte, dass ich von diesen Illusionen geplagt wurde, weil ich mich in diesem Unrechtsstaat gefangen fühlte.

Aber ich hatte auch angenehme Träume. Mit fortschreitendem Alter wurden diese immer realistischer. Doch dann waren sie auch oft verworren und unlogisch. Wenn ich aufwachte, wusste ich nie ob ich nun von einer längst vergangen Zeit in Frankreich, oder von einem Leben in Amerika geträumt hatte.

Die liberalere Richtung, die Russland für einige Zeit eingeschlagen hatte, endete 1964. In diesem Jahr wurde Chruschtschow von Breschnew ersetzt. Immer wieder wurde uns versprochen, dass der Osten den Westen in punkto Lebensqualität bald überholen würde. Aber das einzige, was in den Ostblockstaaten wirklich funktionierte, war die Unterdrückung der Bevölkerung.

Die Beat-Musik und die Hippie-Bewegung, die in den 60-iger Jahren aufkam, blieb den Jugendlichen im Osten so gut wie unbekannt. Wir mussten unsere Freizeit in diversen Jugendvereinigungen verbringen. Alles, was Spaß machte, wurde als dekadent und westlich verunglimpft.

Mit zunehmendem Alter bekam ich mit, wie stark die DDR-Medien die öffentliche Meinung manipulierten. Außerdem wurden meine Erinnerungen an meine beiden Vorleben immer konkreter. Da ich mich abwechselnd an mein Leben in Frankreich und dann wieder an das in Amerika erinnerte, dauerte es in diesem Leben länger, bis ich meine Träume als Tatsache akzeptierte.

Auch in diesem Leben wurde ich mit Religion konfrontiert. Der kommunistische Staat mit seiner sozialistischen Ersatzreligion, duldete zwar die protestantischen Kirchen und heilige Gottesdienste, aber bei jeder Gelegenheit machte sich die staatliche Propaganda über gläubige Menschen lustig. Das machte mich wiederum neugierig und ich las heimlich die Bibel. Das war für mich fast so spannend wie das Anhören von verbotenen Westsendern.

Vieles, was ich in der Bibel las, gefiel mir, anderes wiederum lehnte ich ab. Ich fand heraus, dass die heiligen Bücher von Juden, Christen und Moslems viele Gemeinsamkeiten hatten. Das nirgendwo Dinosaurier vorkamen, lag wahrscheinlich daran, dass diese großen Tiere nicht auf die Arche Noah passten, scherzte ich. Auch Hinduismus und Buddhismus konnte ich nicht ernst nehmen. Zu unrealistisch erschien mir alles was ich da las.

Aber die Tatsache, dass diese Schriften von jenem Staat bekämpft wurden, den ich ablehnte, machten sie für mich zu etwas Besonderen. Ich versuchte mich den Geschichten und Gleichnissen zu öffnen. Je mehr ich mich damit beschäftigte, desto leichter fiel es mir zu akzeptieren, dass ich schon einmal gelebt hatte.

Gegen Ende der 60-iger Jahre bedrängten mich meine Erinnerungen massiv. Auch die Alpträume, die mich an meinen Selbstmord erinnerten, häuften sich. In der Zeit zwischen meinem 14. und 18. Lebensjahr kam ich nach und nach dahinter, was mit mir los war. Ich erinnerte mich, dass ich schon zweimal hintereinander mit viel Fleiß jede Menge Geld angehäuft hatte.

Auch, dass mein Besitz in Amerika nur darauf wartete, bis ich kam und ihn mir wieder aneignete, war mir bald nicht mehr unbekannt. Schon bald wusste ich alles wieder so gut, als ob es nie eine Zeit dazwischen gegeben hätte, in der ich noch ahnungslos war. Sogar an das Gespräch mit dem alten Chinesen erinnerte ich mich wieder. Nun glaubte ich den Grund zu kennen, warum ich ein gestörtes Verhältnis zu Gott hatte.

Indem er mich in Osteuropa auf die Welt kommen ließ, demonstrierte er mir eindeutig, dass er der Stärkere von uns beiden war. Ich konnte ihm kein X für ein U machen. Ich saß hinter dem "Eisernen Vorhang" fest wie in einem Gefängnis. Draußen in der freien Welt war mein Vermögen, an das ich von der DDR aus nicht herankommen konnte. Ich wusste auch schon wieder, dass ich nur zu Larry Webster gehen musste. Wenn ich ihm die Geschichte von der Namensfindung meines Sohnes Henry erzählte, dann wusste er, dass ich der wiedergeborene Bill Toscanny war, und ich konnte mir mit meinem Vermögen ein schönes Leben machen.

Gott aber zeigte mir, dass es nicht so leicht ging. Meine ohnmächtige Wut auf den totalitären Staat richtete sich daher immer mehr gegen den Allmächtigen, der mich in diesem gottlosen Land eingesperrt hatte. Hier glaubte kaum jemand an ihn. Die Menschen beteten heimlich, weil der Staat gläubigen Bürgern das Leben schwer machte.

Ich wollte mich aber nicht unterkriegen lassen. Immer noch glaubte ich, dass ich ohne Gott besser zurande kam. Ich wollte mein Leben so führen, wie ich es für richtig hielt. Weder eine sozialistische Diktatur, noch ein unsichtbarer Gott sollten mein Schicksal bestimmen.

Obwohl ich unter den Alpträumen litt, die mich immer wieder an meinen Selbstmord erinnerten, bereute ich nichts. Die Tatsache, dass ich meine Erinnerungen in dieses Leben retten konnte, machte mich stolz. Mir war aber auch klar, dass ich weitere Opfer bringen musste, um vom Wissen über mein Vorleben zu profitieren.

Der Vietnamkrieg wurde von unseren Medien genüsslich ausgeschlachtet. Endlich konnte die sozialistische Propagandamaschine zeigen, wie böse doch die imperialistischen Amerikaner waren. Ich durchschaute diese einseitige Darstellung der ostdeutschen Medien schon seit längerem. Auch über

Westdeutschland gab es ständig negative Berichte, die nur von den fanatischsten Genossen geglaubt wurden.

Es wurde unter anderem behauptet, dass im Westen nur Kinder aus reichen Familien eine Chance hatten. Angeblich lebte die Bevölkerung außerhalb unseres Freiluftgefängnisses in Not und Elend. Bei uns gab es tatsächlich keine Klassenunterschiede. Wir waren alle gleich; ...arm.

Schon früh hatte ich erkannt, dass ich mit meiner Familie und meinen Freunden über diese Themen nicht sprechen konnte. Sie wollten die Wahrheit nicht hören. Die Staatssicherheit hatte schon längst Freunde von mir als Spitzel auf mich angesetzt. Zum Glück erzählte ich ihnen nicht alles was ich vom Sozialismus und unseren Politikern hielt.

Ich litt darunter, dass ich niemanden zum Reden hatte. Meine Eltern und Geschwister hielten mich für einen Spinner, für den sie sich nur schämen konnten. Immerhin war ich ein Blutsverwandter. Die Erzählungen über mein früheres Leben als Amerikaner und Franzose glaubten sie mir natürlich nicht. Ich hatte auch keine Möglichkeit, ihnen die Richtigkeit meiner Geschichten zu beweisen.

Im Gegensatz zu meinem früheren Leben, als ich noch selbst an der Tatsache zweifelte, schon einmal auf der Welt gewesen zu sein, war ich mir diesmal ganz sicher, dass ich schon einmal außerhalb des "Eisernen Vorhanges" gelebt hatte.

1968 ging der Prager Frühling genauso zu Ende wie die Volksaufstände in der DDR und in Ungarn einige Jahre zuvor. Natürlich berichteten unsere Zeitungen wieder nur einseitig darüber. Die Russische Invasion wurde als brüderliche Hilfe gelobt. Ich war sicher, dass sich die Hoffnung auf Freiheit und Demokratie in den Warschauer Pakt Ländern, zu meinen Lebzeiten nicht mehr erfüllen würde.

Bei den Olympischen Spielen in Grenoble disqualifizierte die Jury die DDR-Rennrodler. Sie hatten unerlaubt vor dem Start die Schlittenkufen angewärmt. Nur Sportveranstaltungen boten dem Ostblock die Chance zumindest auf einem Gebiet besser zu sein als der Westen. Um dieses Ziel zu erreichen, scheuten die Trainer der Ostmannschaften auch vor unfairen Mitteln nicht zurück. Viele Sportler wurden illegal gedopt und so hart trainiert, dass sie schon bald nach ihren "Erfolgen" zu Krüppeln wurden. Manche landeten sogar im Rollstuhl.

Sportler hatten aber einen großen Vorteil. Sie konnten zu Wettkämpfen ins westliche Ausland reisen. Dort gelang vielen die Flucht. Auch Schauspieler,

Sänger und andere Künstler hatten solche Gelegenheiten. Leider war ich weder sportlich noch künstlerisch begabt.

Mein einziges Talent – Firmen gründen und damit ordentlich Geld verdienen - war im sozialistischen "Gleichmacherstaat" nicht gefragt. Die staatlichen Firmen wurden von Günstlingen und unfähigen Betriebsleitern geführt. Die Arbeiter waren nicht motiviert, weil jeder das gleiche verdiente egal was er leistete.

Ich zermarterte mir deshalb täglich mein Hirn, wie ich aus diesem Land flüchten konnte. Mittlerweile waren alle Grenzen so perfekt dichtgemacht, dass eine Flucht in den Westen fast aussichtslos zu sein schien. Wenn man von einer Republikflucht hörte, dann nur, wenn der Flüchtende erwischt und bestraft wurde.

Dabei musste ich bei aller Verachtung für das politische System zugeben, dass die DDR im Vergleich zu den anderen Ostblockstaaten beinahe noch ein Paradies war. Wenn man den Zeitungen Glauben schenken konnte, dann hatten wir den höchsten Lebensstandard aller sozialistisch geführten Länder. Dank massiver finanzieller Hilfe aus dem verhassten Westdeutschland waren in der DDR die Warteschlangen vor den Geschäften nur halb so lang und die Regale nicht ganz so leer. Auch musste man bei uns nur wenige Jahre auf ein Auto warten. Dafür funktionierte die Einlieferung in psychiatrische Anstalten und Gefängnisse auch schneller als in den übrigen Diktaturen. Die naiven Westdeutschen kaufen viele politische Gefangene frei und sicherten mit den harten Devisen den Weiterbestand der sozialistischen Misswirtschaft.

Bei einem Direktvergleich mit der BRD oder jedem anderen kapitalistisch geführten Land, sahen unsere Wirtschaft und unser Lebensstandard aber sehr bescheiden aus.

Mir blieben sämtliche Karrieremöglichkeiten versagt. Während der Schulzeit hatte ich, in jugendlichem Überschwang, viel zu oft den Mund zu weit aufgemacht, wenn es besser gewesen wäre, zu schweigen. Einen privilegierten Job, oder gar ein Studium konnte ich vergessen. Mein Vater schaffte es nicht einmal, mich bei der Polizei unterzubringen. Mein Stasi-Akt, von dessen Existenz ich nicht einmal wusste, verbaute mir meine Zukunft. Alles, was ich jemals gegen das Regime gesagt hatte, war darin vermerkt. Hätte unsere Wirtschaft so gut funktioniert wie das Spitzelwesen, dann hätten wir die amerikanische Wirtschaft vielleicht wirklich bald überholt.

1969 wurde der ehemalige Bürgermeister Westberlins zum Kanzler der BRD gewählt. Für seine Ostpolitik erhielt Willy Brandt Jahre später den Friedensnobelpreis. In Amerika gewann der Republikaner Nixon die Wahl. Beide Politiker wurden im Jahr 1913 geboren und beide mussten 1974 frühzeitig von ihrem Amt zurücktreten. Nixon stolperte über die Watergate Affäre und Willy Brandt über einen DDR Spion in seinem Kabinett.

Im Fernsehen konnte die ganze Welt noch vor Anbruch der 70iger Jahre ein Ereignis mitverfolgen, von dem ich schon vor mehr als 100 Jahren gelesen hatte - die Mondlandung. Damals, als ich noch Jean Daudon hieß und im Sterben lag, hatte ich in dem Buch "Von der Erde zum Mond" geschmökert. Niemals hätte ich gedacht, dass ich die Vision von Jules Verne tatsächlich erleben würde. Noch fantastischer erschien mir aber die Tatsache, dass wir endlich ein Fernsehgerät zugeteilt bekamen.

Als ich mit der ganzen Familie vor dem brandneuen Gerät saß, konnte ich nicht verbergen, dass ich froh darüber war, dass die Amerikaner den Wettlauf zum Mond gegen die Russen gewonnen hatten.

Mein Hass auf die russischen Besatzer war aber nicht der einzige Grund. Ich fühlte mich zunehmend, oder besser gesagt immer noch, dem amerikanischen Volk verbunden. Obwohl wir in der Schule Russisch lernen mussten, war mein Englisch, dass ich mir selbst beibrachte, wesentlich besser.

So wie ich seinerzeit als Bill Toscanny relativ schnell französisch sprechen konnte, ging es mir jetzt mit der englischen Sprache. Durch die vielen Ähnlichkeiten zwischen der deutschen und der englischen Sprache fiel mir dies noch um einiges leichter. Auch die französische Sprache konnte ich mühelos erlernen. Mit diesen Sprachkenntnissen hätte ich in vielen Ländern eine glänzende Karriere als Dolmetscher machen können.

Aber dummerweise lebte ich in der sozialistischen Volksrepublik DDR. Nur wer ausgezeichnete Kontakte hatte und politisch verlässlich war, bekam einen guten Job. Ich wurde von der Stasi überwacht und konnte schon froh sein, wenn man mich in einer Genossenschaftsbäckerei arbeiten ließ. Dabei hatte ich nicht einmal an öffentlichen Kundgebungen oder dergleichen teilgenommen, die sich gegen die Regierung richteten.

Alleine mein Verhalten in der Schule und meine Gespräche mit Freunden genügten, um mir jede Aufstiegschance zu verbauen. Ich hatte meinen Eltern nicht geglaubt, als sie mir erklärten, dass man in diesem Land nicht einmal seinen besten Kumpel trauen konnte.

Das Ministerium für Staatssicherheit wusste fast alles über seine Bürger. Jeder konnte gezwungen werden als inoffizieller Mitarbeiter seine besten Freunde auszuspionieren. Dass ich in der Bibliothek die Bibel und andere religiöse Schriften ausgeborgt hatte, machte mich besonders verdächtig. Auch mein mangelndes Engagement in der „Freien Deutschen Jugend" schadete mir mehr als ich dachte.

Nur eine Flucht konnte mich befreien. Ein Selbstmord war keine Option. Ich konnte ja nicht wissen was mich im nächsten Leben erwartete. Es gab auf der Welt ja noch viel trostlosere Gegenden und schlimmere Schicksale. Am meisten fürchtete ich das Risiko als Frau in Saudi Arabien geboren zu werden. Außerdem hatte ich nicht ewig Zeit. Ich musste New York erreichen und Larry Webster besuchen, solange er noch lebte.

Es ärgerte mich, dass ich steinreich war und als rechtloser DDR Bürger keine Chance hatte, das Land legal zu verlassen und in die Vereinigten Staaten zu reisen. Solange mich dieser diktatorische Staat festhielt, konnte ich von meinem Reichtum nur träumen. Diese Situation war schlimmer als mein Rausschmiss aus dem Hause der Daudons.

Ein Jahr später rückte ich pflichtgemäß zur Nationalen Volksarmee ein. Mit einer Uniform erhoffte ich mir bessere Fluchtmöglichkeiten. Ich nahm mir vor, auf keinen Fall unangenehm aufzufallen und das Vertrauen meiner Vorgesetzten zu gewinnen.

Doch die Stasi-Akte, die man über mich angelegt hatte, verfolgte mich auch hierher. Für Leute, die wie ich schon einmal unangenehm aufgefallen waren, gab es spezielle Kompanien. Wir wurden wesentlich schlimmer geschliffen als unsere Kameraden. Dabei wurde versucht, uns jeglichen Individualismus auszutreiben.

Wir wurden wie minderwertige, unmündige Geschöpfe behandelt. Wer den Fehler machte, einem Kompanieführer einmal so richtig die Meinung zu sagen, der fasste gleich einige Wochen Haft aus. Doch das hinderte einige meiner Kameraden nicht daran sich immer wieder in Schwierigkeiten zu bringen. Viele in meiner Division waren intellektuelle Regimekritiker. Sie nörgelten ständig an der NVA herum. Vieles von dem, was sie sagten, deckte sich mit meiner Meinung. Alle waren zwar hochintelligent, aber nicht klug genug, um einzusehen, dass sie sich auf diese Weise nur selbst das Leben schwer machten.

Ich hielt mich mit meiner Kritik an den Zuständen immer zurück. Meine Jugendsünden konnte ich nicht mehr ungeschehen machen, aber seit ich wusste, dass ich mit einem derartigen Verhalten meine Flucht nach Amerika riskierte, kam kein Wort der Kritik mehr über meine Lippen. Im Gegenteil! Ich ahnte natürlich, dass unter den Kameraden auch ein bis zwei Stasi Spitzel eingeschleust waren. Immer wenn einer von uns etwas Verbotenes plante oder eine unerwünschte Ansicht äußerte, wussten auch bald unsere Vorgesetzten Bescheid.

Ich traute schon lange niemandem mehr. Deshalb ließ ich mich auf kein verfängliches Gespräch ein. Ich vertrat offiziell die Meinung der Regierung und tat so, als wäre ich ein Paradekommunist wie meine Eltern und Geschwister. Die Belohnung für meinen vorgetäuschten Sinneswandel blieb natürlich nicht aus. Nach einigen Wochen versetzte man mich in eine andere Kompanie. Nun gehörte ich nicht mehr zu den dubiosen Subjekten, die ständig kontrolliert und härter angefasst wurden als der Rest der Soldaten.

Man begann mir zu trauen. Mein Akt aus der Schulzeit behinderte zwar weiterhin meine Karriere in der Nationalen Volksarmee, aber zumindest gehörte ich nicht mehr zu den Ausgestoßenen. Normalerweise hätte ich mich nie so tief herabgelassen. Aber ich hatte eingesehen, dass Klappe halten und einfach Befehle befolgen, der einfachste Weg war. Nur die Aussicht auf eine baldige Flucht half mir, diese Zeit des Buckelns vor den Vorgesetzten zu überstehen. Ich wartete auf eine günstige Gelegenheit.

Dummerweise war ich nicht in Berlin stationiert. Dank meiner Stasi Akte hätte ich ohnehin niemals einen Posten als Grenzsoldat an der Mauer bekommen. Meine Einheit befand sich weit im Landesinneren der DDR. Ich war also näher bei der Polnischen als bei der Westdeutschen Grenze stationiert.

Die Grenze zur Freiheit war mehrere hundert Kilometer von mir entfernt. Es bestand auch keine Aussicht, auf Verlegung in einen anderen Teil des Landes. Ich musste also bei meiner Flucht einige Stunden durch DDR Gebiet fahren, bis ich endlich eine Grenze erreichte, die nicht so gut gesichert war, wie jene in Berlin.

Ich wollte gar nicht daran denken, was man mit mir machen würde, wenn meine Flucht scheiterte. Da ich keinem meiner Kameraden traute, war ich ganz auf mich allein gestellt. Das Risiko, von einem Spitzel verraten zu werden, war einfach zu groß. Also machte ich mich auf eine stundenlange, einsame Autofahrt gefasst.

Abhauen wollte ich mit einem Militärfahrzeug in voller Uniform. Diverse Papiere hatte ich schon vor Wochen heimlich gefälscht. Auf diese Weise hoffte ich relativ unbehelligt durch das Land fahren zu können. Nur an der Grenze rechnete ich mit Schwierigkeiten. Zuerst aber wollte ich noch einen günstigen Moment abwarten, um so unauffällig wie möglich zu verschwinden.

Die Gelegenheit bot sich im Verlauf eines Manövers in der Nähe unserer Kaserne. Tagelang waren wir im Wald und auf offenem Gelände im Einsatz. Zwei Gruppen führten miteinander eine künstliche Schlacht. Wenn dabei einmal ein Fahrzeug kurzfristig abging, fiel das nicht sofort auf. Ich hoffte, dass es einige Zeit dauern würde, bis jemand bemerkte, dass ein Fahrzeug fehlte. Immerhin konnte es auch der fiktive "Feind" erbeutet haben. Es kam bei solchen Anlässen immer wieder mal vor, dass sich ein Soldat nach übermäßigem Wodkagenuss, einfach verfahren hat.

Ich musste auf jeden Fall schon bei der Grenze sein, wenn der Diebstahl herauskam. Je länger ich also für die Fahrt brauchte, desto höher war das Risiko. Doch die Gelegenheit war zu günstig, um sich zu lange Gedanken über mögliche Risiken und Konsequenzen zu machen.

In der dritten Nacht des Manövers schlich ich mich heimlich aus unserem Mannschaftszelt. Meine Kameraden schliefen tief und fest. Der Tag war sehr anstrengend gewesen. Auch ich war müde. Doch die Aufregung hielt mich hellwach. Nachdem ich mir eine Offiziersuniform besorgt hatte, steckte ich die gefälschten Papiere in meine Innentasche. Dann ging ich ganz leger, so als ob ich die Erlaubnis dazu hätte, zum Fahrzeugpark. Die Wachposten ließen sich von meinen Papieren und der Uniform täuschen.

In meinem gefälschten Befehl stand, dass die Wachposten mir ein schnelles Auto auszuhändigen hatten und über den Vorfall schweigen sollten um meinen Auftrag nicht zu gefährden. Die beiden jungen Burschen, gaben mir einen Wartburg und fanden es toll, dass sie an dieser Geheimoperation beteiligt waren. Nicht eine Sekunde zweifelten sie an meiner Autorität. Sie konnten sich gar nicht vorstellen, dass es jemand wagte, so frech ein volkseigenes Fahrzeug zu stehlen.

Der brandneue Wartburg war vollgetankt. Zur Sicherheit nahm ich noch ein paar Benzinkanister mit. Ich konnte nicht riskieren, dass mir vor dem Ziel der Sprit ausging. Eine Tankstelle aufzusuchen, war viel zu gefährlich.

Endlich konnte ich mich in den Wagen setzen und losfahren. Glücklicherweise war kein Vorgesetzter aufgetaucht. Einer der beiden Wachposten öffnete mir das Tor. Bevor ich das Gelände verließ, kurbelte ich noch einmal die Fensterscheibe herunter sagte zu ihm: „Diese Mission hängt von eurer Verschwiegenheit ab. Wenn wir das Manöver gewinnen, dann bekommt ihr in zwei Tagen einen Orden. Sollte mein Auftrag wegen euch scheitern, dann verbringt ihr den Rest eurer Dienstzeit im Militärgefängnis Schwedt."

„Kein Wort kommt über meine Lippen, Herr Major", sagte der Torwächter ehrfurchtsvoll und salutierte dabei. "Auf uns beide können sie sich verlassen."

„Wir sehen uns in zwei Tagen", sagte ich zum Abschied. Dann trat ich aufs Gas und fuhr los. Endlich hatte ich es geschafft. Mit offenem Fenster entfernte ich mich so schnell wie möglich aus der Gefahrenzone. Der Wind pfiff mir um die Ohren. Ich fühlte schon einen winzigen Vorgeschmack auf die erhoffte Freiheit. Außerdem half mir der erfrischende Fahrtwind bei der Überwindung meiner Müdigkeit.

Von den beiden Fuhrparkwächtern drohte mir keine Gefahr. Die Angst fuhr trotzdem mit. Ich raste über die Landstrasse. Dabei beanspruchte ich den Wagen auf das äußerste. Bei einem nagelneuen Warburg erwartete ich keine Probleme mit dem Motor. Die Straße war um diese Uhrzeit frei und ich konnte ungehindert vorankommen.

Nach zirka hundert Kilometern passierte das Unglück. Ich überfuhr einen spitzen Stein, oder einen Nagel. Auf jeden Fall trat Luft aus meinem rechten Vorderreifen und ich konnte den Wagen nur mit Mühe unter Kontrolle bringen und anhalten.

Glücklicherweise hatte ich einen Reservereifen dabei. Das Wechseln der Reifen erforderte kostbare Zeit. Ich suchte nervös den Wagenheber und den Ersatzreifen. Während ich den Wagenheber unter das Auto stellte, hörte ich ein anderes Fahrzeug, das auf mich zukam. Ich blickte kurz in die Richtung, aus der das Motorgeräusch kam und erschrak.

Ein Polizeiwagen blieb neben mir stehen. Der Beamte auf dem Beifahrersitz leuchtete mit einer Taschenlampe in meine Richtung. Sein Kollege stieg aus und kam langsam auf mich zu. Er wollte wissen, was ich um diese Zeit alleine auf der Straße zu suchen hatte.

"Jetzt ist meine Flucht vorbei", dachte ich. Trotz meiner Angst versuchte ich einen ruhigen Eindruck zu machen. Ich war schon viel zu weit von der Kaserne entfernt, um den Polizisten mit meinen gefälschten Papieren zu täuschen. Die lächerliche Geschichte von dem Geheimauftrag für das Manöver konnte ich den beiden nicht auf die Nase binden.

„Verdammt, ich hätte damit rechnen müssen, dass ich auch während der Fahrt angehalten werden kann", ärgerte ich mich. Jetzt war Improvisationstalent gefragt, wenn ich mich aus dieser Situation herausschummeln wollte.

Ich gab dem Polizisten meinen Ausweis und machte mich auf eine längere Befragung gefasst. Während der Polizist mit dem buschigen Schnurrbart, meine Dokumente inspizierte, gesellte sich auch sein Kollege zu uns. Er war mir auf Anhieb unsympathisch. Eine kleine Narbe, die sich über seine rechte Wange zog, ließ darauf schließen, dass er ein harter Kerl war. Mit Typen wie ihm legte man sich besser nicht an. Das war sicher einer jener übereifrigen Volkspolizisten, die bei jeder friedlichen Demonstration, mit sadistischer Lust auf die armen Teufel einschlug, bis sich diese nicht mehr bewegen konnten.

„Ihre Kaserne befindet sich ja mehr als 100 Kilometer von hier entfernt", stellte der Polizist mit dem Schnurrbart fest.

"Können Sie uns erklären, was Sie hier machen?" fragte mich sein Kollege mit der Narbe.

Mir fiel nichts Überzeugendes ein. Aus dieser Situation konnte ich mich nicht herausreden. Ich beschloss in meiner Verzweiflung die beiden zu überwältigen, damit ich weiterfahren konnte. In meinem Auto befand sich im Handschuhfach eine geladene Makarow Pistole. Damit konnte ich ganz gut umgehen. Ich musste nur schneller sein, als die beiden.

„Ich habe einen verdeckten Auftrag", log ich. „Eigentlich darf ich die Papiere nur anderen Militärpersonen zeigen. Aber bei Polizisten geht das sicher auch in Ordnung, denke ich. Einen Moment! Ich hole meine Unterlagen aus dem Handschuhfach."

Bevor die beiden Volkspolizisten merkten wie ihnen geschah, ging ich rasch ums Auto herum und griff durch das offene Türfenster ins Handschuhfach hinein. Blitzschnell ergriff ich meine Pistole und zielte auf die beiden. Mein Fahrzeug bot mir optimale Deckung.

„So, jetzt hebt mal eure Hände", befahl ich in strengen Kasernenton. Die beiden Polizisten wurden bleich im Gesicht. Damit hatten sie nicht gerechnet.

Ich befahl dem ungläubig starrenden Polizisten mit dem Schnurrbart, seinen Kollegen langsam zu entwaffnen und dann mit dessen eigenen Handschellen an mein Auto zu fesseln. Dann zwang ich ihn auch seine Waffe auf den Boden zu legen und mit dem Fuß weit von sich zu kicken. Als das erledigt war, musste er sich selbst ebenfalls an meinen Wartburg ketten. Als das erledigt war, setzte ich mich in das Polizeiauto und fuhr davon.

„Um jemanden zu überwältigen, der in Queens aufgewachsen ist, müssen diese Verlierer früher aufstehen", dachte ich erfreut. In meinem Vorleben hatte ich genügend Gangsterfilme gesehen. In Ostdeutschland waren diese Kriminalfilme verboten. Die Polizei in der DDR rechnete nicht damit, dass ein Bürger den Mut hatte sich gegen sie zu wehren. Die Verbrechensrate war in diesem Land zugegebener Maßen wesentlich geringer als im Westen.

„Eigentlich hätte ich die beiden erschießen müssen", überlegte ich und dachte ernsthaft daran umzukehren. Mein Verstand sagte mir, dass ich ein enormes Risiko auf mich nahm und damit meine weitere Flucht massiv gefährdete. Nur tot waren die beiden ungefährlich. Leider war ich nicht fähig, jemanden zu ermorden.

All die Jahre in meinem jetzigen und meinen früheren Leben hatte ich noch keinen einzigen Menschen umgebracht. Damit wollte ich auch jetzt nicht beginnen. Rein logisch gesehen war das ein schwerer Fehler.

Die Polizisten wurden schon nach kurzer Zeit aus ihrer peinlichen Lage befreit. Da sich im Wartburg kein Funkgerät befand, fuhren sie mit ihrem Retter in die nächstgelegene Ortschaft. Von dort aus informierten sie die Nationale Volksarmee, die Grenztruppen und sämtliche Polizeistationen westlich von ihrem Standort.

Es war jetzt keine Kunst mich zu finden. Jeder diensthabende Polizist kannte nun das Kennzeichen des gestohlenen Polizeifahrzeugs. Ich hatte außer meiner Uniform keine andere Kleidung mitgenommen. Somit nützte es mir nicht viel, dass ich den Polizeiwagen gegen ein geparktes Zivilfahrzeug eintauschte, dass ich professionell aufbrach und ohne Schlüssel startete. Es gab einfach zu wenige Autos, die in der Nacht auf den Straßen der DDR unterwegs waren. Während ich noch hoffnungsvoll Richtung Westen fuhr, stand ich schon längst unter Beobachtung.

Bis heute weiß ich nicht, wie weit ich noch von der Grenze entfernt war, als ich die Straßensperre erblickte. Ich wusste sofort, dass alles vorbei war. Ich hielt meinen Wagen in Sichtweite an und überlegte.

Mir war klar, dass ich diese Straßensperre niemals durchbrechen und auch nicht umfahren konnte. Auch Umdrehen hätte wenig Sinn gehabt. Zurück in den Osten? Niemals! Das Spiel war vorbei. Ich gab resigniert auf. Ich stellte den Motor ab und wartete im Fahrzeug, bis sie kamen, um mich zu holen. Auf keinen Fall wollte ich beim Aussteigen erschossen werden. Ich legte meine Stirn auf das Lenkrad und begann bitterlich zu weinen.

All meine Hoffnungen und Träume zerbrachen an dieser unnötigen Straßensperre. Wenn mich die zwei Polizisten nicht beim Reifenwechseln erwischt hätten, dann hätte ich schon in wenigen Stunden in Freiheit sein können. Ein paar Tage später hätte ich mich schon irgendwie nach New York durchgeschlagen. Dort wäre mir dann mit meinem Vermögen die Welt offen gestanden.

So aber saß ich in diesem gestohlenen Polizeiwagen und wartete auf meine Verhaftung. Ich rechnete mit einer mehrjährigen Freiheitsstrafe wegen versuchter Republikflucht. Ich tat mir schrecklich leid. Dass meine Eltern und Geschwister ebenfalls Probleme bekommen würden, daran dachte ich in diesem Moment natürlich nicht.

Wie ich erwartet hatte, kamen die Polizisten langsam und vorsichtig näher. Der Aufforderung, meine Makarow Pistole aus dem Wagen zu werfen, kam ich sofort nach. Dann musste ich den Wagen verlassen und mich auf den Boden legen. Mir wurden Handschellen angelegt. Danach durfte ich wieder aufstehen und mich auf den Rücksitz eines Polizeiautos setzen. Rechts und links von mir setzte sich je ein Polizist, damit ich nicht aus dem fahrenden Wagen springen konnte. Ich hatte schreckliche Angst vor Polizeigewalt und Misshandlungen. Aber die Beamten, die mich verhafteten, verhielten sich korrekt. Dennoch ließen sie mich ihre Verachtung spüren.

Der Prozess verlief so, wie ich es mir vorgestellt hatte. Offiziell wurde ich wegen des Versuchs eines ungesetzlichen Grenzübertritts angeklagt. Der Staatsanwalt verlangte die Höchststrafe. Meine Absicht, in den Westen zu flüchten, bestritt ich. Leider sprachen alle Indizien gegen mich. Die Strafe für Republikflucht betrug normalerweise 2 Jahre. Bei mir kam wegen der besonderen Umstände der Absatz 2 des §213, auf Deutsch: „Schwerer Fall", zu tragen und ich bekam 5 Jahre Freiheitsentzug aufgebrummt.

Für meine Eltern und Geschwister war ich jetzt natürlich das schwarze Schaf in der roten Familie. Sie wollten nichts mehr mit mir zu tun haben und brachen jeden Kontakt zu mir ab. Nicht ein einziger Verwandter kam auf die Idee, mich hin und wieder zu besuchen. Nur meine Mutter schickte mir manchmal ein kleines Päckchen mit Lebensmitteln.

Bei dem Essen, das wir in der Strafanstalt vorgesetzt bekamen, war schon eine Wurst oder eine Tafel Schokolade eine Kostbarkeit. Der Gefängnisalltag war noch schlimmer, als ich befürchtet hatte. Alles wurde einem vorgeschrieben. Die Häftlinge mussten früh aufstehen und fast den ganzen Tag hart arbeiten. So litt ich wenigstens nicht unter Langeweile. Während der Arbeit konnte ich kaum mit den anderen Gefangenen sprechen. Abends war ich dann so müde, dass ich auf meiner unbequemen Pritsche sofort einschlief. Den Kontakt zu anderen Häftlingen beschränkte ich auf ein Minimum.

Die Jahre vergingen. Ich war drauf und dran, meine Jugend in diesem Leben hinter Gittern zu vergeuden. Es verging kein Tag, an dem ich nicht Ausbruchspläne schmiedete. Noch hoffte ich, bei guter Führung, schneller entlassen zu werden. Ein Fluchtversuch war nicht nur sehr gefährlich, man bekam dann eine noch viel höhere Strafe.

Ein Selbstmord war schon gar keine Lösung. Ich hätte bis 1975 damit warten müssen um dann 1976 wieder als Drache auf die Welt zu kommen. So lange dauerte meine Strafe gar nicht. Diese Option stand mir nach einem gescheiterten Fluchtversuch immer noch offen.

1971 wurde Honecker der neue Staatschef der DDR. Aufgrund seiner Ernennung wurden einige Häftlinge begnadigt. Ich war leider nicht dabei. Begnadigungen galten meist nur für gewöhnliche Kriminelle. Durch meine versuchte Republikflucht galt ich als politischer Häftling. Ich hoffte auf einen Freikauf durch die Bundesrepublik. Aber da stand ich ganz hinten in der Warteschlange. Wie später bekannt wurde, hatte Westdeutschland mehr als 30.000 DDR Häftlinge und zirka 250.000 Ausreisewillige DDR Bürger für viele Milliarden D-Mark freigekauft.

Noch im selben Jahr gab es das Berlin Abkommen der Besatzungsmächte. Die Stadt war ab diesem Zeitpunkt konstitutiv nicht mehr ein Teil der Bundesrepublik. Westberlin wurde danach von einem Bürgermeister und einem Senat regiert. Außerdem erhielten die Westberliner das Recht, insgesamt 30 Tage im Jahr in Osterberlin oder der DDR zu verbringen. Auch der Transit wurde erleichtert.

Den DDR-Bürgern nützte das allerdings wenig. Sie durften immer noch nicht ungehindert in den Westen reisen. Dafür konnten sie zusehen, wie reiche Westberliner in gut sortierten Intershop Geschäften einkauften, die für DDR-Bürger ohne Devisen tabu waren. Mitten in Ostdeutschland, an Grenzübergängen und Transitrouten schossen diese von Mitropa organisierten Intershops aus dem Boden. Sie führten alle Waren, die es sonst bei uns nirgendwo gab. Bezahlen konnte man dort aber nur mit frei konvertierbarem Geld. Das wiederum besaßen die meisten Ostdeutschen nicht. Für Westberliner waren viele Produkte wesentlich billiger als in ihrem Teil der Stadt. So kamen sie in Scharen zu uns, und einfache Arbeiter durften sich wie Millionäre fühlten. So hatten wir uns die ausgebeuteten und unterdrückten Massen nicht vorgestellt. Die Opfer des Kapitalismus sahen in den Schulbüchern und im DDR Fernsehen ganz anders aus.

1972 fanden die Olympischen Sommerspiele in München statt. Die sportliche Konkurrenz zwischen den beiden deutschen Staaten war wie immer sehr groß. Die DDR konnte sich über den Sieg von Renate Stecher bei den Leichtathleten freuen. Leider wurden diese Spiele des Friedens von einem moslemischen Terroranschlag auf die israelischen Sportler überschattet.

Je länger ich im Gefängnis saß, desto besser konnte ich unter scheiden, welchen Mitgefangenen ich trauen konnte und wer für die Wärter Spitzeldienste übernahm. Ich stellte fest, dass außer mir noch andere Häftlinge vom Gefängnisausbruch mit anschließender Flucht in den Westen träumten. Einer allein hatte fast keine Chance. Ich überlegte tagein, tagaus, ob ich einen Ausbruch mit vertrauenswürdigen Mitgefangenen wagen, oder lieber die 5 Jahre Haft abwarten sollte.

Die Welt veränderte sich, während ich hinter grauen Mauern mit schwedischen Gardinen saß. Deutschland trat der UNO bei. Amerika beendete den Krieg in Vietnam und überließ ein weiteres Land dem Kommunismus. Gleichzeitig begannen die ersten Watergate Untersuchungen, die Richard Nixon ein Jahr später die Präsidentschaft kosteten.

Im Herbst 1973 löste der große Erdölschock die Energiekrise aus. Die Araber drehten der Welt den Ölhahn ab. Die dritte Welt und der Ostblock litten besonders unter der Verdoppelung der Erdölpreise. Erstmals in der Neuzeit bekam der uneingeschränkte Fortschrittsglaube der Menschheit einen gewaltigen Knick. Überall im Westen wurde von vernünftiger Energieverwendung und der Umweltverschmutzung gesprochen. Im Osten kümmerte man sich nicht darum. Auf dem Gebiet der Umweltzerstörung und des Waldsterbens war der Ostblock dem Westen ausnahmsweise um eine Nasenlänge voraus.

Ich konnte mich noch gut an die alte Zeit erinnern, in der es weder elektrisches Licht, noch Autokolonnen auf den Straßen gab. Damals kam die Menschheit noch ohne diesen Firlefanz aus. Doch jetzt bedeutete schon die kleinste Einschränkung eine Krise. In vielen Ländern ersetzte man sämtliche Ölkraftwerke gegen die gefährlichen Atommeiler.

Zirka ein Jahr vor meiner Entlassung, geriet ich unfreiwillig mitten in eine Häftlingsrevolte. Es gab sowohl bei den Gefangenen, als auch beim Wachpersonal Tote und Verletzte. Dabei hatte alles ganz harmlos mit einem Streit beim Essen begonnen. Die Situation eskalierte und die Wärter schritten ein. Plötzlich kämpfte jeder gegen jeden und es ging nur noch darum, mit heiler Haut zu überleben.

Der Aufstand wurde brutal niedergeschlagen und ich überlebte leicht verletzt. Wegen meiner Beteiligung bekam ich zu den 5 Jahren Strafe noch ein paar Jahre dazu. Ich konnte mir einfach nicht vorstellen, noch länger im Gefängnis dahin zu vegetieren. Das Zeitfenster für meine New York Reise begann sich zu schließen. Ich musste das Risiko in Kauf nehmen, dass ich an einen Spitzel geraten konnte, und endlich Kontakt zu einigen Mitgefangenen aufnehmen, von denen ich annahm, dass auch sie Fluchtgedanken hegten.

Ich entschied mich für zwei Regimekritiker, die ich lange beobachtet hatte. Ich konnte zu 99% ausschließen, dass sie Spitzel waren. Eine 100% Sicherheit hatte man nur wenn man niemanden außer sich selbst Vertrauen schenkte. Außerdem waren sie klug genug, um sich gemeinsam mit mir einen Fluchtplan auszudenken der auch funktionieren konnte.

Zuerst kontaktierte ich Otto. Er hatte Medizin studiert und wurde von seiner eigenen Freundin an die Stasi verraten. Er wollte mit einigen Studienkollegen regierungskritische Plakate in der Universität aufhängen. Die Polizei verhaftete ihn, noch bevor es soweit war. Als er nach einer Vorlesung zurück ins Studentenheim kam, wurde er schon erwartet. Die Beamten hatten zuvor sein Zimmer durchsucht und sämtliche Beweise gefunden. Wie ich wollte er nicht nur aus dem Gefängnis ausbrechen, sondern auch gleich die DDR verlassen.

Georg kam aus einer Professorenfamilie. Trotz guter Leistungen in der Schule durfte er nicht studieren. Das sozialistische System förderte intelligente Arbeiterkinder und benachteiligte Kinder aus gebildeten Familien. Kaum hatte er gegen seinen Willen einen Job als Verkäufer begonnen, trat er einer unabhängigen und daher illegalen Gewerkschaft bei.

Streiks in einem Arbeiterparadies wie der DDR waren strengstens verboten. Alle Mitglieder dieser Gewerkschaft, die an der Planung eines nicht genehmigten Streiks teilnehmen wollten, wurden verraten und verhaftet. So wurde auch Georg am Tage des geplanten Streiks um 4 Uhr früh abgeholt und ins Gefängnis gesteckt. Auch er träumte schon seit seiner Kindheit von einem Leben in Westdeutschland.

Vorsichtig begann ich mit den beiden über eine mögliche Flucht zu sprechen. Sie trauten mir anfangs auch nicht so recht. Es dauerte eine ganze Weile, bis wir alle wussten, dass wir uns aufeinander verlassen konnten. Damit war geradeamal die erste Hürde genommen, die auf dem Weg in unsere Freiheit lang. Wir mussten noch viele weitere Probleme lösen.

Georg war leider nicht in der gleichen Zelle wie Otto und ich. Der Gefängnisalltag ließ uns nur wenig Zeit, um uns abzusprechen. Pünktlich um 6:00 Uhr: Wecken und Frühstück. 7:00 Uhr: Ausrücken zur Arbeit nach Anordnung. 12:00 Uhr: Mittagessen, danach zurück zur Arbeit. 16:00 Uhr: Freizeit (Hofgang, Sport). 18:00 Uhr: Abendessen. 21:00 Uhr: Einschluss. 22:00 Uhr: Licht aus.

Die Ausarbeitung des Fluchtplanes ging daher eher schleppend vor sich. Wir verständigten uns hauptsächlich mit kleinen Nachrichten, die wir auf jeden Papierfussel schrieben, den wir auftreiben konnten. Hatte jemand zum Beispiel einen Einfall, dann schrieb er ihn auf. Bei günstigen Gelegenheiten tauschen wir die Zettel dann aus. Das taten wir entweder während des Essens unter dem Tisch oder beim Hofgang. Diese Art der Kommunikation nahm aber viel Zeit in Anspruch

Was man unter normalen Umständen in einem kurzen Gespräch bereden konnte, dauerte bei uns also Tage und Wochen. Mit der Zeit wurde unser Fluchtplan aber immer konkreter und ausgereifter. Georg hatte draußen noch einige Freunde, die uns ein Fluchtauto und gefälschte Papiere zur Verfügung stellen konnten. Otto kannte einen evangelischen Pfarrer, der uns einige Zeit bei sich verstecken wollte. Erst wenn etwas Gras über unseren Gefängnisausbruch gewachsen war, sollte unsere Flucht über die Grenze stattfinden. Ich, mit der längsten Lebenserfahrung, war der Koordinator der gesamten Aktion.

Für die Zeit nach dem Ausbruch war also bestens gesorgt. Nur über die Art des Ausbruches konnten wir uns noch nicht einigen. Georg und ich hätten alles getan, um aus dem Gefängnis zu kommen. Das Leben der Polizisten und Wächter war uns egal. Immerhin saß ich in dieser Strafanstalt, weil ich das Leben der beiden Polizisten verschont hatte, die mir in die Quere gekommen waren.

Otto war leider sehr religiös. Er liebte alle Menschen und wollte auch seinem ärgsten Feind keinen Schaden zufügen. Das mussten Georg und ich akzeptieren. Unser todsicherer Fluchtplan, bei dem mindestens zwei Gefängniswärter ins Gras gebissen hätten, fiel also ins Wasser.

Georg und ich verstanden überhaupt nicht, warum sich Otto Gedanken über diese Beamten machte. Er nannte es christliche Nächstenliebe. Wir hielten seine Ethik für ein unnötiges Risiko. Seiner Meinung nach waren alle Menschen Gottes Geschöpfe und keiner hatte das Recht, einen anderen zu töten.

Obwohl ich anderer Ansicht war, beeindruckte mich Ottos Gottvertrauen. Er brauchte nur ein Gebet zu sprechen, und schon war seine Angst wie weggeblasen. Er glaubte an Gottes Schutz und legte sein Schicksal vertrauensvoll in seine Hände.

"Wenn Gott will, dass wir bei unserem Ausbruch Erfolg haben, dann wird er uns helfen. Wenn wir die Todsünde des Mordes begehen, dann bringt uns die gewonnene Freiheit kein Glück", rechtfertigte Otto seinen Entschluss, auf keinen Fall einen Polizisten zu töten.

Ich hoffte, dass Otto mit seinem Gottvertrauen Recht hatte. Eine Flucht ohne Todesopfer war mir ohnehin lieber. Mir war nicht wirklich wohl bei dem Gedanken, einem anderen Menschen durch meine Hand sterben zu lassen. Außerdem drohte Mördern in der DDR die Todesstrafe.

Im Herbst 1975 war es dann soweit. Wir wollten unsere Flucht noch vor dem ersten Schneefall durchziehen. Wenn uns der Winter zuvorgekommen wäre, dann hätten wir bis zum Frühjahr warten müssen. Im Winter gaben wir nämlich zu gute Zielscheiben für die Scharfschützen auf den Schießtürmen ab. Der weiße Schnee bildete einen idealen Kontrast zu unseren Körpern.

Monatelang hatten wir an unserem Fluchtplan herumgetüftelt. Nun kannte ihn jeder von uns in- und auswendig. Auch die Fluchthelfer, die uns zu dem Pfarrer bringen sollten, der uns verstecken wollte, waren informiert. Ein Datum Ende September war fixiert. Wir schwankten in diesen Tagen zwischen banger Hoffnung und freudiger Erwartung. Ich zählte die Tage und Stunden. Der Termin rückte unaufhörlich näher. Mein tolles Leben in Amerika schien zum Greifen nahe.

Dann war es endlich soweit. Unser Plan wurde in die Praxis umgesetzt. Georg, der manchmal unter epileptischen Anfällen litt, täuschte am Abend einen solchen vor und kam aus diesem Grund auf die Krankenstation. In einem günstigen Augenblick überwältigte er den überraschten Arzt und dessen Helfer. Georg war ein ziemlich bulliger Typ, der es locker mit mehreren Männern gleichzeitig aufnehmen konnte. Doch um diese Uhrzeit war weniger Personal zugegen als am helllichten Tage.

Nachdem er den Arzt und seinen Helfer gefesselt und geknebelt hatte, schlüpfte er aus seiner Sträflingskleidung und zog sich einen Arztkittel über. In dieser Verkleidung betrat er das Depot und stahl ein paar Spritzen und einige Ampullen Betäubungsmittel.

Nachdem dieser Teil des Plans gelungen war, betrat Georg unbehelligt unseren Gefängnistrakt. Den Wächtern, die ihn nicht erkannten erklärte er, dass er einen Häftling aus unserer Zelle unverzüglich zu sehen wünsche. Misstrauisch wollten diese den Grund für eine Visite zu dieser ungewöhnlichen Zeit erfahren. Georg verwirrte sie mit ein paar medizinischen Fachbegriffen, die ihm Otto beigebracht hatte. Zum Glück war das Wachpersonal nicht besonders intelligent. Es handelte sich um politisch verlässliche Beamte, deren berufliche Kompetenz nett gesagt, nicht gerade die Beste war.

Georg wurde in unsere Zelle gelassen. Neben Otto und mir befanden sich zu dieser Zeit noch weitere 6 Gefangene in der Zelle. Nun lag es an uns, ob der Ausbruch erfolgreich durchgeführt werden konnte. Jeder von uns musste sich einen Aufseher vornehmen. Ob die Mitgefangenen sich einmischten oder nicht war egal. Wenn sie es taten, dann sicher zu unseren Gunsten.

Aber unser Plan funktioniert auch ohne ihre Hilfe. Er war ganz simpel. Georg steckte mir heimlich eine aufgezogene Spritze zu und gab Otto ein Zeichen. Der fing plötzlich an laut zu toben und alle Augen richteten sich auf ihn. In diesem Moment verpasste ich Georg einen filmreifen Kinnhaken und er fiel schauspielerisch perfekt zu Boden. Sofort kamen zwei der drei Aufseher in unsere Zelle um mich zu überwältigen. Der dritte stand vor dem Eingang und richtete seine Waffe auf die anderen Häftlinge, damit keiner die Situation zur Flucht nutzen konnte. Georg flüchte nach draußen und stellte sich neben den Wächter mit der Waffe. Der achtete natürlich nur auf die Insassen der Zelle.

Ich rammte einem der beiden Wachmännern die Betäubungsspritze in den Oberschenkel. Innerhalb von Sekundenbruchteilen sank dieser in sich zusammen. Der zweite Wächter griff nach seiner Waffe, aber ich stürzte mich entschlossen auf ihn.

Zur gleichen Zeit drückte Georg dem abgelenkten dritten Wächter ebenfalls eine Betäubungsspritze tief ins Gesäß und nahm dessen Waffe an sich. Otto half mir dabei den verbliebenen Wärter zu überwältigen. Dieser konnte sich weder rühren noch schreien, als Georg mit der dritten Spritze auf ihn zu ging. Ein kleiner Stich und auch der letzte Aufseher wurde in einen stundenlangen Tiefschlaf versetzt.

Die anderen Häftlinge jubelten. Sie nahmen die Schlüssel der Polizisten an sich und öffneten alle Zellen auf unserem Trakt. Chaos brach aus. Wir beeilten uns, um die allgemeine Verwirrung zu nutzen.

Wir zogen uns die Uniformen der überwältigten Wächter an. Plangemäß lösten wir selbst den Alarm aus und rannten so schnell wir konnten zum Ausgang. Sämtliche Gefängnisbediensteten aus den anderen Stockwerken eilten herbei und versuchten, die Revolte im Keim zu ersticken. Jeder Häftling, der sich nicht sofort ergab, wurde niedergeknüppelt oder angeschossen. Ob außer uns noch jemand flüchten konnte weiß ich nicht. Ich habe auch keine Ahnung wie viele Opfer es gab.

Wir konnten das Gefängnis im allgemeinen Chaos ganz gemütlich durch den Hauptausgang verlassen. Draußen auf der Straße wartete, wie geplant, ein Fluchtwagen auf uns. Wir stiegen schnell ein, und ab ging es in Richtung Freiheit. Während der Fahrt entledigten wir uns der Gefängniskleidung und zogen zivile Klamotten an.

Als wir gegen halb elf Uhr am Abend unser Versteck erreichten, hörten wir im Radio einen Bericht über den Ausbruch. Es hatte auf beiden Seiten Tote und Verletzte gegeben. Wir wurden als Staatsfeinde und Spione verunglimpft. Wie viele Leute entkommen waren, verschwieg die Regierung wie gewöhnlich. Die Bevölkerung der DDR sollte nur erfahren, dass die Polizei wieder Herr der Lage war. Georg und ich waren völlig überdreht und bester Laune. Für die entstandenen Kollateralschäden fühlten wir uns nicht verantwortlich. Otto hingegen betete gemeinsam mit dem Priester für die Seelen der Menschen, die an diesem Tag gestorben waren.

Nach dem Gebet kredenzte uns der Pfarrer das vorbereitete Abendmahl. Nach vielen Jahren Gefängnisfraß konnte ich endlich wieder einmal eine ordentliche Mahlzeit genießen. Nie wieder hat mir ein Essen so gut geschmeckt, wie an diesem besonderen Tag.

Unser Gastgeber, war nicht mit der Priesterkutte bekleidet, die ich erwartet hatte. Er war etwa Mitte Vierzig, hatte kurze hellbraune Haare, baue Augen und einen schlanken, sportlichen Körper. Er trug Blue Jeans und einen warmen, schwarzen Pullover. Seinen Hals zierte ein dünnes Goldkettchen an dem ein Kreuz hing.

Der evangelische Pfarrer schien ein netter Kerl zu sein. Mich beeindruckte, dass er uns half, obwohl er davon keinen Nutzen hatte. Für ein Dankeschön riskierte er seine Freiheit und vielleicht sogar sein Leben. In den Wochen, in denen wir uns bei dem Priester im Keller versteckt hielten, hatte ich oft die Gelegenheit, mit ihm zu sprechen. Er war der erste Mensch, mit dem ich über meine Wiedergeburt sprach, nachdem mir meine Familie keinen Glauben geschenkt hatte.

Ich erzählte ihm, dass in Amerika ein großer Besitz auf mich wartete, den ich mir erarbeitet hatte, als ich noch Amerikaner war. Der Pastor war sichtlich beeindruckt von meinen Berichten. Als Protestant war er in jeder Hinsicht liberaler als ich es von seinen katholischen Kollegen kannte. Er verriet mir, dass auch er an die Wiedergeburt glaubte. Seiner Meinung nach wurde beim Übersetzen der Bibel, der Einfachheit halber, aus der Wiedergeburt ein Fegefeuer gemacht. So ergab für ihn alles Sinn.

Aus uralten Übersetzungen ging seiner Ansicht nach, eindeutig hervor, dass der Mensch so lange auf die Welt kommt, bis er sich eindeutig dem Guten oder dem Bösen zugewandt hat. Die Entscheidung lag bei jedem selbst. Damit die einfachen Menschen vor 2000 Jahren nicht die Auferstehung von Jesus mit der Wiedergeburt verwechselten, änderten die Bibelschreiber damals einfach sämtliche Passagen der ursprünglichen Schriften, die mit der Wiedergeburt zu tun hatten, oder so ähnlich.

Ich gestand dem Pastor gleich zu Beginn unseres ersten Gespräches, dass ich von den Vertretern seines Berufsstandes nicht allzu viel hielt, obwohl er mir persönlich sehr sympathisch war. Er lächelte verständnisvoll. Mit viel Fingerspitzengefühl und Einfühlungsvermögen versuchte er, mein Herz für die Wahrheit zu öffnen. Vielleicht wäre es ihm auch gelungen, wenn wir mehr Zeit gehabt hätten.

Wir philosophierten oft nächtelang während Otto und Georg schliefen. Wie der alte Chinese, meinte auch der evangelische Pastor, dass es nicht gut für mich sein konnte, was ich getan hatte. Seiner Ansicht nach hatte jedes Leben einen Sinn und ich versuchte den Sinn meines Lebens mit Gewalt zu ändern.

„Wenn wirklich jedes Leben einen Sinn und jeder Mensch eine Aufgabe hat, warum gibt es dann so viele arme Menschen, die früh sterben müssen oder an Behinderungen leiden", frage ich den Pastor. Ich erwartete die stereotype Antwort, dass Gottes Wege eben unergründlich seien. Aber dieser Priester sah die Welt etwas differenzierter.

„Kein Leben ist sinnlos", erklärte er mir geduldig. „Ein Mensch, der verkrüppelt auf die Welt kommt, macht in diesem Leben eben eine Erfahrung, die ihm in einem anderen Leben weiterbringen wird. Außerdem kann ein Behinderter seinerseits anderen Leuten helfen."

„Wie denn das?" fragte ich verblüfft. „Gerade schwer behinderte Menschen sind doch rund um die Uhr auf die Hilfe anderer angewiesen."

„Wenn ein gesunder Mensch sieht, wie schlecht es einem anderen geht, dann merkt er vielleicht, wie lächerlich seine eigenen Probleme sind, unter denen er leidet", erklärte der Pfarrer. „Deshalb sind auch Mord und Selbstmord eine Todsünde. Man stiehlt Gott, und sich selbst damit die Chance, alle Erfahrungen zu machen, die für jenes Leben vorgesehen sind."

Somit verurteile er auch die Tötung von Menschen, nur weil sie anders waren, wie es die Nationalsozialisten praktizierten. Gleichfalls missfielen ihm aber auch die Bestrebungen der Kommunisten und Sozialisten, die alle Menschen gleich machen wollten, egal wie verschieden ihre Charaktere und Bedürfnisse auch waren. Teilweise hielt ich seine Theorien für sehr gewagt, aber einige seiner Sichtweisen gaben mir zu denken.

Noch bevor es dem Pastor gelang, mich zu einem gottesfürchtigen Protestanten zu machen, war die Zeit gekommen um Abschied zu nehmen. Die Begegnung mit diesem netten Menschen hatte mein Weltbild noch nicht zerstört aber immerhin etwas ins Wanken gebracht.

Ein Fluchthelfer aus Westdeutschland holte uns an einem grauen Novembertag ab. Er hatte schon einmal Menschen über die Ostsee in die Freiheit gerettet. Die Chancen durchzukommen standen fifty-fifty, also nur jeder zweite kam wirklich im Westen an. Zur kalten Jahreszeit gab es weniger Fluchtversuche über das Meer und die Kontrollen waren etwas lascher als im Sommer.

Obwohl diese Grenze zum Westen etwas durchlässiger war, als der „antifaschistische Schutzwall" gab es zwischen 1961 und 1989 tausende Unglückliche, die bei ihrer Flucht entweder gefasst oder getötet wurden.
Wir hatten ein Schlauchboot im Wagen, schwarze Tücher zur Tarnung und vier Paddel. Damit fuhren wir Richtung Wismar. Der Fluchthelfer erzählte uns, dass er beim letzten Mal von Wismar zirka 40 Kilometer in die Lübecker Bucht gerudert war. Es schien ihm aber sicherer zu sein, diesmal nach Grömitz oder Süssau zu paddeln. Die Fahrt übers offene Wasser war sicherer als die Küste entlang zu schippern. Wir verließen uns da ganz auf seine Erfahrung.

Zuerst schien alles problemlos abzulaufen. Wir konnten unentdeckt das Schlauchboot aufpumpen und zu Wasser lassen. Dann ruderten wir so schnell es ging Richtung Westdeutschland. Die vielen Scheinwerfer im Küstenbereich kannte der Fluchthelfer und wir umschifften sie.

Nach etwa 4 bis 5 Stunden konnten wir schon Lichter vor uns sehen. Wir hatten unser Ziel vor Augen und paddelten was das Zeug hielt. Doch plötzlich tauchte wie aus dem Nichts ein Boot der Grenzpolizei auf. Die Scheinwerfer des Patrouillenbootes erfassten uns. Wir erschraken. Das Boot näherte sich.

„Ist das die westdeutsche Küstenwache oder könnten das immer noch die DDR Grenztruppen sein", flüsterte ich erschrocken. Hoffnung und Angst erfasste jeden einzelnen von uns.

„Ich habe keine Lust, das herauszufinden", sagte der Fluchthelfer. "Es ist ohnehin nicht mehr weit bis zur Küste. Das Beste ist, wir schwimmen das Letzte Stück. Jetzt ist jeder auf sich allein gestellt."

„Verdammt! Ich kann nicht schwimmen", rief Georg.

„Steht alle auf und hebt die Hände", dröhnte es durch den Lautsprecher des Patrouillenbootes. „Wenn ihr euch nicht ergebt, dann eröffnen wir das Feuer." Jetzt war klar mit welcher Küstenwache wir es zu tun hatten. Ich stand auf und sprang sofort ins Wasser. Otto und der Fluchthelfer folgten mir. Georg blieb als einziger im Schlauchboot. Er ließ sich widerstandslos festnehmen. Auf uns hingegen wurde Jagd gemacht.

„Schwimmt so schnell ihr könnt", keuchte der Fluchthelfer. „Diese Unmenschen werden auf uns erbarmungslos schießen."

So schnell ich nur konnte, kraulte ich auf das rettende Ufer zu. Was rund um mich geschah, bekam ich kaum mit. Die Schüsse und Schreie, die hinter mir zu hören waren, nahm ich fast nicht wahr. Erst als ich nach zirka 20 Minuten festen Boden erreicht hatte, beruhigte ich mich ein bisschen.

Ich zitterte vor Aufregung und Kälte am ganzen Körper. Noch begriff ich nicht, dass ich zum ersten Mal in diesem Leben auf freiem Territorium stand. Ich war durch die engen Maschen des "Eisernen Vorhangs" geschlüpft.

Wenige Minuten später erreichte auch Otto das Ufer. Er hatte eine Schusswunde am linken Bein und konnte nicht aufstehen. Er robbte an Land. Ich eilte zu dem Verwundeten und half ihm hoch.

„Wo sind die anderen?" fragte ich.

„Ich glaube, unseren Fluchthelfer hat es erwischt", stöhnte Otto. Es fiel ihm sichtlich schwer, seine Schmerzen zu unterdrücken.

Das Patrouillenboot hatte inzwischen wieder abgedreht. Sie wussten, dass sie das freie Territorium der BRD nicht betreten durften. Außerdem hatten sie offensichtlich den Fluchthelfer und Georg erwischt. Ich mochte mir gar nicht vorstellen was den beiden nun bevorstand. Wir haben es nie erfahren.

Wir hatten keine Ahnung wo wir gestrandet waren. Wir flüchteten ins Landesinnere. Ottos verletztes Bein erlaubte uns nur ein sehr langsames Weiterkommen. Nach einiger Zeit fanden wir eine kleine Hütte, in der noch Licht brannte. Mit letzter Kraft schleppte ich meinen verwundeten Freund bis zur Türe. Ich klopfte. Ein alter Mann öffnete uns. Er schien gar nicht überrascht zu sein, dass um diese Zeit zwei Männer in einem derartig jämmerlichen Zustand bei ihm auftauchten.

„Ihr seid sicher Ostflüchtlinge", stellte er freundlich fest. „Willkommen in der freien Welt. Aber kommt erst mal rein und wärmt euch, ihr seid ja grün und blau gefroren. Mein Name ist übrigens Hans Bronsky."

Wir betraten die gut geheizte Stube und tauschten unsere nassen Klamotten gegen trockene. Dann setzten wir uns an den warmen Ofen. Durch das Fenster schienen die ersten morgendlichen Sonnenstrahlen. Ein neuer Tag hatte begonnen. Der erste in unserem neuen Leben. Doch wir waren so erschöpft, dass wir nur ans Schlafen dachten.

Der alte Mann setzte eine Kanne Tee auf. Während das Wasser zu kochen begann, betrachten wir Ottos Schussverletzung erstmals bei Licht. Sie sah schlimm aus. Salziges Wasser und Sand hatten ihr zugesetzt. Die Kugel war leider nicht durchgegangen sondern steckte tief in der Wunde.

Hans versorgte meinen Freund so gut er konnte. Er wusch die Wunde aus, so gut es ging. Wir tranken den warmen Tee und aßen die Reste seines Abendmahls. Otto war sehr tapfer und dankte Gott, dass er nicht von den Grenztruppen aufgegriffen worden war. Ich war mir selbst dankbar, dass ich schnell genug schwimmen konnte und nicht verletzt worden war.

„Ihr seid nicht die ersten, die auf diese Weise den Völkerkerker der Sowjetunion verlassen haben", sagte der alte Mann. Ich blickte in seine gütigen, blassblauen Augen und überlegte, wie oft er wohl schon Leuten wie uns geholfen hatte. Sein Körper wirkte klein und zerbrechlich. Aber das täuschte. Hans Bronsky schien für sein Alter noch recht fit zu sein. Nur seine knochigen Hände litten unter der Gicht.

Sein Alter schätzte ich so um die 70 Jahre. Ich dachte daran, dass auch ich schon zweimal dieses Alter erreicht hatte. Aber diese Fröhlichkeit und Freundlichkeit, die der alte Mann ausstrahlte, hatte ich noch nie empfunden. Ich beneidete ihn dafür. Obwohl er nur in einer kleinen Hütte wohnte, und kaum etwas besaß, schien er glücklicher zu sein, als ich all die Jahre mit meinem Reichtum.

Der alte Mann berichtete von den vielen Flüchtlingen, die seit der Teilung Deutschlands den Weg in den Westen geschafft hatten.

„Jetzt kommen ja immer weniger rüber zu uns", erzählte er. "In den ersten Jahren nach dem Mauerbau, sind die meisten Flüchtlinge irgendwo zwischen Lübeck und der dänischen Küste aufgetaucht. Aber in den letzten Jahren ist es immer schwieriger geworden, die Grenzkontrollen zu überwinden. Ihr könnt von Glück sagen, dass ihr durchgekommen seid."

Unsere Freude über die gelungene Flucht dämpfte der Gedanke an den Fluchthelfer und Georg, die es nicht geschafft hatten. Der alte Mann erklärte uns noch, wo wir uns melden mussten um einen neuen Pass zu beantragen, und dass uns 30 D-Mark Begrüßungsgeld zustanden. Aber darum wollten wir uns erst kümmern, nachdem wir etwas geschlafen hatten.

Erleichtert und erschöpft schlief ich an diesem Morgen so gegen halb zehn ein. Otto fand aufgrund seiner Schmerzen weder Ruhe noch Schlaf. Der alte Mann hatte kein Telefon in seiner Hütte und fuhr mit seinem Fahrrad ein paar Kilometer bis zur nächsten Telefonzelle. Von dort aus rief er die Rettung.

Ich schlief tief und fest und wachte erst auf, als endlich der Rettungswagen für Otto eintraf. Ich begleitete ihn ins Krankenhaus obwohl ich immer noch müde war. Von dort aus ging ich dann in das zuständige Amt um einen neuen Reisepass zu beantragen. Je eher ich die berühmt, berüchtigte, deutsche Bürokratie hinter mich gebracht hatte, desto schneller konnte ich um eine Einreisegenehmigung nach Amerika ansuchen.

Otto wurde noch am selben Tag operiert. Neben der Kugel hatte er sich auch eine schwere Lungenentzündung eingefangen. Obwohl die Ärzte die Kugel fachgerecht entfernten, drohte dem Bein die Amputation. Otto hatte sich zu allem Überfluss auch noch mit einem multiresistenten Keim im Krankenhaus angesteckt. Wegen seines geschwächten Zustandes schwebte er in Lebensgefahr. Die Ärzte versuchten alles um sein Leben zu retten, aber es sollte einfach nicht sein. Nur wenige Wochen nach unserer Flucht verstarb Otto im Krankenhaus. Ich saß die ganze Zeit bei dem Sterbenden, um ihn zu trösten. Aber er schien das gar nicht nötig zu haben.

Obwohl er sich nicht an sein früheres Leben erinnerte und sich daher auch nicht sicher sein konnte, dass es ein weiteres für ihn geben würde, glaubte er fest daran. Ich wusste so vieles, wovon andere Menschen keine Ahnung hatten und war immer noch nicht bereit, gewisse Tatsachen zu akzeptieren, an die andere Menschen bedingungslos glaubten.

Trotz seiner Schmerzen entschlummerte Otto voll Gottvertrauen mit einem Lächeln auf den Lippen. Nun war ich ganz auf mich allein gestellt. Meine Familie in Berlin wollte ich vom Westen aus nicht kontaktieren, damit sie keine weiteren Schwierigkeiten mit den Behörden erdulden mussten. Mein Blick war nach vorne gerichtet. Ich freute mich auf Amerika und mein großes Vermögen, das dort auf mich wartete.

Bis zum Frühjahr 1976 wartete ich auf mein amerikanisches Visum. Die Hinreise finanzierte ich, wie in meinem Vorleben, indem ich auf einem Schiff arbeitete, dass von Hamburg nach New York auslief. Einen Flug konnte ich mir mit dem Geld, das ich vom Staat bekam, nicht leisten. Ich zählte die Tage, und stellte erfreut fest, dass die Überfahrt von Europa nach Amerika wesentlich schneller von statten ging als seinerzeit.

Als das Schiff im Hafen von New York einlief und an der Freiheitsstatue vorbei fuhr, glaubte ich vor Glück zu zerspringen. Nach einem Vierteljahrhundert war ich endlich heimgekehrt. Gemeinsam mit anderen US-Passagieren sang ich die amerikanische Hymne. Jetzt wollte ich so schnell wie möglich mein Geld und einen brandneuen Pass der Vereinigten Staaten. Ich überlegte, ob dieser auf meinen neuen, oder alten Namen lauten sollte.

Mit ein paar hundert Dollar in der Tasche ging ich von Bord. Ich streifte durch die Stadt und suchte eine Bleibe für die ersten Tage. New York hatte sich in den vergangenen 25 Jahren so sehr verändert, das ich mich kaum noch zurechtfand. Natürlich hatte es immer schon arme Leute gegeben, die auf der Straße lebten oder in der Subway schliefen. Aber nun gab es sogar im vornehmen Manhattan einige Gegenden, in denen man sich tagsüber nicht mehr sicher fühlte. Häuserwände und U-Bahn Garnituren waren mit buntem Graffiti beschmiert. Ich erlitt einen richtigen Kulturschock. In der DDR war die Zeit stehengeblieben und hier gab es unglaublich viel Neues. Leider gab es auch wesentlich mehr Dreck und Gestank als zu der Zeit, als ich das letzte Mal in dieser Stadt war.

Zumindest in der Park Avenue, wo ich einmal ein Appartement besaß, sah es noch schön aus. Dort konnte ich mir mit meinen paar Dollars, die ich auf dem Schiff verdient hatte, jedoch weder eine Wohnung noch ein Hotelzimmer leisten.

Ich fand Unterkunft in einem YMCA Hotel auf der Westseite Manhattans. Das Zimmer war spartanisch eingerichtet. Trotzdem genoss ich die erste Nacht in einem Bett, das nicht schaukelte. Schon am nächsten Morgen wollte ich das Büro von Larry Webster aufsuchen und mich als Bill Toscanny zu erkennen geben.

Ich hatte ein wunderbares Gefühl, als wäre ich aus einem jahrzehntelangen Alptraum aufgewacht. Endlich lebte ich wieder im Land der Freiheit und der unbeschränkten Möglichkeiten. Schon bald würde ich wieder alles tun können, worauf ich in Ostdeutschland verzichten musste. Meine Gedanken kreisten nur noch um das viele Geld, mein wunderschönes Anwesen in den Hamptons und mein neues, besseres Leben. Glücklich entschlummerte ich ins Land der Träume.

Gegen 8 Uhr morgens wachte ich schweißgebadet auf. Mein süßer Schlaf endete wieder einmal mit der Vision von meinem Selbstmord. Ich zitterte wie Espenlaub. Draußen war es warm, doch in meinem Zimmer hatte der Vormieter die Klimaanlage zu hoch eingestellt. Ich drehte sie ab und öffnete das Fenster. Dann nahm ich eine heiße Dusche.

Frisch rasiert und gebadet, fischte ich ein sauberes T-Shirt und meine neuen Jeans aus dem Koffer. Ich zog mich an und ging runter zur Rezeption. Ich bat und ein Telefonbuch. Bevor ich zum Büro von Larry Webster ging, wollte ich anrufen und einen Termin vereinbaren. Zu meinem großen Erstaunen konnte ich weder seine private noch seine geschäftliche Telefonnummer finden. Die freundliche Rezeptionistin meinte, er könnte sich eine Geheimnummer zugelegt haben. Ich hoffte, dass sie Recht behielt und verließ das Hotel mit einem etwas mulmigen Gefühl.

Als ich Larry Websters Haus in Long Island erreichte, wurde ich von meinen süßen Zukunftsträumen auf den harten Boden der Realität zurückgeholt. Ich klingelte voller Vorfreude und wurde auch eingelassen.

Eine hübsche Frau mit zwei Kindern empfing mich. Als ich nach Larry fragte, teilte sie mir mit, dass der Notar 1973 unerwartet verstarb. Larrys Sohn hatte das Haus an ihren Mann verkauft. Ich war erschüttert von dieser Nachricht. Dann erfuhr ich, dass der junge Jeff Webster nun die Geschäfte seines

Vaters weiterführte und seit 3 Jahren in einem prächtigen Anwesen auf den Hamptons wohnte.

Die Frau gab mir die neue Adresse. Ich war wie vom Donner gerührt. Es war mein Haus. Ich verabschiedete mich und ging schnurstracks zur nächstgelegenen Busstation. Ich wollte so schnell wie möglich zu meinem Anwesen fahren. Eine Taxifahrt von Larrys ehemaligen Haus bis zu mir war zu teuer. Ich wollte so weit wie möglich mit den öffentlichen Verkehrsmitteln fahren und nur für das letzte Stück ein Taxi nehmen.

Es war so gegen Mittag, als ich mein Anwesen erreichte, in dem jetzt Larrys Sohn residierte. Ich stieg aus dem klimatisierten Wagen und spürte die heißen Strahlen der Maisonne in meinem Gesicht. Bevor ich mein Grundstück betrat, sah ich mich in der Gegend um. Hier hatte sich kaum etwas verändert. Ich holte tief Luft und trat zum Tor. Bei der Gegensprechanlage stellte ich mich als Bill Toscanny vor.

Das schwere schmiedeeiserne Eingangstor öffnete sich automatisch und ich ging auf der, mit weißen Steinplatten verzierten, Einfahrt in Richtung meines Hauses. Der Rasen war perfekt gemäht wie immer, auch die Zierpflanzen und Bäume standen noch genauso da, als wäre ich erst gestern fortgegangen.

Im Eingangsbereich des Hauses begrüßte mich der Majordomus von Jeff Webster. Er hatte keine Ahnung wer ihm gegenüberstand. Ich hingegen erkannte ihn sofort wieder. Er war jener junge Bursche, der seinerzeit geistesgegenwärtig verhindert hatte, dass dem kleinen Jeff bei seinem Unfall noch mehr passierte. Offensichtlich hatte er Karriere gemacht.

Als Majordomus war der ehemalige, einfache Hausangestellte nun der Chef des gesamten Personals und hatte nur darauf zu achten, dass alle Wünsche und Anordnungen seines Arbeitgebers optimal erledigt wurden. Selbst brauchte er keinen Finger mehr zu rühren.

„Wen darf ich Herrn Webster melden", fragte mich der inzwischen etwas angegraute Majordomus.

„Sie sind der junge Mann, der 1951 den kleinen Jeff Webster davor bewahrt hat, dass er seinen ganzen Körper mit einer heißen Flüssigkeit verbrüht", sagte ich, ohne auf seine Frage einzugehen. Ich nannte ihm auch die Adresse in Long Island, wo sich der Vorfall ereignet hatte. Dem Majordomus blieb für einen Moment der Mund offen.

„Woher wissen Sie das?" fragte er erstaunt.

„Weil ich der alte Mann bin, der damals mit dem leider verstorbenen Larry Webster einen Vertrag abgeschlossen hat", antwortete ich.

„Tut mir leid" erwiderte der Majordomus. „Ich kann mich beim besten Willen nicht an Sie erinnern."

„Damals sah ich auch etwas anders aus", erklärte ich. Ich hieß Bill Toscanny und das Haus, in dem wir uns jetzt befinden, ist mein Haus. Aber ich will Sie jetzt nicht verwirren. Ich möchte, wenn möglich, mit Jeff Webster und Dr. Hugles sprechen. "

„Dr. Hugles arbeitet nicht mehr für die Familie Webster", sagte der Majordomus. Ich merkte an seinem kritischen Blick dass er nicht sicher war, was er von meinen Ansagen halten sollte.

„Ich werde Mister Webster mitteilen, dass Sie ihn zu sprechen wünschen, Herr Toscanny", sagte der Majordomus und wollte schon weggehen.

„Im Moment heiße ich Peter Becker", fügte ich noch hinzu. „Wir werden eine Menge Papierkram erledigen müssen, bis ich meinen Besitz offiziell übernehmen kann. Ob ich meinen alten Namen annehmen kann und automatisch Amerikaner werde, oder als Peter Becker nochmal um die Staatsbürgerschaft ansuchen muss wird sich zeigen."

Ich hatte zu diesem Zeitpunkt für die Vereinigten Staaten nur ein drei monatiges Besuchervisum. Dem Reisepass zufolge war ich immer noch Deutscher Staatsbürger. Ich hoffte, dass Jeff Webster diese Probleme schnell lösen würde. Das Personal, das er eingestellt hatte, wollte ich mir bei Gelegenheit genauer ansehen und dann entscheiden, wen davon ich behielt.

In der Einfahrt hatte ich einen brandneuen Rolls Royce gesehen. Ich ging fix davon aus, dass mich ein Chauffeur nach dem Gespräch mit Jeff Webster, zurück nach Manhattan bringen würde. Dort wollte ich im YMCA auschecken und meine Habseligkeiten aus Europa mit in mein neues, altes Haus nehmen. Diesen Abend würde ich dann ein opulentes Mahl genießen. Der Koch konnte sich darum kümmern, während ich meine Erledigungen in Manhattan tätigte.

Doch diese Hoffnungen wurden schnell zerstört. Jeff Webster kam in den Raum. Er war offensichtlich von seinem Majordomus über meine Wünsche informiert worden. Er hielt sich erst gar nicht mit geheuchelter Freundlichkeit auf und kam gleich zur Sache.

„Wenn sie glauben, dass sie Geld aus dem Nachlass meines Vaters bekommen, dann sind sie verrückt", sagte Jeff Webster kühl. „Ich möchte Sie in Ihrem eigenen Interesse darum bitten, mein Haus zu verlassen und keinen weiteren Ärger zu machen.

Es war sofort klar, was Jeff Webster versuchte. Doch ich wollte es im ersten Moment einfach nicht glauben. Fassungslos stammelte ich: „Aber Sie müssen doch wissen, dass ich mit ihrem Vater einen Vertrag abgeschlossen habe. Sie besitzen außerdem eine Urkunde, anhand der ich beweisen kann, dass ich der wiedergeborene Bill Toscanny bin."

„Ich habe keine Ahnung, was sie meinen", sagte Jeff Webster und blickte mir dabei eiskalt in die Augen. „Von mir bekommen Sie gar nichts. Bill Toscanny starb ohne Nachkommen zu hinterlassen und hat meinen Vater als Erbe eingesetzt."

„Sie sind ja ein ganz gemeiner Betrüger", schrie ich wütend. „Wenn das ihr verstorbener Vater wüsste. Er würde sich im Grabe umdrehen."

„Wie kommen sie dazu, mich in meinem Haus zu beleidigen", konterte Jeff Webster. Er wendete sich seinem Majordomus zu und befahl zynisch: „Bitte begleiten Sie diesen verwirrten Ausländer nach draußen. Er will gehen." Dann blickte er arrogant in meine Richtung und ergänzte: „Sollten Sie hier noch einmal auftauchen und mich oder ein Mitglied meiner Familie belästigen, dann werde ich sie verhaften lassen."

„Darf ich sie bitten, das Haus zu verlassen", sagte der Majordomus in unverbindlicher Freundlichkeit. Dabei fasste er meinen Arm an. Ich befreite mich mit einer ruckartigen Bewegung.

„Ich gehe freiwillig aus meinem Haus", sagte ich wütend. Die Betonung lag dabei auf "meinem Haus". Jeff Webster grinste überlegen.

„Aber ich werde mit der Polizei wiederkommen", drohte ich beim Gehen. „Auch wenn Sie alle betreffenden Unterlagen ihres Vaters vernichtet haben sollten, so befindet sich immer noch ein altes Testament in diesem Haus. Ich weiß wo es ist. Damit kann ich nachweisen, dass ich einmal Bill Toscanny war und der Besitzer dieses Anwesens bin."

„Ein Italo-Amerikaner mit deutschem Akzent", lachte Jeff Webster. „Kein Mensch wird Ihren schwachsinnigen Verleumdungen Glauben schenken. Ohne Beweise machen Sie sich einfach nur lächerlich."

Ich verließ das Haus und fragte mich zum nächstgelegenen Police Departement durch. Aber dort wollte man meiner Bitte nach einer Hausdurchsuchung nicht nachkommen. Der diensthabende Leiter war ein guter Freund von Jeff Webster und sah keinen Grund, mir zu helfen.

So schnell gab ich nicht auf. Erbost ging ich ins nächste Polizeirevier. Dort hatte ich mehr Glück. Der diensthabende Officer kannte Jeff Webster und konnte ihn nicht leiden. Außerdem war er deutscher Abstammung. Mein Akzent erinnerte ihn an jenen seines Großvaters und deshalb war ich ihm sympathisch. Bei Kaffee und Donuts schilderte ich ihm meine Situation. Nur bei einer genehmigten Hausdurchsuchung hatte ich die Chance, mein Testament aus dem Jahre 1913 zu finden.

Obwohl der nette Police Officer skeptisch war, organisierte er nach endlosen Telefonaten tatsächlich den erhofften Durchsuchungsbefehl. Mit zwei Kollegen begleitete er mich zurück zu Jeff Websters Haus. Ich befürchtete, dass dieser die Zeit genützt haben könnte, um nach dem versteckten Testament zu suchen. Am liebsten hätte ich mich selbst geohrfeigt für mein loses Mundwerk. Gleichzeitig befürchtete ich, dass Jeff Webster das Testament schon viel früher gefunden und ebenfalls vernichtet haben könnte. Ich hatte kein gutes Gefühl.

Als ich mit den Polizisten zu Jeff Websters Haus kam, waren außer dem Majordomus keine Angestellten mehr zu sehen. Jeff hatte nach meinem Verschwinden, allen für den restlichen Tag freigegeben. Sein entspannter Gesichtsausdruck machte mich unruhig. Trotzdem wollte ich nichts unversucht lassen.

Zielgerichtet hastete ich in mein ehemaliges Arbeitszimmer. Die Einrichtung in diesem Raum war seit meinem Tod nicht verändert worden. Auch der Schreibtisch, in dem ich mein Testament eingesperrt hatte, stand noch da wie eh und je. Ein kurzer Blick genügte und ich konnte erkennen, dass die verschließbare Schublade aufgebrochen worden war. Den dazugehörenden Schlüssel hatte ich kurz vor meinem Tod verschwinden lassen.

Wider besseres Wissen, öffnete ich die Lade und stöberte in den Papieren, die sich dort befanden. Mit zitternden Händen überprüfte ich den Inhalt der Schreibtischlade, mehrmals hintereinander. Das Testament von 1913 konnte ich nicht finden. Jeff Webster war mir zuvorgekommen. Meine letzte Hoffnung hatte sich gerade in Rauch aufgelöst.

„Wissen Sie, dieser verrückte Ausländer hält sich für den wiedergeborenen Besitzer des Toscanny-Imperiums, das jetzt Jeff-Webster-Company heißt", erklärte Jeff den Polizisten mit spöttischem Unterton. Der Majordomus blickte schuldbewusst zu Boden. Doch außer mir fiel das niemandem auf.

„Es tut uns leid, dass wir Sie belästigt haben, Mister Webster", entschuldigte sich einer der Polizisten. „Aber wie Sie wissen, müssen wir jeder Anzeige nachgehen. Wir tun nur unsere Pflicht."

„Als gesetzestreuer Bürger bewundere ich jeden einzelnen Ordnungshüter der diesen harten Job auf sich nimmt um uns Bürger zu schützen", heuchelte Jeff verständnisvoll. „Tagein, tagaus müsst ihr euch mit Kriminellen und Irren herumschlagen."

Dafür hätte ich Jeff am liebsten eine verpasst. Doch dann beherrschte ich mich im letzten Moment. Ich wollte keinesfalls die Nacht in einer Gefängniszelle verbringen. Den nächsten Tag wollte ich nutzen, um einen guten Anwalt zu finden.

„Wir werden uns vor Gericht wiedersehen", sagte ich wütend. „Diese drei Polizisten werden bezeugen, dass die Schreibtischlade aufgebrochen worden ist. Damit kommen Sie nicht durch, Mister Webster."

„Ich fürchte mich nicht vor einem Prozess", sagte Jeff höhnisch. „Ich kann erstens mit meinem Schreibtisch machen was ich will, und zweitens werde ich unter Eid aussagen, dass diese Lade immer schon unversperrt war. Wenn Sie mich wirklich vor Gericht bringen, dann werde ich dafür sorgen, dass Sie wegen diesem Betrugsversuch ins Gefängnis kommen. Allerdings scheint mir eine psychiatrische Anstalt, in der man Sie für immer wegsperrt, der bessere Verwahrungsort für Sie zu sein."

Ich wollte mich mit diesem Kerl nicht vor der Polizei streiten. Das führte ohnehin zu nichts. Im Moment hatte eindeutig er alle Trümpfe in der Hand. Aber ich hoffte, mit der Hilfe eines guten Anwalts, diesen Jeff Webster vor Gericht besiegen zu können. Er war ein skrupelloser Dieb, und das musste ich beweisen, um wieder an mein Vermögen heranzukommen.

Nachdem die Hausdurchsuchung nicht den gewünschten Erfolg brachte, zog ich mit den Polizisten wieder ab. Jeff Webster begleitete uns sogar persönlich bis zur Türe. Kurz bevor ich das Haus verließ, sahen wir uns noch einmal tief in die Augen. Wir beide waren die einzigen Menschen auf dieser Welt, die die Wahrheit kannten.

In den folgenden Tagen suchte ich einen Anwalt, der nicht sofort Geld sehen wollte. Es gab genügend Advokaten, die erst nach einem gewonnenen Zivilprozess einen prozentuellen Anteil an der erstrittenen Summe haben wollten. Ich bekam einige wenig verlockende Angebote. 70% der erstrittenen Summe für die Kanzlei und 30% für mich, war völlig unakzeptabel. Wenn jemand in einem Fast Food Restaurant einen Rattenschwanz in seinem Burger entdeckte und dafür Geld erstritt, dann war diese Quote möglicherweise in Ordnung. Aber ich wollte mein eigenes Vermögen zurück und hatte nicht vor mehr als die Hälfte davon herzugeben.

Mit etwas Glück fand ich heraus, warum sich Jeff Webster vor einiger Zeit von Dr. Hugles, dem langjährigen Anwalt seines Vaters, getrennt hatte. Dr. Hugles wollte nicht länger für die Geschäfte von Jeff Webster verantwortlich sein. Offensichtlich war ich nicht sein einziges Opfer. Seitdem beschäftigte Jeff Webster den dubiosen Winkeladvokaten Dr. Stone, dem auch Kontakte zur Mafia unterstellt wurden.

Jeff Webster hatte nach der Trennung alle Hebel in Bewegung gesetzt, um den guten Ruf von Dr. Hugles zu demontieren. Das tat er teils aus Rache, aber auch um die Glaubwürdigkeit seines ehemaligen Rechtsvertreters zu schädigen. Damit hatte er sichergestellt, dass Dr. Hugles ihm nicht schaden konnte.

Das war meine große Chance. Wenn ich Dr. Hugles davon überzeugen konnte, dass ich wirklich der wiedergeborene Bill Toscanny war, dann durfte ich hoffen, dass er mich im Prozess gegen Jeff Webster vertrat. Soviel ich in Erfahrung bringen konnte, brauchte Dr. Hugles ohnehin wieder einen größeren Erfolg, um aus seinem beruflichen Tief herauszukommen. Wenn er es schaffte, meinen spektakulären Prozess zu gewinnen, dann konnte er sich die Klienten aussuchen.

Auf dem Weg zu seinem Büro überlegte ich mir genau was ich ihm anbieten wollte. 10% von meinem Vermögen fand ich mehr als großzügig. Immerhin hatte er die Chance, diesem Webster eins auszuwischen. Auch eine exklusive Anstellung in meiner Firma mit einen mehr als großzügigen Fixgehalt, konnte ich mir durchaus vorstellen.

Ich meldete mich bei seiner Sekretärin an und betrat mit klopfendem Herzen das Büro. Natürlich befürchtete ich, dass er wie der Majordomus keine Erinnerung mehr an unser erstes Treffen vor gut 25 Jahren haben würde. Mit dem Mut der Verzweiflung trat ich freundlich auf ihn zu und streckte ihm meine Hand zum Gruß entgegen.

Aus dem jungen Anwalt, den ich seinerzeit bei der Vertragsunterzeichnung mit Larry Webster kennengelernt hatte, war ein reifer, zirka 50 jähriger Herr geworden. Damals hatte ich ihn kaum beachtet, aber ich erkannte seine Gesichtszüge sofort wieder. Die paar Fältchen, die das Alter in sein Gesicht gezeichnet hatten, verliehen ihm eine solide und seriöse Ausstrahlung. Er war mir auf Anhieb sympathisch. Mit diesem Mann konnte ich beruhigt vor den Richter und die Jury treten.

„Was kann ich für sie tun, Mister äh...", begrüßte mich Dr. Hugles.

„Becker, Peter Becker", erwiderte ich den Gruß und gab mich gleich richtig zu erkennen: „Aber eigentlich bin ich der wiedergeborene Bill Toscanny. Erinnern sie sich noch an mich? Im Sommer 1951 waren Sie dabei, als wir gemeinsam mit Larry Webster einen Vertrag unterzeichnet haben. Ich war damals ein 80 jähriger Greis, der sich sein Vermögen selbst vererben wollte. Ich wurde wie geplant wiedergeboren, kann mich an alles erinnern und will mein Erbe antreten."

Dr. Hugles sah mich an wie einen Geist. Er konnte sich an dieses bizarre Geschäft erinnern. Verständlicherweise war er im ersten Moment etwas sprachlos und ziemlich skeptisch.

„Hätte nie gedacht, dass so etwas möglich ist", murmelte er geistesabwesend. Schnell fasste er sich wieder und stellte mir jene Frage mit der ich alles beweisen konnte: „Was stand in der Urkunde die dem Vertrag beigefügt war?"

„Die Geschichte, wie meine Frau Angela und ich über den Namen meines zweiten Sohnes Henry diskutiert haben", antwortete ich wie aus der Pistole geschossen. „Wir konnten uns nicht einigen und wollten das Schicksal entscheiden lassen. Deshalb habe ich die in Frage kommenden Namen auf..."

„Ist schon gut, ich glaube ihnen", unterbrach mich Dr. Hugles. Immer noch betrachtete er mich wie das 8. Weltwunder. Er war restlos von meinem kurzen Vortrag überzeugt. Obwohl ich mit deutschem Akzent sprach, so war doch mein Verhalten und Auftreten ähnlich wie in meinem Vorleben.

„Sie sind also wirklich wiedergekehrt, Mister Toscanny", staunte er. „Ich hätte damals alles verwettet, dass wir uns nicht wiedersehen."

„Bitte nennen sich mich jetzt Peter Becker", sagte ich. „Ich trage diesen Namen jetzt schon sehr lange und habe mich daran gewöhnt."

„Und jetzt brauchen sie einen guten Anwalt", stellte Dr. Hugles fest. Er kannte Jeff Webster und es war nicht schwer zu erraten warum ich nun vor ihm stand.

„Sie sind ja ein Hellseher", scherzte ich erleichtert. Mir fiel ein ganzer Felsen vom Herzen. Nach dem unglücklich verlaufenen Gespräch mit Jeff Webster, verlief diese Unterhaltung wesentlich besser.

„Ich kenne diesen Jeff Webster seit seiner Kindheit", begann Dr. Hugles über seinen ehemaligen Boss zu lästern. „Er war schon als kleiner Junge kein Sonnenschein und mit dem Alter wurde er nicht besser. Er gehört zu jenen Menschen, die für Geld über Leichen gehen. Egal wie viel er auch besitzt, es ist nie genug. Seine Angestellten behandelt er wie den letzten Dreck. Er ist schon zwei Mal geschieden und seine Exfrauen bekommen keinen müden Cent Unterhalt. Das ist einer der vielen Gründe warum ich nicht mehr für ihn arbeiten wollte, aber bei weitem nicht der einzige."

Ich nickte nur und lauschte seinen Ausführungen. Je mehr ich hörte, desto besser wurde meine Laune. Dieser Dr. Hugles hasste meinen Gegner. Einen bessern und motivierteren Anwalt konnte ich in ganz New York nicht finden.

„Dieser Verbrecher hat vor nichts und niemandem Respekt", fuhr Dr. Hugles mit seiner Kritik fort. "Er hat von mir verlangt, dass ich ihm dabei helfe seriöse Geschäftspartner über den Tisch zu ziehen. Weil ich damit nichts zu tun haben wollte, wurde ich fristlos entlassen und mein guter Ruf durch den Schmutz gezogen. Wenn ich nur daran denke, was für ein ehrlicher und korrekter Mann sein Vater war. Er hätte sich geschämt."

„Wenn ich damals geahnt hätte, dass Larry Webster vor meiner Ankunft stirbt und sich sein Sohn derartig negativ entwickelt, dann hätte ich mein Geld sicher jemand anderem überlassen", sagte ich.

„Machen sie sich keine Vorwürfe, Mister Tosc.. äh Mister Becker", beruhigte mich Dr. Hugles. „Das konnten Sie einfach nicht wissen. Aber ich war dabei als Jeff Webster gleich nach dem Tod seines Vaters, den Vertrag und die Urkunde, die ihnen das Toscanny-Imperium sichern sollte, vernichtet hat. Er fälschte ein Testament, das seinen Vater begünstigte und erbte dann alles von ihm. Damals hielt ich es für unsinnig, ihn dafür anzuzeigen. Ich wollte mich nicht lächerlich machen. Nie hätte ich damit gerechnet, dass Sie tatsächlich wiederkehren."

„Ich kann also mit Ihrer Hilfe rechnen?" fragte ich zuversichtlich. „Leider bin ich im Moment pleite. Aber wenn wir den Prozess gewinnen, dann garantiere ich ihnen eine Lebensanstellung in meinem Unternehmen, mit einem mehr als angemessenen Gehalt. 10% meines Vermögens als Honorar und die Genugtuung es diesem Schweinehund gezeigt zu haben, gibt's noch oben drauf.

„Schon alleine, um diesen Mistkerl zu bestrafen, werde ich ihnen helfen", versprach Dr. Hugles. „Ihr Angebot klingt fair."

Wir besiegelten den Deal mit einem kräftigen Handschlag. Ehrenmänner wie wir es waren, benötigten keinen schriftlichen Vertrag. Ich war erleichtert. Dr. Hugles stand auf meiner Seite. Mein neuer Anwalt war auch mein wichtigster Zeuge und statt Geld von mir zu verlangen, half er mir sogar finanziell. Da ich nur noch ein paar mickrige Dollarscheine besaß, und damit gerade mal eine Woche das YMCA Hotel bezahlen konnte, bot er mir an, bis zum Ende des Prozesses bei ihm zu wohnen. Ich konnte also entspannt und risikolos gegen Jeff Webster vorgehen.

Anfangs hatte ich nicht die leiseste Ahnung, welche Macht dieser Jeff dank meines Geldes in New York ausüben konnte. Ohne Skrupel tat er alles, um Dr. Hugles und mich zu bekämpfen. Wir mussten unsere Anklage mehrmals einreichen, bis wir endlich einen Richter fanden, der unseren Antrag nicht sofort aus formalen Gründen abwies.

Die wichtigsten Zeitungen und TV-Sender bestach er mit lukrativen Werbeeinschaltungen. Somit erhielten die Journalisten den Auftrag das zu schreiben, was Jeff Webster lesen wollte. In diverse Talk-Shows wurden fast ausschließlich Gäste geladen, die gegen mich waren. Damit diese Meinungsmache objektiv auf das Publikum wirkte, fand man auch ein paar Freaks, die auf meiner Seite waren, die aber niemand ernst nahm.

Die veröffentlichte Meinung war also schon zu Beginn des Prozesses gegen uns. Dr. Hugles wurde als unfähiger Anwalt bezeichnet, der sich an seinem Ex-Chef rächen wollte. Ich wurde als ausländischer Betrüger diffamiert, der einem ehrlichen amerikanischen Bürger sein schwer verdientes Geld mit einer lächerlichen Geschichte wegnehmen wollte.

Die Tatsache, dass ich vor meiner Flucht in den Westen DDR-Bürger war, wurde ebenfalls ausgeschlachtet. Wider besseres Wissen unterstellten mir die Medien ein Ost-Spion zu sein. Mutmaßlich war ich Kommunist und wollte mit dem ergaunertem Geld das kapitalistische System unterwandern. In jenen Bundesstaaten die dem „Bible Belt" angehören, war ein Atheist aus einem sozialistischen Land per se schon ein Verbrecher. Da mussten Zeitungen und Fernsehen nicht allzu viel nachhelfen.

Aber auch kleine, regionale Medien, die nicht von Jeff Webster bestochen wurden, berichteten größtenteils negativ. Niemand glaubte die Geschichte von meiner Wiedergeburt. Sogar religiöse Gemeinschaften, die sich mit dem Phänomen der Reinkarnation beschäftigten, hielten mich für einen Scharlatan.

Im Fernsehen gab es Diskussionsrunden, in denen über Sinn und Unsinn von Vermögensüberschreibungen ins nächste Leben debattiert wurde. Viele Trittbrettfahrer behaupteten der wiedergeborene John Davison Rockefeller, Henry Ford, Walt Disney etc. zu sein. Sie wollten nur noch abwarten, wie mein Prozess ausging und dann ebenfalls auf Rückgabe ihres Vermögens klagen. Diese Betrüger machten sich lächerlich. Meine Geschichte wurde dadurch nicht gerade glaubwürdiger.

Neben vielen negativen Reaktionen und Briefen, die ich von den Leuten bekam, gab es auch manchmal positive. Im Verlaufe des Prozesses verstrickte sich Jeff Webster immer öfter in widersprüchliche Aussagen. Ich hingegen blieb bei der Wahrheit und dass konnten die Zuseher und die Jury spüren. Die öffentliche Meinung wandelte sich langsam zu unseren Gunsten. Die veröffentlichte Meinung der Medien blieb bei ihrer Linie.

Es gab auch andere reiche Menschen, die von der Idee sich selbst zu beerben, sehr angetan waren. Diese hatten allerdings das Problem, dass sie im Gegensatz zu mir keine Erinnerungen an ihr Vorleben hatten, und somit auch nicht hoffen konnten, ihr Gedächtnis in ein zukünftiges Leben hinüber zu retten.

Je länger der Prozess dauerte, desto besser verstand ich mich mit meinem Anwalt Dr. Hugles. In meinem früheren Leben hatte ich ja kaum Kontakt zu ihm gehabt. Nun erst sah ich, was für ein toller Kerl er doch war. Als gottesfürchtiger Lutheraner unterschied sich seine Lebensanschauung nur unwesentlich von jener, des protestantischen Pfarrers, der uns in der DDR Schutz geboten hatte.

Dr. Hugles war der festen Überzeugung, dass Menschen, die an Gott glaubten, ein erfüllteres Leben hatten, als jene die ihr Schicksal alleine meistern wollten. Er schloss nicht aus, dass auch Atheisten gute Menschen sein konnten, die nicht logen, betrogen, stahlen oder mordeten. Aber wer an ein Leben danach glaubte, dem konnte er uneingeschränkt trauen.

Jeff Webster glaubte nur an sich. Daher konnte er gewissenlos lügen, betrügen und stehlen. Noch hatte er niemanden ermordet, aber das Leben von Dr. Hugles, meines, sowie das von vielen seiner Angestellten und Geschäftspartner hatte er, um seines eigenen Vorteils willen, zerstört.

Zähneknirschend musste ich Dr. Hugles Recht geben. Meine Lebenseinstellung, nur an mich zu denken, unterschied sich nicht wesentlich von den Ansichten Jeff Websters. Ich war zwar nie kriminell geworden, aber als guter Mensch hätte ich mich besser um meine Frau und Kinder kümmern müssen.

Wenn ich davon ausging, dass meine geliebte Frau Nicola, alias Angela auch in diesem Leben wieder in meinem unmittelbaren Umfeld geboren wurde, dann kam mir ein schrecklicher Gedanke. Sie lebte immer noch alleine in Ostdeutschland. Wir hatten uns nie kennengelernt, weil ich nichts Besseres zu tun hatte, als aus dem Land zu flüchten und meinem Erbe hinterherzujagen. Ich war schuld an der Tatsache, dass wir beide in diesem Leben nicht dem richtigen Partner beggenen durften.

So gesehen hatte ich ebenfalls einige Leben zerstört, und mich selbst getötet um mich nun in dieser Situation wiederzufinden. Meine Eltern und Geschwister hatten wegen meiner Flucht garantiert politische Repressalien zu erleiden. Die Menschen, die ich auf dem Weg in den Westen verloren hatte, wären ohne mich auch besser dran gewesen.

Ich verdrängte diese dunklen Gedanken so gut es ging. Was geschehen war, konnte ich nicht mehr rückgängig machen. Mein Glück im Glauben zu finden interessierte mich genau so wenig wie das versprochene Paradies. Mir gefiel es auf der Erde, solange ich nur genügend Geld hatte. Leider war ich bis jetzt immer erst dann in den Genuss eines großen Vermögens gekommen, wenn ich schon zu alt war um es lange zu genießen.

Ich wollte aber schon im jugendlichen Alter alles besitzen. Was nützte einem alten Mann schon ein schnittiger Sportwagen, modische Kleidung, eine private Yacht und ein eigenes Flugzeug? Nicht halb so viel wie einem jungen Dandy der sein Leben noch vor sich hatte!

Meine Kinder hatten immer alles bekommen, was sie sich wünschten. Ich hingegen musste mir jedes Mal meinen Luxus selbst erarbeiten. Wenn es also wirklich eine höhere Macht gab, dann war diese meiner Meinung nach, von göttlicher Gerechtigkeit weit entfernt. Ich hoffte auf die irdische Gerechtigkeit. Der Richter und die Geschworenen hatten die Macht, mir meinen Besitz zurückzugeben.

Dr. Hugles betete für mich und unseren Erfolg. Der trat tatsächlich eines Tages ein. Der Majordomus hatte seinen Job bei Jeff Webster gekündigt und besuchte meinen Anwalt. Spät aber doch, konnte er nicht mehr mit der Lüge leben. Er wollte für uns aussagen. Der unerwartete Sinneswandel kam gerade zur rechten Zeit. Seine Befragung brachte die Wahrheit ans Licht und sorgte für einen Eklat im Gerichtssaal. Die Verhandlung wurde unterbrochen.

Am nächsten Tag sollte das Urteil gefällt werden. Ich konnte in dieser Nacht nur schlecht schlafen. In meinen Träumen von vergangenen Zeiten, viel mir ein, dass es noch ein altes Testament aus dem Jahre 1906 gab. Neben der Aussage des Majordomus, sollte dieser Beweis ausreichen, um den Prozess zu gewinnen.

Wir setzten also all unsere Hoffnungen darauf, dass das Gericht uns noch eine 2. Hausdurchsuchung gestatten würde, damit wir Jeff Webster mit dem Beweismaterial konfrontieren konnten.

Auf der Fahrt zum Gericht schlief ich ein.

Top Story

„Aufwachen Peter! Wir sind schon da", sagte Dr. Hugles und nahm mir die Zeitung aus der Hand. Ich rieb mir die Augen. Die morgendliche Sonne blendete mich. Vor uns konnte ich schon das Gerichtsgebäude erkennen. Nun war es soweit. Der Prozess, von dem ganz New York seit Wochen sprach, ging in die entscheidende Phase.

Ich stieg aus dem Wagen und schritt mit Dr. Hugles die Stufen zu dem Gerichtsgebäude hinauf. Es war gar nicht so leicht, sich durch die Menschenmenge Schaulustiger durchzukämpfen. Nachdem wir diese Barriere hinter uns gebracht hatten, überfielen uns im Inneren des Gebäudes die ersten Reporter mit ihren Fragen. Sie redeten alle gleichzeitig auf uns ein.

Wir konnten die einzelnen Fragen gar nicht verstehen. Allerdings hatte weder Dr. Hugles noch meine Wenigkeit die Absicht, dieser sensationsgeilen Meute Rede und Antwort zu stehen. Sie würden früh genug erfahren, was wir vorhatten.

„Kein Kommentar", wiederholte Dr. Hugles immer wieder, während wir uns durch das Blitzlichtgewitter den Weg zum Gerichtssaal bahnten. Ich blieb ruhig und lächelte. Wenn nach der Urteilsverkündung mein Konterfei auf allen Titelseiten abgedruckt war, wollte ich gut aussehen. Jeff Webster und sein Anwalt Dr. Stone saßen schon auf ihren Plätzen. Sie hatten keine Ahnung, was gleich passieren würde.

„Okay, ich werde gleich nach Eröffnung der Verhandlung den Antrag auf eine weitere Hausdurchsuchung bei Jeff Webster stellen", flüsterte Dr. Hugles, nachdem wir ebenfalls Platz genommen hatten.

Bevor es losging prüfte mein Anwalt noch einmal sämtliche Unterlagen. Ich sah gelangweilt und gähnend zu meinem Kontrahenten. Jeff Webster grinste mir siegessicher zu.

Der Richter eröffnete die Verhandlung. Der Majordomus wurde noch einmal in den Zeugenstand gerufen. So wie die Dinge aber im Moment lagen, brauchten wir den Majordomus gar nicht mehr. Gleich nachdem der Richter meinem Anwalt Dr. Hugles das Wort erteilt hatte, stellte dieser den Antrag auf eine generelle Prozessunterbrechung.

„Mein Mandant hat sich gestern nach der Verhandlung an ein Beweisstück erinnert, dass er in seinem früheren Leben in Jeff Websters Keller versteckt hat. Bei der ersten Hausdurchsuchung hat niemand im Keller nachgesehen. Ich beantrage also eine zweite Hausdurchsuchung. In dem Haus meines Mandanten, in dem zur Zeit Jeff Webster lebt, befindet sich ein Testament aus dem Jahre 1906. Aus diesem Schriftstück geht eindeutig hervor, dass Peter Becker der wiedergeborene Bill Toscanny ist", sagte mein Anwalt Dr. Hugles.

Sofort ging ein nicht zu überhörendes Raunen durch den Gerichtssaal. Jeff Webster und sein Anwalt Dr. Stone waren total überrascht. Ich spürte, wie mir der erste Schweißtropfen über die Stirn rann. Nun hing es vom Richter ab, ob er uns die Chance gab, alles zu beweisen oder nicht.

Noch bevor der Richter etwas sagen konnte, hatte sich Dr. Stone wieder einigermaßen gefasst und rief: „Einspruch, euer Ehren. Ich verlange, dass dieser Prozess heute beendet wird. Seit Wochen versucht dieser Peter Becker, meinem Mandanten etwas in die Schuhe zu schieben, um an dessen Vermögen heranzukommen. Sogar Mister Websters ehemaligen Majordomus hat er überredet, gegen seinen damaligen Arbeitgeber auszusagen. Jetzt wo auch dieser Versuch gescheitert ist, lässt sich Dr. Hugles eben wieder etwas Neues einfallen, um den Prozess hinauszuzögern. Das merkt doch ein Blinder, dass hinter dieser Art der Prozessführung System steckt. Zwei ehemalige Angestellte und ein kommunistischer Ausländer, versuchen gemeinsam meinen Mandanten zu enteignen. Ich brauche ja nicht daran zu erinnern, dass Peter Becker aus einem sozialistischen Satellitenstaat unseres Feindes Sowjetunion kommt. Auf diese Weise könnten die Kommunisten bald alle großen Industrieunternehmen der freien Welt an sich reißen. So untergraben sie unser System der freien Marktwirtschaft. Wenn wir das zulassen, dann gehören in kürze alle wichtigen US Unternehmen unseren Feinden."

Ich war diese Angriffe mittlerweile schon gewöhnt. Immer, wenn Dr. Stone mit vernünftigen Argumenten nicht weiterkam, stellte er mich als gefährlichen Kommunisten hin, nur weil ich aus der DDR stammte. Bei vielen Amerikanern, die berechtigte Angst vor einer sozialistischen Machtübernahme hatten, funktionierte dieser Unsinn leider. Wie sollte ich beweisen, dass ich diese Ideologie hasste und das amerikanische System liebte? Ein echter Ost Spion hätte als Tarnung dasselbe behauptet. Für Außenstehende war also schwer zu entscheiden, wem sie glauben schenken sollten.

Zum Glück ließ sich der Richter von Dr. Stones Angriffen nicht beeinflussen. Er genehmigte die gewünschte zweite Hausdurchsuchung. Er wollte auf keinen Fall, dass jemand behaupten konnte, dass er nicht jede Möglichkeit zur Wahrheitsfindung unterstützt hätte. Gott sei Dank war Amerika immer schon ein Rechtsstaat und ich bekam meine Chance.

Der Erfolg schien zum Greifen nah. Immerhin befand sich das Testament von 1906 seit nunmehr 70 Jahren in einer geheimen Nische des weit verzweigten Kellers. Niemand außer mir kannte den genauen Ort. Es war so gut versteckt, dass es nicht einmal durch Zufall entdeckt werden konnte. Selbst ich hatte es bei der ersten Hausdurchsuchung vergessen.

Jeff Webster sollte keine Chance bekommen, es zu finden und zu vernichten. Der Richter beschloss, die Hausdurchsuchung sofort durchführen zu lassen. Siegesgewiss brach ich mit Dr. Hugles und zwei Polizisten schon kurze Zeit später auf. Jeff Webster fuhr mit Dr. Stone und dem Chauffeur, in seinem neuen Rolls Royce hinter uns her. Ein Polizeifahrzeug mit weiteren vier Police Officers folgte dem Convoy.

Ich war aufgeregt und zuversichtlich. Zirka 2 bis 3 Stunden Fahrzeit lagen vor uns. Obwohl ich immer noch etwas übermüdet war, konnte ich keine Sekunde schlafen. Erstmals seit langer Zeit fühlte ich mich großartig. Nachdem ich das Testament gefunden hatte, wollte ich gleich in meinem Haus bleiben und Jeff Webster sollte verhaftet und eingesperrt werden.

Schadenfreude lag mir fern. Aber ich hatte auch kein Erbarmen, mit diesem Mistkerl. Ich überlegte die ganze Zeit, wie diesem Jeff Webster nun wohl zumute war. Ich mochte nicht in seiner Haut stecken. Die Abgebrühtheit dieses Mannes und seines Anwalts ging allerdings weit über meine Vorstellungskraft hinaus.

Als wir nach etwas mehr als zwei Stunden Fahrzeit in die Nähe des Hauses kamen, in dessen Keller sich mein Testament befand, ahnte ich Übles. Schon einige Meilen zuvor hatten wir starken Rauch bemerkt. Je näher wir kamen, desto gewisser wurde meine Befürchtung. Im ersten Moment glaubte ich noch zu träumen. Ich traute meinen Augen nicht. Ein Blick auf das entsetzte Gesicht von Dr. Hugles genügte aber, um zu erkennen, dass ich mich nicht irrte. Einer der beiden Polizisten verwendete mehrmals hintereinander das „F"-Wort.

Mein ehemaliges Haus, in dem nun Jeff Webster schon seit Jahren unberechtigter Weise loggierte, brannte lichterloh. Als wir eintrafen war die Feuerwehr schon vor Ort. Ich ahnte, dass der Keller auf jeden Fall total ausgebrannt sein musste und auch mein Testament von 1906 nicht mehr existierte.

Erst nachdem ich den ersten Schock überwunden hatte, begann ich zu rekonstruieren, was sich in der Zeit abgespielt haben musste, nachdem der Richter die Genehmigung zu einer Hausdurchsuchung erteilt hatte. Dr. Stone organisierte über das Autotelefon einige seiner zwielichtigen Mafia Freunde, die das Haus so schnell wie möglich dem Erdboden gleichmachen sollten. Kein Stein durfte auf dem anderen bleiben.

Es wurde nicht nur im Keller Brandbeschleuniger vergossen und Feuer gelegt. Damit nichts schief gehen konnte, verteilten diese Verbrecher im ganzen Gebäude Dynamit. Als die Flammen den Sprengstoff erreichten, wurde das Haus total zerstört und das Testament war für immer verloren.

Dr. Stones war uns damit einen Schritt voraus. Jeff Webster verlor zwar alles, was sich in dem Haus befand. Doch damit sicherte er sich den Löwenanteil meines Vermögens. Hätte ich das Testament von 1906, das nun nicht mehr existierte, im Keller gefunden, dann hätte Jeff Webster ohnehin alles zurückgeben müssen. Eine Gefängnisstrafe hätte ihm auch geblüht. So aber opferte er einfach mein schönes Haus, und sicherte sich damit mein restliches Vermögen und seine Freiheit.

Keiner von uns hatte damit gerechnet, dass Jeff Webster tatsächlich über Leichen gehen würde, um den Prozess zu gewinnen. Unschuldiges Hauspersonal und tapfere Feuerwehrleute kamen in den Flammen um. Ich dachte im ersten Moment nur daran, dass ich schon wieder kein Beweisstück hatte. Meine einzige Hoffnung war, dass wir Jeff Webster nachweisen konnten, dass er die Sprengung seines Hauses veranlasst hatte, um mein Testament verschwinden zu lassen.

Der nächste Gerichtstermin war der blanke Horror. Dr. Stone beschuldigte mich und Dr. Hugles. Er war, wie immer, optimal vorbereitet und klang sehr überzeugend. Theatralisch hielt er den Blickkontakt zu den Geschworenen und zeigte immer wieder in unsere Richtung.

„Diese beiden Verbrecher haben jemanden angeheuert, der das Haus meines Mandanten dem Erdboden gleich macht", begann Dr. Stone. „Versetzen wir uns doch mal kurz in die Lage von Peter Becker und seinem diabolischen Anwalt. Beide hatten zu Prozessbeginn gehofft, dass man ihre abenteuerliche Geschichte glauben würde. Nachdem ich die perfiden Motive dieses Duos sachlich und logisch zerpflückt hatte, versuchten sie es mit gekauften Zeugen. Doch auch die Rachemotive des Majordomus konnte ich glasklar darlegen. In ihrer Hoffnungslosigkeit behaupteten diese zwei Kriminellen, dass sich noch ein unentdecktes Dokument im Keller meines Mandanten befinden würde, und baten um eine zweite Hausdurchsuchung. Dieses angebliche Testament von 1906 hat es natürlich nie gegeben. Komplizen der beiden zerstörten das Haus meines Mandanten. Damit sollen Zweifel geschürt werden. Wir können nun nicht beweisen, dass eine derartige Urkunde niemals existierte. Bei dem Brand und der anschließenden Explosion wurde alles zerstört und es gab Tote und Verletzte. Menschenverachtend will die Gegenseite nun uns den Brandanschlag in die Schuhe schieben. Wir hatten nichts zu verbergen und daher auch keinen Grund das Eigentum meines Mandanten zu zerstören. Mister Becker und Mister Hugles hingegen hatten nichts mehr zu verlieren und opferten neben dem Leben unschuldiger Menschen auch noch das Heim von Mister Webster. Ich denke nicht, dass auch nur einer der Anwesenden in diesem Gerichtssaal so dumm ist und nicht erkennt, wie skrupellos man versucht unsere Glaubwürdigkeit zu erschüttern."

Dann unterbrach Dr. Stone kurz seinen Redeschwall. Im Gerichtssaal herrschte angespannte Stille. Der Anwalt atmete tief durch und beendete seinen Vortrag in dem er mit gefalteten Händen in Richtung der Geschworenen flehte: „Ich bitte Sie, hören Sie auf ihr Herz und ihren Verstand! Schützen Sie einen guten, amerikanischen Bürger und Steuerzahler vor den gierigen Begehrlichkeiten dieser Halunken, die weder privaten Besitz, noch Menschenleben achten. Es liegt in ihrer Hand, ob das Opfer Jeff Webster Recht bekommt, oder ein dahergelaufener Ausländer aus dem Ostblock, wo besitzende Menschen enteignet werden und das Leben eines Individuums keinerlei Wert hat."

Ich konnte in den Augen der Geschworenen sehen, dass Dr. Stone die richtigen Worte gewählt hatte. Jeff Webster erntete Mitleid und ich nur Verachtung. Mein Anwalt Dr. Hugles bemühte sich dem Richter und der Jury unsere Version der Geschehnisse näherzubringen. Ohne Beweise stand es Aussage gegen Aussage. Leider wurde seinen Erklärungen genauso wenig Glauben geschenkt, wie meiner Behauptung schon einmal gelebt zu haben. Die Geschworenen stimmten eindeutig zu Gunsten meines Gegners Jeff Webster ab.

Ich verlor den Prozess in allen Instanzen. Mein Vermögen war für mich mit der Zerstörung meines ehemaligen Hauses für immer und ewig verloren. Doch diesmal war es wesentlich schlimmer als seinerzeit in Frankreich.

Jeff Webster verklagte mich auf Schadensersatz wegen der mutwilligen Zerstörung seines Hauses, sowie Verleumdung, Rufmord und Geschäftsschädigung. Der Staatsanwalt klagte mich wegen Mordes und Körperverletzung in mehreren Fällen an. Dr. Hugles übernahm nochmals meine Verteidigung, obwohl er wusste, dass von mir in diesem Leben kein Geld mehr zu erwarten war.

Gegen die Probleme, die ich nun hatte, erschien mir mein Leben in der DDR fast wie ein verlorenes Paradies. Ich hatte wenig Hoffnung auf einen Freispruch. So kam es dann auch. Man verurteilte mich zu einer lebenslänglichen Haftstrafe. Ich wurde direkt vom Gerichtsgebäude auf die Gefängnisinsel Rikers Island gebracht. Im Hafengebiet zwischen meinem ehemaligen Geburtsbezirk Queens und der Bronx sollte ich nun den Rest meines Lebens verbringen.

Der Gefängnisalltag war schrecklich. Er unterschied sich kaum von jenem in der DDR. Am liebsten hätte ich mich auf der Stelle umgebracht. Aber ich beschloss bis zum nächsten Termin auszuhalten, der mir eine Wiedergeburt im Jahr des Drachen sicherte.

Dummerweise stand das Jahr 1976 gerade im chinesischen Tierkreiszeichen des Drachen. Wenn ich also wieder im Jahr des Drachen geboren werden wollte, dann musste ich die nächsten 12 Jahre im Gefängnis ausharren. 1987 musste ich Selbstmord begehen damit ich 1988 als Drachenbaby wieder all meine Erinnerungen nutzen konnte.

Die lange Wartezeit auf der Gefängnisinsel nutzte ich um über mein Schicksal nachzudenken. So schlimm wie in diesen Jahren ging es mir noch nie zuvor. Egal welche Probleme mich in diesem und in meinen vorangegangenen Leben plagten, ich hatte immer noch Hoffnung. Aber diesmal schien alles so sinnlos zu sein.

Was nützte mir das Wissen über dieses Leben, wenn ich wieder als Drache auf die Welt kommen würde? Alles woran ich mich erinnern würde, waren, die enormen Schulden, die ich in diesem Leben angehäuft hatte. Eine frühzeitige Entlassung war undenkbar. Jeff Webster konnte jedes meiner Ansuchen mit seinem Einspruch verhindern. Als Lebenslänglicher Häftling war es mir unmöglich neue Reichtümer für mein kommendes Dasein zu verdienen. Aus dieser Perspektive betrachtet, war es vielleicht gar kein Nachteil, wenn man in einem neuen Leben wieder ganz unbelastet von vorne beginnen kann.

Wenn ich nachts in meiner Zelle schweißgebadet aufwachte, weil ich schon wieder einmal von meinen Selbstmordtraum gequält wurde, dachte ich oft an den alten Chinesen, der mich vor Jahrzehnten in Chinatown davor gewarnt hatte. In mir brannten so viele Fragen, aber ich fand keinen vernünftigen Gesprächspartner.

Würde ein weiterer Selbstmord meine Situation verbessern oder verschlimmern? Sollte ich wirklich warten, bis mich ein natürlicher Tod aus dem Gefängnis befreite, oder war es besser gleich zu sterben und als Unwissender in mein neues Leben zu schreiten? Ich kannte die Antwort ohnehin.

Mir war ein anderes, erfüllteres Leben bestimmt gewesen. Durch meinen Freitod hatte ich mir aber dieses schreckliche Schicksal selbst ausgesucht. Auch den Menschen, die ein Stück des Weges mit mir gingen, brachte ich nur Unglück.

Auf Rikers Island gab es Kirchen verschiedener Konfessionen. Das Gespräch mit den unterschiedlichen Gottesmännern half mir mehr als die psychiatrischen Behandlungen, die zahlreiche Häftlinge in Anspruch nahmen. Ich konnte mich zwar für keinen Glauben eindeutig entscheiden, dennoch begann ich vieles anders zu sehen als in den letzten 180 Jahren.

Ich erkannte, dass dieses Leben von Anfang an durch meinen Selbstmord belastet war. Trotzdem hatte ich jederzeit die Möglichkeit gehabt, richtige und falsche Entscheidungen zu treffen. Sollte ich mich wieder mittels Freitod davonstehlen, dann würde sich nie etwas ändern. Natürlich stand es mir frei, es noch einmal darauf ankommen zu lassen. Ich konnte mich für oder gegen den Glauben entscheiden.

Jedes Lebewesen hat die freie Wahl. Immer wieder! So lange es bewohnte Planeten gibt und der immerwährende Reinkarnationszyklus besteht. Ob es einen jüngsten Tag oder irgendetwas Anderes danach gibt, werden wir mit Sicherheit alle erfahren, wenn es so weit ist.

Anfang der 1980iger Jahre hatte ich mich damit abgefunden, dass ich den Rest meines Lebens hinter dicken Gefängnismauern verbringen würde. Meine alten Werte zählten nichts an einem Ort, wo mein aktueller Name zu einer Nummer verkommen war. Alles was mir blieb, war unendlich viel Zeit. Wegen guter Führung wurden mir einige Erleichterungen zugestanden. Eines Tages bekam ich endlich den begehrten Job in der Gefängnisbücherei. Neben dem Austeilen und Einsammeln des umfangreichen Lesestoffs, hatte ich auch genügend Muse selbst in diversen Werken zu schmökern.

Ein Buch ist wie eine Zeitmaschine in die Vergangenheit. Man kann die Gedanken von Menschen kennenlernen, die vor Jahrhunderten gelebt haben. Ich las viele Klassiker aber auch moderne Literatur. Ich nahm mir vor, so viel zu lesen, bis ich in der Lage war die Geschichten meiner drei Leben in einem guten englischen Schreibstil, zu veröffentlichen. Damit hoffte ich anderen Menschen, die keinen Sinn in ihrem Leben sahen, Mut zu machen und die Alternativen aufzuzeigen.

Ich übte das Schreiben, indem ich anderen Häftlingen unentgeltlich half, wenn sie jemanden brauchten, der für sie Briefe schrieb. Ich lernte das Formulieren von Wünschen und Beschwerden an die Direktion des Gefängnisses und bald hatte es sich sogar bis zum Wachpersonal herumgesprochen, dass ich gut mit Wörtern umgehen konnte. So dichtete ich für Valentinskarten, setzte Liebesbriefe auf, die fast jedes Mal bei der Adressatin die gewünschte Wirkung erzielte.

Die zusätzlichen Zigaretten und Süßigkeiten, die ich dafür von den Justizwachebeamten bekam, verteilte ich unter den anderen Gefangenen und erfreute mich zunehmender Beliebtheit. Nie zuvor hatte ich so selbstlos gehandelt und dadurch auch nicht das wunderbare Gefühl des Gebens und der Dankbarkeit kennenlernen dürfen.

Ich hatte drei Leben benötigt um zu erkennen, was andere Menschen schon in ihrer Jungend, spätestens aber in der zweiten Hälfte ihres Lebens, verstanden. Ich begriff, dass jedes Mal wenn ich oder jemand anderer auf dieser Welt etwas Gutes tat, die Erde ein kleines Stück dem Paradies näherkam. All das schlechte in unserem Universum lässt viele Menschen an einer höheren Macht zweifeln. Dabei liegt es doch an jedem selbst mit guten Taten das sogenannte Böse zurückzudrängen.

Jeder Mensch kann seine zahlreichen Leben nutzen wie er will. Doch wer andere unterdrückt, egal ob als kapitalistischer Ausbeuter, oder als sozialistischer Diktator, dem sollte bewusst sein, dass er im nächsten Leben auf der Verliererseite stehen könnte. Wenn zum Beispiel sämtliche Besitzer von Unternehmen, sich ihren Geschäftspartnern und Angestellten gegenüber immer fair verhalten würden, dann können alle hoffen, dass sie in ihrem nächsten Leben als Arbeiter ebenfalls eine gute Behandlung erfahren. Es sind die ideellen und nicht die materiellen Werte, die jedermann an seine Kinder weitergeben und auch ins nächste Leben hinüberretten kann.

Es liegt an jedem einzelnen von uns, ob wir in den nächsten Jahrhunderten und Jahrtausenden ein glückliches, erfülltes Leben genießen dürfen, oder ob das Böse obsiegt und wir einer Zukunft aus Blut und Tränen entgegenschreiten. Wer von der Wiedergeburt überzeugt ist, der weiß auch, dass alles was in der Vergangenheit passiert, die Gegenwart und die Zukunft beeinflusst. Niemand kann seinem Schicksal jemals entkommen.

Den Großteil der 80iger Jahre verbrachte ich damit, mir enormes Wissen anzueignen, obwohl ich davon ausgehen konnte, dass ich nichts davon ins nächste Leben retten würde. Deshalb plante ich all meine Gedanken und meine fast 200 jährige Lebenserfahrung niederzuschreiben und auch zu veröffentlichen. Wenn das Schicksal es zuließ, dann würde ich mit Hilfe dieses Buches, wieder mit meinen eigenen Ansichten konfrontiert werden.

Meiner Meinung nach ist es wirklich sinnvoll, dass es in den verschiedenen Erdteilen unterschiedliche Religionen gibt. Deshalb ist keine von ihnen besser oder schlechter. Jede Religion hat sich immer schon der Zeit und des Ortes angepasst in der sie entstanden ist. So ist es zum Beispiel für Mohammedaner definitiv sinnvoll, dass sie keinen Alkohol und kein Schweinefleisch zu sich nehmen dürfen, weil sie in ihrer heißen Heimat sonst gesundheitliche Probleme bekommen. Christen die in kalten Regionen der Welt leben, brauchen es diese Verbote offensichtlich nicht. Wer seinen Glauben in einen anderen Teil der Welt exportiert, tut den Menschen dort vielleicht gar nicht so viel Gutes wie er glaubt. Den Juden scheint das bewusst zu sein. Sie missionieren nicht.

Wer religiösen Halt braucht um ein guter Mensch zu sein, der soll glauben woran immer er will. Wer Gutes tut obwohl er nicht alles glaubt was in diversen heiligen Büchern steht, der ist trotzdem kein schlechter Mensch.

Diese und weitere Überlegungen wollte ich irgendwann veröffentlichen. Als lebenslänglicher Häftling schien ich genügend Zeit zu haben. Ich rechnete als Mittdreißiger damit, noch mindestens 40 bis 50 Jahre zu leben. Doch es kam anders.

Im Sommer 1987 wurde ich in eine Gefängnisrevolte verwickelt. Wegen der schlechten Haftbedingungen gab es immer wieder Aufstände, die rasch unter Kontrolle gebracht wurden. Bis zu diesem verhängnisvollen 23.Juni hatte ich mich immer aus allen Schwierigkeiten heraushalten können. Doch diesmal hatte ich Pech. Es fing ganz harmlos an.

Wir saßen im großen Speisesaal und würgten den Fraß hinunter, der uns tagtäglich vorgesetzt wurde. Plötzlich sprangen einige Häftlinge auf und bewarfen die verdutzten Wärter mit ihren vollen Tellern. Sofort wurde Alarm ausgelöst und Verstärkung eilte herbei. Geistesgegenwärtig, verkroch ich mich unter den Tisch und hoffte, dass alles bald wieder vorbei sein würde. Ich bekam von dem aussichtslosen Kampf kaum etwas mit.

Als alles vorbei war, wurde ich gepackt und ich ließ mich widerstandslos zu meiner Zelle bringen. In der ganzen Aufregung hatte ich gar nicht gemerkt wie ich mir die längliche Fleischwunde am Unterarm zugezogen hatte. Sie brannte ein wenig, aber ich hatte mich schon öfter geschnitten und nahm die Verletzung nicht ernst.

Am nächsten Morgen war die Wunde geschwollen und rot gefärbt. Ich trat ganz normal meinen Dienst in der Gefängnisbibliothek an. Im Laufe des Tages begann mein Arm immer stärker zu schmerzen. Als ich auch noch Fieber und Schüttelfrost bekam, ließ ich mich in die Krankenstation bringen. Der Arzt stellte eine Blutvergiftung fest und behielt mich gleich dort. Trotz passabler Versorgung, erlitt ich noch in derselben Nacht einen Kreislaufzusammenbruch. In den darauffolgenden Tagen versagten meine Organe und ich starb.

Diesmal war mein Dahinscheiden nicht mehr so schrecklich wie bei meinem Selbstmord. Ich machte eine ähnliche Erfahrung wie bei meinem Tod in Frankreich. Rückblickend empfand ich ein so intensives Glücksgefühl wie noch nie zuvor in irgendeinem meiner Leben. Ich war dankbar, dass ich auf diese Weise endlich von meiner lebenslangen Freiheitsstrafe erlöst wurde. Als ich frohen Mutes auf das Licht zusteuerte, wusste ich noch nicht wer ich in meinem nächsten Leben sein würde. Sicher war nur eines: Meine Erinnerungen gingen auch diesmal nicht verloren. Ich würde wieder als Drachenbaby auf die Welt kommen.

Side Story

Bevor ich über das letzte Leben von Jean Daudon, alias Bill Toscanny, alias Peter Becker berichte, möchte ich mit dieser kurzen Nebengeschichte erklären, wie dieses Buch entstehen konnte.

Auch ich bin ein Drachenkind, geboren 1964. Im Januar des Jahres 2012 flog ich mit meinem Vater für ein paar Tage nach Hong Kong. Wir starteten in Wien und flogen von London aus in einem nagelneuen, großen Flugzeug der British Airways weiter. Außer uns gab es kaum andere Passagiere an Bord und wir konnten uns jede Menge freie Reihen aussuchen.

„Das ist wegen dem Chinesischem Neujahrsfest", erklärte die Stewardess. „Normalerweise ist die Maschine voll. Aber die meisten Passagiere sind schon gestern angereist, weil heute die Feierlichkeiten schon voll in Gang sind. Genießen Sie die vielen leeren Plätze."

Stunden später in Hong Kong fanden wir wegen der Neujahrs Parade kein Taxi, das uns zu den Hotels in der Canton Road bringen konnte. Die Polizei hatte das Zentrum für Fahrzeuge rigoros abgeriegelt. Zu Fuß pilgerten wir mit unseren Koffern durch die feiernde Menschenmenge. Mit viel Glück fanden wir in einer Seitenstraße ein Hotel, in dem es noch ein freies Zimmer gab.

Mein Freund Ismail hatte mir geraten, kein Hotel über das Internet zu buchen, weil man vor Ort bessere Preise verhandeln könne. Wegen des Neujahrsfestes war aber nur noch ein Zimmer ohne Fenster zum dreifachen Preis verfügbar. In den anderen Hotels war die Situation ähnlich. Ich versprach, ein paar Tage länger als das Neujahrsfest zu bleiben und bezahlte im Voraus nur noch das Doppelte.

Schon in der ersten Nacht bereute ich diese Entscheidung. Ein leicht defekter Ventilator, der sich nicht abstellen ließ, brachte meinen Vater und mich um den Schlaf. Am nächsten Tag waren wir so müde, dass wir in den folgenden Nächten, weder von Straßenlärm, noch von der Klimaanlage und schon gar nicht vom kaputten Ventilator in unserer Nachtruhe gestört wurden.

Wir sahen uns mit einem Sightseeing Bus ganz Hong Kong an, machten einen Tagesausflug ins Spielerparadies Macao, und zu guter Letzt besuchten wir die Stadt Shenzhen. Am letzten Tag unseres Aufenthalts gönnten wir uns noch eine Hafenrundfahrt. Während wir auf die Fähre warteten sprach mich eine junge Frau an.

Sie war etwa Mitte Zwanzig, teuer gekleidet und sehr freundlich. Zuerst dachte ich, sie wollte uns etwas verkaufen, da sie direkt auf mich zusteuerte.

In ihrer Hand hielt sie eine DVD. In dem für Hong Kong typischen China-Englisch fragte sie mich woher ich komme.

„We are from Austria", antwortete ich. Sie verwechselte mich mit einem Australier, und überreichte mir die DVD.

„Auf dieser Disc befindet sich die Lebensgeschichte meiner Schwester", erklärte sie mit ihrem bezaubernden Lächeln. Ich erwartete nun einen Preis zu hören, aber sie sagte: „Ich möchte sie Ihnen schenken. Mein Englisch ist nicht so gut und ich kann fühlen, dass Sie ein Drachenmann sind, der in der Lage ist meinen bescheidenen englischen Schreibstil in bessere Worte zu fassen."

Ich war etwas verdutzt und verstand nicht sofort was sie von mir wollte. Sie schmunzelte und wurde etwas präziser: „Meine Schwester hat viele Jahre an diesem Buch geschrieben. Sie wollte aber nicht, dass es jetzt schon in China erscheint. Also habe ich es so gut ich konnte auf Englisch übersetzt. Auf der CD befinden sich 4 ihrer Leben. Heute ist der vierte Tag nachdem das Jahr des Drachen begonnen hat. Ich glaube an das Schicksal und möchte dass Sie es behalten. Sie können es stilistisch verbessern und einem Verlag in Australien, England oder Amerika anbieten. Mit dem Geld können Sie machen was sie wollen. Ich wünsche mir nur, dass diese Geschichte und die damit verbundene Botschaft so viele Menschen erreicht wie möglich."

Nachdem sie ausgesprochen hatte, erklärte ich ihr, dass Missverständnis mit Österreich (Austria) und Australien. Mein Englisch war zwar ganz passabel, aber gut formulieren und schreiben konnte ich nur in der deutschen Sprache. Die junge, hübsche Frau bestand aber darauf, dass ich die CD behalten sollte.

„Schreiben Sie das Buch eben auf Deutsch", bat sie mich. „Es kann ja später in andere Sprachen übersetzt werden. Wichtig ist, dass es aus China hinauskommt und vielleicht eines Tages in dieses großartige Land zurückkehrt. Ich warte schon den ganzen Tag, bis jemand vorbeikommt bei dem ich fühle, dass er es möglich machen kann. Bitte enttäuschen Sie mich nicht. Tun Sie das Richtige!"

Noch bevor ich ja oder nein sagen konnte, drehte sie sich um und verschwand in der Menge. Mein Vater sah mich neugierig an. Ich erklärte ihm, dass mir die junge Chinesin gerade eine CD mit einer Geschichte geschenkt hatte und dass ich sie veröffentlichen sollte. Ich steckte die Disc in die Seitentasche meiner Jacke und packte sie später behutsam in meinen Koffer.

Ich habe keine Ahnung, ob die hier veröffentlichte Geschichte, tatsächlich der Wahrheit entspricht, oder nur der Phantasie dieser jungen Frau aus Hong Kong entsprungen ist.

Bitte urteilen Sie selbst, verehrter Leser. Lassen wir die Autorin zu Wort kommen und das Ende der Geschichte erzählen:

Das letzte Leben

Neun Monate später, am 4. März 1988, kam in der britischen Kronkolonie Hong Kong ein lange erwartetes Wunschkind zur Welt. Bao Feng schenkte ihrem Mann Long Feng eine kleine Tochter und mir eine Schwester. Die beiden nannten ihren Augenstern Yuan. Mein Name ist Ying. Ich war zwei Jahre älter und wir genossen eine unbeschwerte Kindheit. Mein Vater war ein erfolgreicher Geschäftsmann. Es fehlte uns an nichts.

Wir waren noch zu klein, um zu verstehen, dass das Schicksal unserer Heimatstadt gerade einen neuen Verlauf nahm. Seit Anfang der 1980iger Jahre versuchte die britische Premierministerin Margaret Thatcher den 99jährigen Pachtvertrag zu verlängern. Doch die kommunistische Regierung Chinas lehnte das ab. Hong Kong sollte wie geplant am 1.7.1997 an China zurückgegeben werden.

1989 wurde den zirka 6 Millionen Hong Kong Chinesen mitgeteilt, dass ihr britischer Pass keine Gültigkeit für ein ständiges Wohnrecht in Großbritannien hatte. Wir wuchsen also in einem demokratischen Kleinstaat auf, der schon bald von einer übermächtigen, kommunistisch regierten Diktatur übernommen werden sollte. Viele Einwohner wanderten aus und suchten ihr Glück in einem anderen Staat.

Ironischer Weise passierte im fernen Europa im selben Jahr, genau das Gegenteil. Es begann mit einer Massenflucht von DDR Bürgern über Ungarn. Deutschland wurde wiedervereinigt und alle Satellitenstaaten der Sowjetunion bekamen ihre Unabhängigkeit. Sogar Russland hielt freie Wahlen ab und die Kommunistische Partei war eine Zeitlang verboten.

Nur noch Kuba, Nord Korea und China wurden von Kommunistischen Diktatoren beherrscht. Mein Vater entschied sich, zu bleiben. Hong Kong wurde für die Zeit nach 1997 ein Sonderstatus versprochen, der mindestens 50 Jahre beibehalten werden sollte.

Tatsächlich war die Zeit nach der Übergabe von Großbritannien an die Volksrepublik China, nicht so schlimm wie es viele Menschen befürchtet hatten. Bis auf wenige Veränderungen und einer leichten Einschränkung der Pressefreiheit, ging das Leben in Hong Kong seinen gewohnten Gang. Es gab sogar einige Verbesserungen. Viele Menschen, die zuvor in einer unwürdigen Wohnsituation, in Slums oder viel zu kleinen Wohnungen, beziehungsweise illegalen Bretterverschlägen auf den Dächern der Wolkenkratzer leben mussten, bekamen von der Regierung neue und bessere Unterkünfte.

Unmengen an Festlandchinesen kamen nach Hong Kong und machten den Verlust der abgewanderten Menschen wieder wett. Während in Russland und anderen Ostblockstaaten, die wirtschaftliche Situation schlechter wurde und sich viele neue, kleine Staaten unabhängig erklärten, ging es mit China und Hong Kong wirtschaftlich steil bergauf. China sammelte auch weiterhin chinesische Erde ein und übernahm 1999 von den Portugiesen Macao, das Las Vegas Asiens.

Yuan und ich waren unzertrennlich obwohl wir oft sehr unterschiedliche Interessen hatten. Während ich mich hauptsächlich für chinesische Kultur interessierte, wollte Yuan schon als kleines Mädchen lieber Filme aus Amerika und Europa ansehen. Manchmal behauptete sie sogar, dass sie den einen oder anderen Schauplatz eines Filmes schon in Wirklichkeit gesehen hatte. Ich erklärte ihr dann, dass das unmöglich sei, weil sie Hong Kong noch nie verlassen hatte.

Unser Vater war der Meinung, dass Yuan mit ihrer kindlichen Phantasie, beim Fernsehen einfach noch nicht zwischen Wirklichkeit und Fiction unterscheiden konnte. Ich war ein typisches Mädchen, das sich am liebsten rosarot kleidete und fast ausschließlich mit Puppen spielte. Niemand verstand warum Yuan meine Eltern oft um Spielsachen bat, mit denen sonst nur Jungen Spaß hatten.

Ab dem Jahr 2000, das wieder im Tierkreiszeichen des Drachen stand, begann Yuan immer öfter über Ereignisse der Vergangenheit und andere Länder zu sprechen, von denen sie eigentlich nichts wissen konnte. Mein Vater, ein gläubiger Buddhist glaubte zuerst, dass sich seine pubertierende Tochter über unsere Religion lustig machte. Nach einer längeren Aussprache, glaubte er ihr.

Ich ermutigte meine kleine Schwester ebenfalls. Die Geschichten von vergangen Zeiten und fernen Ländern faszinierten mich. Yuan erzählte aus ihrer immer klarer werdenden Erinnerung unglaublich spannend und detailgetreu. Ihr zuzuhören war besser als Fernsehen oder Kino.

Wir lebten in einer Betonwüste aus Wolkenkratzern, Einkaufszentren und stark befahrenen Straßen. Doch meine Schwester lebte auch noch in einem altmodischen Frankreich knapp vor der industriellen Revolution. Sie kannte das Gefühl der Freiheit und der Weite des amerikanischen Kontinents und sie hatte in die Fratze des real existierenden Sozialismus geblickt. China war zwar noch immer keine Demokratie, aber meilenweit von der Planwirtschaft der Ostblockstaaten entfernt. Auch auf dem chinesischen Festland, konnten tüchtige Menschen zu Reichtum kommen wie in Westeuropa und Amerika.

So war unser Vater ein ausgesprochen erfolgreicher Unternehmer. Er nutze alle Möglichkeiten, die sich nach der Wiedervereinigung Hong Kongs mit China boten. Seine Textilfabriken produzierten nicht nur für Europa und Amerika, nun konnte er auch in China seine Produkte absetzen und weitere Fabriken eröffnen. In zahlreichen chinesischen Städten und wirtschaftlichen Sonderzonen konnte er sich über billige Arbeitskräfte freuen.

Aufgrund ihrer über zweihundert jährigen Lebenserfahrung und den Erkenntnissen, die Yuan in dieser Zeit gewonnen hatte, wirkte sie als Teenager oft vorlaut und altklug. Aber sie wusste einfach in jeder Beziehung vieles besser als Erwachsene.

Sogar unseren recht eigenwilligen Vater, konnte Yuan nach langen Diskussionen überzeugen, seine Arbeiter besser zu behandeln. Sie klärte ihn darüber auf, dass nur ein menschlicher Kapitalismus die Rückkehr der Sozialistischen Planwirtschaft verhindern konnte. Zufriedene Angestellte genossen ihr Leben und hatten kein Interesse an Revolutionen.

Dank Yuans Einfluss auf unseren Vater, bekamen seine Arbeitskräfte einen höheren Lohn und genossen Arbeitsbedingungen von denen die Werktätigen von Jean Daudon und Bill Toscanny nicht einmal zu träumen gewagt hätten.

Das Attentat auf die New Yorker Twin Towers, im September 2001 machte meine fröhliche Schwester nachdenklich und traurig. Nachdem sie endlich zum Glauben gefunden hatte, verstörte sie die Tatsache, dass verblendete Menschen im Namen Gottes vielen Unschuldigen das Leben nahmen.

Yuan, die wie alle in unserer Familie Buddhistin war, interessierte sich auch für das Judentum, Christentum, den Islam und die vielen anderen Religionen. Ihrer Meinung nach hatte jede Glaubensrichtung ihre Berechtigung. Sie konnte nicht verstehen, warum es nicht möglich war, dass jeder Mensch auf seine Weise glücklich werden durfte.

In Hong Kong herrscht bis heute in dieser Beziehung eine sehr große Toleranz. Menschen aller Religionen leben auf engstem Raum zusammen und verstehen sich. Ein kleiner Mikrokosmos der beispielhaft für die ganze Welt sein könnte.

Nachdem Mao Zedong einen der am weitesten entwickelten Staaten innerhalb kürzester Zeit zu einem Entwicklungsland herabgewirtschaftet hatte, gelang es ehemaligen Kommunisten mit Hilfe eines gezügelten Kapitalismus ganz China wieder zu einer führenden Nation zu machen. Meine Schwester und ich waren stolz auf unser großartiges Land. Natürlich war uns klar, dass

China genauso wenig perfekt war, wie Europa, Amerika und die vielen anderen Regionen unseres Blauen Planeten.

Yuan erinnerte sich an die Tatsache, dass sie schon in ihrem Vorleben als Peter Becker ein Buch über ihre drei Leben schreiben wollte. Es war ihr wichtig alle positiven und negativen Erfahrungen mit der Menschheit zu teilen. Jeder Leser sollte nach dem Genuss dieser Lektüre über den Verlauf seines bisherigen Lebens nachdenken. Sie hoffte die Herzen der Menschen zu öffnen. Wer danach auch nur eine gute Absicht verwirklichen würde, konnte die Welt wieder ein kleines Stückchen besser machen.

Meine kleine Schwester begann irgendwann nach ihrem 17. Geburtstag mit der Niederschrift ihrer Erinnerungen. Neben der Schule und den vielen Freizeitaktivitäten, kam sie anfangs nur sehr langsam voran. Manchmal schrieb sie monatelang gar nichts, dann wiederum setzte sie sich eine ganze Nacht an den Computer und tippte gleich mehrere Seiten auf einmal. Sie hatte keine besondere Eile.

Das aktuelle Leben wollte sie erst beschreiben, wenn sie einmal alt und grau sein würde. Daraus sollte ein zweites Buch entstehen. Sie ahnte nicht, dass ihre Zeit diesmal noch schneller ablief als je zuvor. Im Winter 2010 brach sie am Heimweg zum ersten Mal zusammen. Passanten brachten sie ins nächstgelegene Krankenhaus.

Dort besuchte ich sie mit meinen besorgten Eltern. Der behandelnde Arzt diagnostizierte einen schnell wachsenden Gehirntumor. Die Metastasen hatten sich schon wie Staubzucker im ganzen Kopf ausgebreitet. All das Geld von meinem Vater konnte Yuans Leben nicht mehr retten. Es half nur dabei das Leben meiner Schwester etwas zu verlängern und die starken Schmerzen zu lindern, die in den folgenden Monaten auftraten.

So sehr meine Eltern und ich auch litten, Yuan schaffte es immer wieder uns zu trösten. Sie fürchtete sich nicht vor dem Tod. Die wenige Zeit die ihr noch blieb, nützte sie zum Schreiben dieses Buches. Sie glaubte fest daran, dass nach dem letzten Wort in der letzten Zeile, ihr Lebenszweck erfüllt sein würde, und etwas ganz Neues auf sie wartete.

Uns beiden war klar, dass weder Vater noch Mutter davon erfahren durften. Wir befürchteten, dass die beiden die Fertigstellung verhindert hätten, in der haltlosen Hoffnung, dadurch das Leben von Yuan zu retten. Ich versprach meiner Schwester mich nach ihrem Tod um ihr Lebenswerk zu kümmern.

Weder sie noch ich wollten von der Veröffentlichung profitieren. Die darin enthaltene Botschaft sollte allen Menschen Hoffnung machen und jedem

Leser zeigen wie er sein eigenes Glück schmieden kann, indem er seine Umgebung bedingungslos mit guten Worten und Taten bereichert.

Yuan bat mich daher, das Buch auf Englisch zu übersetzen und es einem Ausländer meiner Wahl zu geben. Solange meine Eltern am Leben seien, dürfe es nicht in China erscheinen. Eine Kopie sollte ich behalten. Würde es die Person, die dieses Buch erhält nicht schaffen, die Geschichte meiner Schwester zu verbreiten, dann war es meine Aufgabe, nach dem Tod unserer Eltern selbst einen Verlag finden und mich um alles zu kümmern.

Am 15. September 2011 fiel Yuan ins Koma und wachte nie wieder auf. Meine Mutter verbrachte täglich viele Stunden weinend bei ihrem Bett. Ich durfte die Nächte an ihrer Seite verbringen und unser Vater kam, so oft es seine Geschäfte zuließen. Immer wenn ich einschlief, träumte ich von meiner kleinen Schwester. Sie besuchte auch Vater und Mutter jede Nacht in ihren Träumen. Sie bat uns nicht traurig zu sein, und sie gehen zu lassen.

Eines Morgens wachte ich nach einem wunderschönen Traum auf und meine Schwester lag tot in ihrem Bett. Ihr Gesicht strahlte Zufriedenheit und Glück aus. Ich wusste, was sie in der vergangenen Nacht erlebt hatte. Yuan hat mir im Traum gestattet, sie ein Stück ihres Weges ins Licht zu begleiten und mir für immer die Angst vor dem Sterben genommen.

Sie hat mir auch gestanden, dass ich viel mehr war, als nur ihre Schwester. So erfuhr ich in jener Nacht, dass Nicola, Angela, sowie eine unbekannte, früh verstorbene deutsche Frau und meine Wenigkeit dieselben Personen waren.

Leider wussten wir beide nicht ob wir uns in diesem Leben wiedersehen. 2012 ist wieder ein Jahr des Drachen. Sollte Yuan auf diesem Planeten wiedergeboren werden und sich an mich erinnern, dann würde ich mich über einen Besuch freuen. Diesmal würde der Empfang warmherziger ausfallen, als Yuan es in Frankreich und Amerika erlebt hatte.

Ich liebe meine Schwester über alles. Sie ist ein so viel besserer Mensch gewesen, als zu jenen Zeiten wo sie noch Daudon, Toscanny und Becker hieß. Ich weiß nicht ob sie nochmals in neuer Gestalt wiederkehrt oder schon die höchste Stufe der Erleuchtung erreicht hat und für immer im Nirwana aufgegangen ist.

Ich vermisse meine geliebte kleine Schwester. Sie fehlt mir so sehr, dass es weh tut. Trotzdem hoffe ich für sie, dass wir uns auf dieser Welt nie mehr wieder sehen.

E N D E ?